SV

Valeria Narbikova
Das Gleichgewicht des Lichts der Tages- und der Nachtsterne

Aus dem Russischen von Annelore Nitschke

Suhrkamp Verlag

Titel der Originalausgabe:
РАВНОВЕСИЕ СВЕТА ДНЕВНЫХ
И НОЧНЫХ ЗВЕЗД
Erstmals erschienen Moskau 1990

Zweite Auflage 1993

Satz: IBV Satz- und Datentechnik GmbH, Berlin
Druck: Freiburger Graphische Betriebe, Freiburg
Printed in Germany

Das Gleichgewicht des Lichts der Tages- und der Nachtsterne

I

Sie würde gerne weißt schon was mit weißt schon wem. Doch »weißt schon wer« rief nicht an, dafür rief »weiß nicht wer« an. Draußen war auch weißt nicht was. Gestern hatten sie angekündigt, und es tat, was sie angekündigt hatten. Kein Fitzelchen Schnee, dafür der Räuber in Arabia, der Räuber Barabia, der Räuber Barabbia, der Räuber Barabba. Und die übrigen Menschen brachten die Angepaßten um, um sich selbst irgendwie anzupassen (Vögel und wilde Tiere sind von vornherein angepaßt, Menschen sind nicht von vornherein angepaßt). Die Tiere werden in Hut und Mantel geboren, im Häuschen mit Bad und Klo, der Mensch aber muß sich sein Leben lang Hut und Mantel und das Häuschen mit Bad und Klo erkämpfen.

Für die Liebe war die Dreieinheit zu beachten: die Einheit des Ortes, der Zeit und der Handlung – so hatte es Boileau in seiner pseudoklassizistischen Poetik empfohlen. Er hatte unrecht. Zeit hatte man ohnehin nie. Einen Ort auch nicht (»meine Wohnung ist dafür nicht eingerichtet«, der Zweig ist es! Aber wir sind keine Vögel). Bleibt die Einheit der Handlung (»Wenn du heute kannst, kann ich vielleicht auch.« – »Vielleicht oder sicher?« – »Vielleicht sicher.« – »Wenn vielleicht, dann lieber morgen.« – »Morgen kann ich vielleicht nicht.«) Die Einheit des Ortes vernachlässigen, die Einheit der Zeit vernachlässigen, zumindest aber die Einheit der Handlung beachten, so jedenfalls lehrte es Aristoteles in seiner »Poetik«. Und er hatte recht. Na also, beachtet. Na also, es ging. »Jetzt muß ich schon los.« – »Ich muß auch schon los.« – »Wie traurig!« – »Du mußt beten: Vater unser...« – »Ich kann's nicht mehr.« – »Dann bete mit deinen eigenen Worten.« – »Vater unser... lieber Papa, sei gegrüßt, wie im Himmel, so auf Erden. Gib uns Brot zu essen und verzeih, wenn was nicht stimmt. Versau uns nicht den Trip. Und auch alles andere nicht. Amen.«

Der Unfallwagen kam und fuhr nach geleisteter Hilfe wieder weg. Sie gab sich einen Ruck und wählte die Nummer... die Platte war aus. Stellte sie wieder an und wählte dann zu Ende. Man mußte es so sagen, als ob nichts dabei wäre. Interessant, was hieß denn »nichts dabei wäre«? An der Wand hing ein Schild – eine durchgestrichene Zigarette, das hieß »Nichtraucher«. Trotzdem wurde geraucht. Verfall der Sinnbilder: Ein kleines quadratisches Labyrinth im Kreis ist das alphabetische Symbol für die Vier Heiligtümer, die aus dem Mund des Schöpfers kommen; ein Klotz auf zwei Beinen heißt Herrentoilette. Sie sagte: »Grüß dich.« Er sagte: »Grüß dich auch.« Sie sagte: »Wie geht's?« Er sagte: »Gut, und dir?« Und nachdem sie die Zicke in der U-Bahn angemault hatte: »Es ist unhygienisch, eine Hundefellmütze zu tragen, das verstößt gegen das Gesetz, Sie ermuntern die Spekulanten, der Hund hat vierzig Minuten zum Sterben gebraucht!« – »Na ja, dann muß ich sie halt freilassen, lauf Mütze, lauf, wau-wau, ich weiß, die Mütze hört auf den Namen Freunderl«, sagte sie: »Mir auch.«

Orthographisch war er Armenier, er hieß mit Nachnamen Otmatthejan. »Sollte sich die Erde wirklich um die Sonne drehen?« – »Mit einer Wahnsinnskraft!« Die Erde dreht sich um die Sonne, und die Menschen hatten diesbezüglich den Romantismus, den Realismus und den Sentimentalismus erfunden, obwohl es ein ganz anderer »ismus« war, ein Mechanismus. Und was ist daran schlecht? Die Liebe ist ebenfalls eine Art »ismus«, doch sie ist auch Liebe, weil man vergleichen kann: Mit dir ist es so! Und mit dem andern anders. Vielleicht ist es bei der Sonne und der Erde auch Liebe, auch kein einfacher Mechanismus, hat sie denn nicht einen Jupiter gewärmt oder eine Venus dort oben? Und sie spürten die Drehung im buchstäblichen Sinn. Der Mond drehte sich um die Erde, die Erde um die Sonne, die Sonne drehte sich an und für sich, aber sie drehte sich auch. Das Bad drehte sich um die Glühbirne, und die beiden Menschen, vielmehr der eine mit den zwei Köpfen, drehten sich. Sie drehte sich um ihn, er drehte sich um sie, aber auch an und für sich. Es wurde nichts draus. Beim Meer wurde auch nichts draus, es gab keine Wellen, weil es auch keinen Vollmond gab – der Vollmond stimuliert. »Liebst du mich?« – »Wahnsinnig!« Er schrie auf, sie schrie auf, plumps neben ihn. Mama! Schmeiß Sana nicht raus, wenn sie ihr Mäntelchen zerreißt und ihre Strumpfhose und eine Fünf kriegt. Weine nicht und wisch dir nicht das Gesicht mit dem Handtuch für die Füße ab, weil deine eigene Mama früh gestorben ist. Sanotschkas Großmama. Es ist gut, daß man nicht alle Sanotschkas rausschmeißen kann, damit sie nichts anstellen, weil sie kleine Kinder sind, wie Sternlein. Und wodurch sind die Großen schlechter? Aber sie kann man. Die großen Alexandras werden mit Büchern, Bildern, Drachen und Fayencen vor die Tür gesetzt. Mama! Wenn aber die große Alexandra dieselbe Sanotschka ist und nichts dafür kann, daß sie groß geworden ist? Die Nachtschwärmereien, das sind die Fünfen und das zerrissene Mäntelchen.

»Na, was machst du denn mit mir? Weiß Mama, was du mit mir machst?« – »Ja, ja, weiß sie.« – »Und weiß es Zar Nikolaus? Und die Zarin Alexandra, weiß die's?« – »Alle, alle wissen es.« – »Und machst du mit ihnen dasselbe?« – »Setz dich auf mich und ab die Post!« Sie galoppierte auf ihm so fröhlich wie »Frost und Sonne wunderschöner Tag«. Sie galoppierten weit fort, dort gab es nicht mal mehr Kleider, dafür kam man auf Carlyles heimlichen Gedanken über die Kleider: sind Stiefel und Mantel Menschenkleider, so hat sich der Mensch das selbst ausgedacht und ist dazu fähig, sind Meer, Himmel und Berge Gotteskleider, dann hat sich das Gott selbst ausgedacht und ist dazu fähig. Otmatthejan zog sich einen Strauch an. Sana zog Reizstrümpfe an. Gottesstrümpfe waren durchsichtig – Bächlein. Die göttlichen waren ausgetrocknet, die menschlichen zerrissen. Er bedeckte seine Lenden mit einem Blättchen, das Blättchen war die erste Unterhose! Nebendran lag eine krepierte Palme herum, aber sie hatte keinen, der sie besang, weil ihr Dichter gestorben war. Sonst hätte der Dichter geschrieben, oh du meine Palme, du hast dich von deinen Schwestern losgerissen und liegst nun allein in der Fremde. Statt des verstorbenen Dichters gab es einen anderen, lebendigen, doch der war schlechter. Hinter seinem Text spürte man den Hintersinn des anderen. Nein, nicht irgendeinen zweiten Sinn, sondern buchstäblich den Hintersinn, also das, was sich hinter dem Text befindet, und hinter diesem neuen Text befand sich der ganz bestimmte Text jenes verstorbenen Dichters. Er begann zu weinen. Er wollte sofort trinken, ließ es aber bleiben, doch dann ließ er es trotzdem bleiben. Am meisten tat einem die Palme leid, dann der Dichter, der sie nie wieder besingen würde, dann die nackte Sana, die von keiner jungen Birke bedeckt war. – »Also, ich häng mich auf«, sagte er. »Warte, nur noch das, dann hängen wir uns zusammen auf.« Aphorismen kamen hoch: Damit du mit ihr zusammenleben kannst, mußt du von ihr getrennt leben; Neujahr mit der neuen Frau feiern und das alte Neujahr mit der alten Frau. Sie rüttelte schon zwei Stunden auf ihm herum, und sie waren nirgendwohin gefahren: dieselbe Palme, derselbe Schrank... Sie ließ sich runterfallen. Zuerst schien ihm, sie sei zu Tode gekommen, weil sie doch wahrscheinlich dorthin gefallen war, wo nichts war. Er schaute runter: Sie regte sich, war am Leben. Sie hatte ganz blutige Hände. Sie spuckte auf die Finger und wischte sie ab. Er küßte ihr Händchen. »Du Dummer«, sagte sie, »das ist nicht gefährlich.« Wenn »das nicht gefährlich« ist, dann ist es nicht gefährlich, bald wird es »nicht gefährlich« sein, lieber nicht, wenn es »gefährlich« ist. Jetzt hatte sie Lust zu spielen. Sie sagte, es sei ganz ähnlich wie eine Kanone: »Das da ist der Lauf, und das da sind die Räderchen.« Er hatte keine Lust zu spielen, er traf sie mitten ins Gesicht und starb. Er wußte genau, daß er gestorben war, und wußte genau, daß er ihre Stimme hörte: »Mitten ins Gesicht, na, du gibst mir's aber!«

An den Wänden hingen Fotografien von Dichtern und ihren Geliebten. Die Geliebten hatten es gut: Ihre Augen, ihr Mund und ihr Name gehörten nicht ihnen selbst, sondern waren vielmehr Gegenstand der Liebe ihrer Dichter. Klar, daß Jurotschka Jurkun kein schlichter Name war, sondern ein goldener, also ein dichterischer, und ihrem Dichter gehörte, genauso wie die Palme dem ihrigen gehörte. So ist es gekommen, daß jeder Schöpfer sein Kindlein hat, welches der Schöpfer über alles liebt. Nur den letzten Schöpfer liebt niemand als sein Kindlein. Sanotschkas Mama liebt Sanotschka als ihr Kindlein, Sanotschkas Großmama, die gestorben ist, liebt Sanotschkas Mama als ihr Kindlein, Gott liebt seinen Sohn als sein Kindlein, wer aber liebt Gott als sein Kindlein? So ist es gekommen, daß Gott einem am meisten leid tun muß, weil ihn niemand als sein Kindlein liebt; nicht, daß sein Papa und seine Mama gestor-

ben wären, sondern er hat sie im Prinzip gar nicht gehabt. Dabei war alles sehr schön eingerichtet: Wenn dies der Himmel ist, dann stehen an ihm unbedingt Mond und Sterne, und wenn dies das Meer ist, dann hat es Wellen und Vögel, wenn dies der Wald ist, dann hat er seins, sind's die Berge, dann haben sie ihres, ist's der Fluß, dann hat er seins. Wie hat Gott das alles schön erdacht und seinen Kindern gegeben. Die Kinder aber haben alles verräumt: der Berg ist meiner, das Meer ist meins, der Wald ist meiner. Nur den Himmel hatten sie gemeinsam, den Mond und die Sterne, weil sie zu schwach waren, um sich den Mond und die Sterne zu schnappen, doch es gab schon gute Aussichten, auf Lastwagen Eisen vom Mond zu holen. Und das, was von ihm geschaffen war, na, von dem, den niemand als sein Kindlein lieben kann, war gewiß. Es war schön und verläßlich: Die Berge fallen nicht um, das Meer fließt nicht über, die Flüsse auch nicht. Und alles vom Menschen Geschaffene war natürlich auch reizvoll: Autos, Lokomotiven, Flugzeuge, aber der Mensch hat den Schöpfer ganz klar ausgeplündert. »Na, Schluß mit der Nerverei!« Mit diesen Worten erwachte Otmatthejan und begriff, daß er sich im Schlaf an die Nerverei gewandt hatte. Die Nerverei antwortete ihm nicht.
Sie hielten sich an die Proportionen, die schon Aubrey Beardsley bemerkt hatte: Je weniger, desto mehr. Je schlechter hier auf Erden, desto besser dort in jener Welt. Wer langsam geht, kommt auch voran.
Sana schlief so, wie man es ihr im Kindergarten beigebracht hatte: die Hände unter die Backe gelegt. Dann Zähneputzen (hatte man ihr auch beigebracht), dann frühstücken. Ziemlich sinnlose Prozedur, die Zähne zu putzen, wenn man nichts zum Frühstück hat.
Die Sonne versteckte sich hinter einem Wölkchen. Ot-

matthejans Wölkchen war die Decke, und er versteckte sich unter ihr. Sogleich wurde es dunkel. Und vielleicht sagte jemand: »Laß uns Otmatthejan anrufen«, und ein anderer: »Laß ihn doch.« Sana wachte ganz plötzlich auf. Bedeckte sich auch mit einem Wölkchen. Es wurde stockdunkel. Er fragte: »Stehen wir auf oder willst du?« – »Wir haben schon zweimal.« – »Was für eine Rechnerei und wieso zweimal?« – »Einmal im Geist.«
Der Große Bär war jetzt verdeckt, und vielen, darunter Tjutschew, tat es ein wenig leid, daß die Sterne am Tageshimmel nicht zu sehen sind. Wären sie zu sehen, dann wäre die Traurigkeit beim Betrachten dieser Sterne gleich der Traurigkeit post coitum. Es war schwierig, Sana davon zu überzeugen, daß gerade diese Sternkombination Großer Bär hieß: »Warum soll man die für den Großen Bären halten, sind das in der Ecke nicht genau solche. Ich zeige dir den Großen Bären an jeder Stelle.« Auch der Wasserfall war nicht zur Hand, das Modell der Heiligen Dreifaltigkeit. Der Wasserfall im Ganzen, der bedeutet Gott, und ist ja auch Gottvater; die Fallkraft des Wassers, die bedeutet Gottes Sohn, und ist ja auch Gottes Sohn; und das Wasser selbst bedeutet Heiliger Geist, und es ist ja auch der Heilige Geist. Es gab noch ein anderes Modell, den Menschen. Nicht so anschaulich, deshalb nicht so vollkommen. Otmatthejan umarmte das Modell, das Gottes Wesen war und ihn bedeutete. Sana antwortete ihm auf seine Umarmung, die an sich lustvoll war. Er legte ihr seine Hand auf die Brust, darunter klopfte das Herz, welches das Wesen von Gottes Sohn war und ihn bedeutete. Das Herz schickte in alle Winkel des Körpers das Blut, welches das Wesen des Heiligen Geistes war und ihn bedeutete.
»Liebst du mich wirklich?« fragte er.

»Ich liebe dich wirklich sehr.«
»Dann sag, was das heißt.«
»Ich möchte, daß du das Mädchen bist und ich das Füchslein, oder daß ich das Mädchen bin und du das Füchslein. Aber nur so, daß einer von uns unbedingt das Mädchen ist und einer das Füchslein. Am liebsten aber möchte ich, daß ich zuerst das Füchslein bin und du das Mädchen bist.«
»Ich bin ein schlechter Liebhaber, ich bin zu schwach für dieses Spiel. Das hält mein Herz nicht aus. Es reicht ihm, die Beine, Arme und den Kopf zu bedienen, für dieses Organ reicht es ihm nicht. Küß mich«, bat er, »küß lieber, du weißt schon was!« Sana berührte ihn leicht: Er hatte dort ein Gesichtchen, so runzlig und welk, sie küßte es so, wie man jemanden auf die Backe küßt.
»Herrgott«, sagte er, »jetzt küß schon!«
Da glättete sie das Gesichtchen und saugte sich am jenseitigen, nicht im Sinne von »überirdischen« Löchlein fest. Sie steckte die Zunge bis zur Hälfte in seinen Solitär und fuhr vielleicht eine Stunde darin herum, die Zeit hätte gereicht, um die ganze Diaghilewtruppe zu bereisen. Auch die Finger setzten sich in Gang, dann zwei auf einmal, es tat ihm weh, »so nicht«. Er machte nun mit ihr das Gleiche. Und sie konnten sich gar nicht sattreden über genau das und genau das, über das, wie es hier ist und wie hier, über das, was hier stärker ist als da, und dort ganz anders, und nicht so wie neulich, weil voriges Mal ein bißchen weh tat, was ich hundertmal liebe, es soll nur jetzt sofort sein, dann von mir aus andersrum, weil so nichts draus wird. Auf der Stelle ging's bei ihr andersrum, »halt dich an ihm fest, sonst fällst du runter«, richtig, sie hielt sich fest, sonst wäre sie gefallen. Er schaffte es, bevor sie fiel, »er pulsiert dir so, als

ob es ihn zerrisse«. Es zerreißt ihn auch. Hat ihn ausgerissen.
Die Natur breitete sich höher, niedriger und weiter aus als beim vorigen Mal wie auch beim nächsten Mal, nicht besser, nicht grüner, mit kleinen Vöglein, genau solchen wie Spatzen, nur daß sie gefärbt waren, »wer färbt denn wohl Spatzen?« mit Wolken, neuen U-Bahn-Zweigstrecken, mit der allerneusten, die nach dem russisch-orthodoxen Kanon gebaut war: von Nagornaja bis Tschertanowo. »Stehst du auf?«
– »Ja. Und du, willst du was essen?« – »Ja.« – »Wenn keine saure Sahne da ist, können wir Salat mit Verdünner anmachen.« – »Malst du mit Sonnenblumenöl? Gibt's etwa keinen Verdünner zu kaufen?« – »Ja.«
Auf Erden war alles so traurig eingerichtet wegen der Beschädigung des Fleisches: Auf Erden war Natur, eben das, was geboren wird, im Unterschied zum himmlischen Solitär, die Erde war gewissermaßen ein bißchen »plemplem«, ein bißchen »beknackt«. Die himmlischen Bäume, Meere und Berge, die aus Licht und Schatten bestanden, waren von Anfang an gesund, die irdischen aber waren von Anfang an kümmerlich. Sie waren schön und imposant, doch sie waren traurig. Das »Erdfeld« war seinetwegen beschädigt, wegen Luzifer, den Gott von Anfang an so sehr geliebt hatte. An der Stelle, wo er vom Thron stürzte, entstand die Erde, der nicht aus sich selbst leuchtende Ball, der Dreck, der in die ästhetische Kategorie überging, als er von jemandem mit solcher Inbrunst geliebt wurde, so lustvoll und heftig, daß er nicht mehr Dreck bleiben konnte, sondern schönste und goldenste Reinheit wurde. Als Sana Otmatthejan küßte, wurden Sana und Otmatthejan Teil des himmlischen Solitärs, und an dieser Stelle wurde das beschädigte irdische Fleisch, das schön und schrecklich

ist, schöner noch als der Solitär, der nur eine Eigenschaft hat: das Schöne. Das ergab sich durch die schreckliche Eigenschaft, die auch schön wurde, als sie die Kraft hatte, das Schreckliche zu überwinden. Das »beknackte« irdische Fleisch wurde doppelt schön.

Es ist so gekommen, daß sich die Menschen vom frühen Morgen an mit »dummem Zeug« beschäftigen. Womit sollen sie sich auch sonst beschäftigen: Mit der »vollkommenen« Sehkraft kann man die Sterne am Tageshimmel nicht sehen, mit dem »vollkommenen« Hörapparat sind sie zu hören, natürlich. Doch dafür ist mit einem anderen Apparat, der in einem bestimmten Augenblick Ohren, Augen und auch Zunge ersetzt, sogar das zu hören, was nicht zu hören ist, und sogar das zu sehen, was nicht zu sehen ist. Der Mensch hätte nur Sehkraft und Gehör früher und besser zu entwickeln brauchen, dann hätte er mit den Augen nicht nur die Sterne am Tageshimmel gesehen und mit den Ohren gehört. So aber hört und sieht er mit »dummem Zeug«, studiert die sogenannte weltliche »Dumme-Zeug-Literatur«, und Jakob Böhme soll angeblich auch nicht Böhme sein.

Violetta sang davon, wie heftig sie Alfred liebe. Dann stimmte Alfred ein und sang auch davon, wie er sie liebe.

»Mach aus«, bat Sana.

»Nur noch ein bißchen, gleich wird sie sterben.«

Hinter den Regenwolken war weder das Paradies noch die Hölle zu sehen. »Rechne nicht mit Gerechtigkeit«, sagte sie. – »Wie meinst du das?« – »Daß du in die Hölle kommst.« – »Ich rechne auch gar nicht damit, dort wird wohl alles genauso sein, nur nicht unmittelbar.« – »Wie meinst du das?« – »Na, wenn man sich zum Beispiel vorstellt, daß der Mensch lebt und ein Tagebuch führt,

in dem er alles genauestens aufzeichnet, was ihm zustößt, dann könnte man jenes ewige Leben nicht mit dem Leben selbst vergleichen, sondern mit dem Lesen dieses Tagebuchs, kapiert?« – »Das hört sich bei dir so an, als sei uns die Literatur als Anspielung auf das Leben nach dem Tod gegeben.« – »Auf Erden ist überhaupt alles voller Anspielungen darauf.« – »Na, und wird es dann von unten nach oben regnen?«
Da nun einmal bei den Schriftstellern der Antike geschrieben steht, daß es Götter, Helden und Menschen gab, muß es auch so gewesen sein. Sie waren nackt und schön. Der Mensch konnte sein Leben ins Lot bringen, wenn er mit einem Helden oder mit einer Göttin schlief. Dann sagte man ihm, daß er das nicht tun dürfe, daß die Götter das eine seien und die Menschen das andere, daß die Helden ausgestorben seien (wie auch die Bergdrachen ausgestorben sind, ein solcher Bergdrache hatte es arg getrieben, seinetwegen wurden alle übrigen in einfache Drachen verwandelt). Dann sagte man dem Menschen, daß es überhaupt nur einen Gott gebe und man sich bei ihm nicht mit so dummem Zeug beschäftigen dürfe, wie bei den heidnischen da. Man gab dem Menschen Harnisch und Mantel, damit er sich hübsch bedecke. Und dann sagte man ihm, daß es Gott überhaupt nicht gebe, und zog den Menschen wieder aus. Er fror und schämte sich. Und man duzte ihn. Wer wird denn einen Nackten siezen? »He, du, rück mal, he du, komm her.« Da begann er bis zur Bewußtlosigkeit seinem Nachbarn auf den Leib zu rücken: »Wer bist du?« – »Und du, wer bist du?« – »Wer bist du denn, daß ich dir sage, wer ich bin!« – »Na, nehmen wir an, daß ich der bin, den man braucht!« Nur, wer braucht ihn? Violetta räusperte sich und starb nicht. Sie räusperte sich wirklich. Ihretwegen konnte man nicht hören, wie die

Vögel vor dem Fenster sangen, nur sehen, wie sie die Schnäbel aufsperrten.
»Wann stirbt sie denn nun endlich!« Sana wurde ungeduldig.
Der Plattenspieler wurde abgestellt, die Vögel kamen durch, sie war tot.

Zeit zum Auseinandergehen. Morgen.

»Frollein, müssen Sie nicht weg?«
»Ach, geh doch zum Teufel.«
»Mit uns wird's nie mehr was.«
»Warum denn?«
»Das Bild ändert sich sehr.«
»Liebst du mich nicht?«
»Nein. Wie kann man morgens jemanden lieben?«
»Und nachts?«
»Nachts muß man schlafen.«
»Haßt du mich?«
»Mich selbst.«
»Was werden wir tun?«
»Geh zu deinem Mann zurück, ich schlaf noch ein bißchen.«
Sie zog sich an.
»Vielleicht sollte ich mit deinem Freund schlafen, und wir lassen das alles?«
»Hör auf, mir geht's wirklich nicht gut.«
»Du solltest weniger trinken.«
Die Katze war mit einem durchreisenden Offizier durchgebrannt und von ihm trächtig geworden, natürlich ertränkte der Offizier die Kätzchen.
»Das Telefon«, sagte sie, »willst du nicht drangehen? Ein Ferngespräch.«
»Das Telefon! ›Ja, Mam, ja, ich schlaf noch. Wie geht's dir? Mir? Gut. Nein, ich graule mich nicht. Alles in Ordnung, Mam. Bin gesund. Gut. Warm. Hab ich be-

kommen. Ich schreib dir. Vor einer Woche hab ich's bekommen. Natürlich werd ich schreiben. Schön, Mam, ich geh hin. Du auch. Ich dich auch.‹ Gib mir eine Unterhose.«
»Wo ist eine?«
»Im Schrank.«
»Die im Schrank sind schmutzig.«
»Gib mir eine schmutzige.«
Murawjow-Apostol. Murawjow war Murawjow und Apostol Apostel. Natürliche Größe hatte der Mensch immer nur in bezug auf sich selbst. In allen übrigen Fällen war er relativ: so-o-o einer oder so'n kleiner. Sana brauste im Taxi davon, Otmatthejan war jetzt in bezug auf sie so'n kleiner.
Zu Hause war Awwakum. Er öffnete die Tür in Rollkragenpulli und Unterhose: »Was ist los mit dir, ist dir kalt?« – »Heiß.« – »Warum hast du keine Hose an, ist dir etwa heiß?« – »Kalt.« – »Gib mir was zu essen.« – »Vielleicht soll ich dir auch noch was zu trinken geben!«
Bis wann wird es traurig sein! Bis wann wird der Aluarsch noch aus den Büschen ragen – das Planetarium mit seiner Kehrseite. Wie lange soll man noch zwischen Haus und Haus hin- und herpendeln, zwischen Besuchen und Besuchen, zwischen Papa und Mama, zwischen Papa und Papa, zwischen Nichtpapa und Nichtpapa!
Es war, als ich nicht da war, wie oft, lang war es, und als es war, war es gut oder egal, aber es konnte auch öfter sein, oder man mochte nicht mehr, es war nicht mehr möglich, wo war es denn, mit wem war es, es war anders oder war es ähnlich, es war schlechter, es war nicht so, aber dann, als es bei uns war, da war es auch bei euch, es war also parallel, es war, weil bei euch etwas nicht so

war, es war, weil was war, und es war öfter als bei uns, es war genauso oft, es war genauso, es war genau dort, und dorthin war es, und als es war, tat es weh, es war nichts! Du lügst, daß nichts war, vorher und nachher war was, also war es immer.
Die Katze kam herausgekrochen. Auch zur Begrüßung. Sie roch wie ein Kinderpelzmäntelchen. Leckte den Finger ab und verdrückte sich.
»Was ärgerst du dich denn, vielleicht war ich ja am Bahnhof.«
»Vielleicht auch nicht.«
»Ich habe Fahrkarten besorgt.« – »Gekauft?«
»Nein, aber man muß heute hingehn, damit man morgen fahren kann, man muß die Fahrkarten im voraus kaufen ...«
»Ich habe die ganze Nacht nicht geschlafen.«
»Ich auch nicht.«
»Und mit wem hast du nicht geschlafen?«
»Ich sage doch, daß ich am Bahnhof war.«
»Das sagst du mir?«
Diese Stadt, derentwegen sie angeblich zum Bahnhof gefahren war, hätte man am liebsten zum Teufel geschickt, angefangen beim Bahnhof, nein, schon beim Windfang: »Streichhölzer und Kippen gehören in den Aschenbecher.« Den Mann, der sie gegründet, der sie auf Sumpf gebaut hatte, hätte man am liebsten abgemurkst. Und wer weiß, was noch alles, er hat sie gebaut, und jetzt soll da einer leben. Na, man hat sein Profil dem Pferd auf der Brücke unter den Schwanz gestanzt, zu wenig! Er, sehen Sie, hat sie gegründet. In einem Sumpf leben mit künstlicher Heizung, Strom, marmornen Erdbuckeln und granitenem Morast. Die Paläste, die Flüßchen, das Quaken der Frösche im Denkmal des neunzehnten Jahrhunderts, alles wird vom Staat ge-

schützt, und in jedem Haus hat irgendwer gelebt, irgendwer rausgeguckt. Wochenlang war die Stadt grau, einmal im Monat vielleicht guckten auch Mond und Sterne raus, alles in Ordnung, ich bin hier. Trinkbuden standen überall in den Prospekten, die parallel zum Hauptprospekt verliefen, dementsprechend waren die Toiletten in den Straßen, die senkrecht zu diesen Prospekten verliefen, er übte Geometrie an Spielsteinen, der Abgott. Was ärgerst du dich denn, trink lieber einen Kognak. Ach, wie schön ist sommers der Sommergarten, doch schön ist er auch im Winter, wenn alles eingeschalt ist, und ist er nicht wunderschön im Herbst! Gleich muß ich brechen. »Steck zwei Finger rein, kannst du's nicht? Na, dann steck ich sie dir rein.« – »Du solltest lieber ihn reinstecken.«

Der Zug zur Mystik geht um Mitternacht. Wie schade, daß wir nicht zur Ritterzeit leben! Ritter, die lieber mit Falken statt mit Hunden jagten, würden den ganzen Zug zerschlagen, aber so, acht Stunden Rüttelei. »Rüttle sechs.« – »Sechs sind teurer.«

Doch schließlich gibt es ja auch die Fuchsnase, im Unterschied zum piekfeinen Sumpf. Mit verstopfter Nase zwischen Kohlblättern die Bucht entlang marschieren. Warum so viele? Die sind aus der ganzen Bucht. Sie werden ans Ufer gespült. Und unter einem Busch eine leere Bierflasche liegenlassen. Man kann sich auf einen Schemel setzen, den irgendwer für irgendwas zurückgelassen hat. Man kann den Mantel über die Laubstreu breiten, die nicht benutzt wurde. Man kann die Falten betrachten, die auf den Leinwänden des sechzehnten Jahrhunderts liegen und im zwanzigsten Jahrhundert einfach so daliegen. Man kann es nicht. Es ist ein bißchen zu kalt. Unwillkürlich drängen sich Parallelen auf. Es waren einmal zwei Könige: Der eine war die Sonne,

der andere einfach Peter. Beide gründeten ihr Werk auf Sumpf. Der erste einen Palast, der zweite auch einen sehr schönen. Alles, was der erste begründet hatte, ging im Sumpf unter, mitsamt dem realen Kopf seines Enkels. Auf dem Sumpf des zweiten wurden kosmetische Maßnahmen durchgeführt, einschließlich umfangreicher Blockbau- und Ziegelreparaturen, beim Ziegel besser, beim Blockbau weiter; natürlich auch Schilder »Eierspeisen« und Straßenbahnen und Motoren. Die Kutter brennen, in den Flüßchen steht Wasser. Man sollte nicht so lange auf dem Schemel sitzen, man könnte sich erkälten. Und da der Sonnenuntergang. Was für ein Prachtstück, dieser Sonnenuntergang. Eine unnütze Kuckuckslok fährt hin und her. Kuckuck. Sie nimmt eine Betonplatte auf und schleift sie zehn Meter weg. Bleibt kurz stehen. Wieder Kuckuck – bringt sie an den früheren Platz zurück. Sie arbeitet.
Aber es ist doch schön, aus dem Zug auszusteigen, zur Freundin zu fahren, sich in saubere Bettwäsche zu legen und zu schlafen, einen Tag, zwei, drei, eine Woche, nach einer Woche schon in schmutziger. »Und wird das alles wirklich so sein?« – »Alles war, ist und wird ganz wirklich so sein.«
Sie hatten keine Lust zu fahren. Mittags kam der Nebel hereingekrochen. Sie packten ihre Sachen buchstäblich im Nebel. »Das nehmen wir mit, das haben wir schon, das ziehen wir an.« – »Fahren wir mit dem Tages- oder mit dem Nachtzug?«
Nach den Sitzen konnte man schließen, daß noch Tag war. Das Radio gröhlte. Hinten saßen eine Frau und ein Arbeiter.
»Geht's nicht ein bißchen leiser?«
»Ist doch leise.«
Die Frau war hart und gesotten. Der Arbeiter schlief auf

der Stelle ein. Das waren auch Menschen, sie taten einem leid, aber es war leichter, sich zu erhängen, als sie zu lieben wie sich selbst. Sie waren normal. »Ich bin auch normal.« – »Aber du hörst doch kein Radio.« – »Ich hör's, wenn ich ausschalte.« – »Und die hören's, wenn sie einschalten.« War's Popow, der das Radio erfunden hat? Jetzt haben wir die Möglichkeit, alle zehn Minuten zu hören, wie das Wetter in der Hauptstadt ist. Es erklingt leichte Musik, von der einem nicht leichter wird. Das Radio wurde natürlich zu friedlichen Zwekken erfunden.
»Hören Sie, mindern Sie die Lautstärke!«
»Zu Hause können Sie rumkommandieren, der ganze Wagen hört zu.«
»Nein, der junge Mann hat recht«, (Zwischenruf einer ausgestorbenen Gouvernante) »uns stört es auch.«
»Die andern stört es nicht, wenn Sie nicht wollen, hören Sie nicht hin« (ein Kanzleiangestellter).
»Ich mach Kleinholz draus, alte Schnepfe!«
»Zu den Waffen! Türmt die Koffer zu Barrikaden. Wir stoßen von hinten vor« (von seiten der drei Recken, Reproduktion von Wasnezows Bild). Die Frau schafften sie als erste, jetzt war sie hart, gesotten und krepiert. Bewaffne sich jeder, womit er kann, alles zum Einsatz: Flaschen und Taschenmesser. »Schlitz den Typ auf!« – »Womit, Freund?« – »Mit dem Dosenöffner.« – »Schneid das Kabel durch!« – »Hab nichts zum Schneiden.« – »Schütt Schnaps aus dem Flachmann drüber und zünd an!« Wir brennen. Fertig. Die Leichen ins Klo. Wie viele sind es? Stücker fünf. Wer frische Blumen hat, soll sie aufs Grab der Gefallenen legen. Die Wagentoilette ist abgeschlossen, benützen Sie die Toilette vom Speisewagen.
Es wird dunkel. Der Mensch wird im Format immer

kleiner und lebt seinem Gewicht entsprechend. Gott schuf ihn nach seinem Bild und gab ihm Unsterblichkeit. Der Mensch verstand es nicht. Er machte ihn etwas kleiner und gab ihm ein Leben von etwa sechshundert Jahren und eine Größe von zehn Metern, der Mensch verstand es nicht. Er gab ihm ein Leben von etwa siebzig Jahren im Durchschnitt und eine Größe von einem Meter siebzig im Durchschnitt. Man kann ihn auch bis auf einen Zentimeter verkleinern und sein Leben entsprechend abkürzen. Der Erde gleichmachen. Leere an den heiligen Stätten und Verwüstung. Wir fahren im normalen Waggon ins ewige Leben. Wenn man nur schneller ankäme, und wer erwartet uns dort? Das wüßte man gern. Als wir geboren wurden, erwarteten uns zumindest Mama und Papa. Und wer tut es dort? Weshalb beeilen wir uns so? Mitternacht. Sollten wir nicht in den Schlafwagen umsteigen?

Der Wagen ist halbleer, die Plattform, wo die Kippen in den Aschenbecher gehören, überfüllt. Zwei untere Plätze. Vor dem Fenster viele Lichter. Gerade haben wir den Krieg gewonnen. Lieben wie sich selbst und befriedigen wie sich selbst. Nehmen wir an, das Leben entstand aus einem Samen. Es war in Gräben konzentriert und einfach über Erde und Büsche ausgegossen. Es waren Menschen und Tiere in flüssiger Form. Sie entwickelten sich. »Wo soll ich sie hinschmeißen?« – »Schmeiß sie zum Fenster raus, sie können ruhig umkommen.« Das Leben konzentrierte sich auf dem Boden. Es war zuviel, es tat einem nicht leid, es zum Fenster rauszuschmeißen. »Willst du kein Kind von mir?« – »Geh an die frische Luft.«

Der rothaarige, näselnde Schaffner, der sich zum Judaismus bekannte, wollte auch. Er glaubte nicht an Christus. Er glaubte nur daran, daß der Zug um soundsoviel

Uhr abfährt und um soundsoviel Uhr ankommt und man damit soundsoviel verdienen kann, Charon. Er lebte seinem Gewicht entsprechend. Er wird bald sterben. Er hat ein schlappes Glied, damit kann man nur den Rotz wegwischen.
Die Nacht ist wie die Nacht, und es ist offensichtlich, daß alles Licht und Schatten war und alles Licht und Schatten sein wird und sich alles nur zeitweilig in einem falschen Verhältnis befindet: die Bäume zum Eisen, die Züge zum Lastwagen, die Männer zur Frau. Awwakum stand ein Weilchen am Fenster und geriet in ein Abteil, aber nicht ins richtige. Er machte es sich bequem wie bei sich zu Hause. Unter dem Laken schlief jemand. Er hob das Laken ein wenig hoch und erkannte Sana nicht, weil es nicht Sana war. Es war auch eine Schönheit, aber sie schlief; natürlich war es die Schlafende Schönheit. Sie schlief nicht wie bei Puschkin in einem Kristallsarg, sie schlief auf der unteren Liege, doch das änderte nichts an der Sache. Awwakum vertrieb die Wolkenschwärme. Küssen wir sie wach. Er küßte sie nicht, weil er sie sowieso nicht geweckt hätte, weil er nicht der Richtige war. Der aber war schon eine ganze Ewigkeit weg. Das Haar kurz wie bei einem Jungen, so liegt sie auf der gestempelten Wäsche. Die Teufel gehen auf die Toilette, manche haben eine Uniform an. Ihr Name ist Legion. Die Schlafende Schönheit ist aus Schlaf und Schönheit gemacht, im Unterschied zum Menschen, der aus Leben und Tod gemacht ist: Sie redet kein dummes Zeug, weil sie prinzipiell nichts sagt, folglich kann auch ihre Stimme nicht unangenehm sein; ihre Augen sind zu, ihr Blick kann auch nicht unangenehm sein; ihre Grimassen können auch nicht unangenehm sein, weil sich ihr Gesicht nicht regt. Alles, was vom Menschen kommt, kann sie nicht verhunzen.

Der Bahnhof liegt, wie verabredet, im Nebel. Nichts Billiges fährt schon – früher Morgen. Jetzt sind sie also da. Brot und zwei Eier haben sie noch. Die kann man essen. Am Horizont schimmern die Finnen, sie erinnern an finnische Wurst. Wurst haben sie nicht.
»Gehn wir gradeaus.«
»Es geht auch gradeaus.«
Die Betrunkenen werden wach, schlagen die letzten Haken, gehen gradeaus. Man hat die Güter beschlagnahmt und jedermann die Möglichkeit eingeräumt, auf der Gemüsebasis zu jobben. Lew Tolstoi wäre der erste freiwillige Helfer gewesen. Weder gradeaus was Gutes noch links was Gutes, noch rechts was Gutes, schon sind sie da. Mit einem Ei und Brot im Magen haben sie abgewartet, daß sich irgend etwas rührt. Der früheste Vogel war der Trolleybus. Dort drängelte man sich so gewaltig, offenbar hatte man am Morgen nicht nur ein Ei und Brot gehabt. Jetzt mußte man ein Quartier mieten: am besten eine abgeschlossene Wohnung im Zentrum, ruhig und sauber, bequem und preiswert, kurz, sie sollte lieber gesund und reich als arm und krank sein. Sana blieb mit dem Gepäck auf der Bank, Awwakum ging auf die Pirsch. Im Revier gingen Männer herum und sammelten Zwanzigkopekenstücke auf: »Solang lebe ich hier schon und hab noch kein einziges Mal gesehn, wie die Brücken aufgezogen werden.« – »Heute wirst du's sehen, laß uns nur zuerst in den Laden gehen.« Die Männer gingen in den Laden, um zu schauen, wie die Brücken aufgezogen werden.
Awwakum kam von hinten heran, behängt mit Bierflaschen.
»So viel!«
»Ist doch tschechisches.«
»Was sollen wir denn damit?«

»Trinken.«

Der Platz war durchaus komfortabel: gegenüber die Toilette, viele Spatzen »piep-piep«, immerzu über die Piepen, Gläser hatten sie dabei, freilich mußte man ab und zu mal, je nach Pegelstand des Horizonts – einer war dauernd ein bißchen niedriger.

Awwakum kultivierte einen Dreitagebart, was ihm übrigens stand. Nach der dritten Flasche begann er anhand der Flaschen ihren neuen Wohnort anschaulich zu erklären: »Hier geht die Straße«, er baute die leeren Flaschen gleichmäßig auf, »dann kommt eine Kurve, da hab ich sie einfach auf der Straße gekauft, dann eine Grünanlage«, er zeichnete sie mit dem Fuß, »dann wieder eine Kurve, und da ist unsere Wohnung«, das noch mit Flaschen volle Netz bezeichnete es auf seinem Plan.

»Eine separate?« fragte Sana.

»Zwei Zimmer. Im zweiten wohnen ein alter Mann und eine alte Frau. Wenn sie bei ihrer Tochter wohnen werden, werden wir allein drin wohnen.«

»Wann werden die denn wohl bei ihrer Tochter wohnen!«

Dem Mann, der auf sie zugekommen war, sagten sie, daß es etwa ein Uhr sei, daß er die Flaschen nehmen könne, doch nein, es sei nicht nötig.

Es war traurig, wie im Schuppen am Meer, in dem es am Meer traurig war, an dessen Ufer sich das Glück in Gestalt von Steinen mit einem Löchlein durch materialisierte. Es gab so viele Steine, weil es so wenig Menschen gab: Die Menschen arbeiten im Winter, im Sommer erholen sie sich, und die, die nicht arbeiten, erholen sich im Winter und im Sommer (das heißt, von denen, die klauen und nicht im Gefängnis sitzen, sagt man, sie arbeiten, und die, die sitzen, klauen einfach). Das Meer war mit Hügeln verschmutzt.

Qu'est-ce que c'est?
Her son est.
In den Schuppen hatte sie der Koch geführt, das kleine Bürschchen, von dem sie nicht wußten, wie sie ihn entlohnen sollten, doch er hatte diese Frage selbst geklärt, indem er ihnen eine Dose Sprotten stahl. Der Hügelinhalt bestand aus mittelalterlichen Gebeinen und antiken Überresten, es ging auch andersrum: aus mittelalterlichen Überresten und antiken Gebeinen. Eine Marmorsäule, eine von allen Seiten einsehbare öffentliche Toilette, eine mittelalterliche Kathedrale; nachts brannte vor der Kathedrale eine Laterne, der Wind ließ die Birne flackern, die Zaunlatten knarrten. Man mußte sich im Schuppen verstecken und abwarten, bis die Bullen ihre Runde gemacht hatten. Der Koch sagte, daß man im Schuppen kein Licht machen dürfe, weil man totgeprügelt würde. Sie hatten einen Tauchsieder dabei, im Schuppen war eine Steckdose, man konnte Tee kochen. Das Wasser hatte es mit dem Kochen nicht eilig, aber sie hatten es mit dem Trinken eilig, tranken einfach das heiße Wasser. Von der Kälte und dem heißen Wasser mußte man sofort pissen. Sie gingen raus, pißten, froren aus und legten sich jeder auf seine Bank. Es war gräßlich kalt. Sie schmiegten sich mit den Pelzen aneinander – kalt. Sie machten aus dem einen Pelz eine Matratze und aus dem anderen eine Decke, es wurde für einen Augenblick schön: Die Schatten der Bäume waren in den Schatten der Fensterrahmen enthalten, es entstand eine regelrechte Graphikserie im Geiste Miliutis, nicht einfach Krickelkrakel. Dann wurde ihnen wieder kalt, die Kälte tötete jedes Interesse für Graphik ab. Man hätte endlos heißes Wasser trinken und dann pissen mögen.
Am selben Tag war im Zug Lomonossows Gesetz der »Erhaltung« wirksam geworden: Wo etwas abfährt,

dort wird es auch ankommen: Im Abteil war es gerade um soviel zu heiß gewesen, wie es ihnen jetzt im Schuppen zu kalt war.

Das Netz hatte sich geleert, es begann zu schütten. Eine Frau mit Gipsfinger, alte Mütterchen am Hauseingang, die sich nur durch ihre Gummiüberschuhe und Kopftücher von Prostituierten am Hauseingang unterschieden. Der Imperator, behängt mit Klopapierrollen statt mit Lorbeerkränzen. Mascha und ihr Mann Jossif Jakowitsch mit dem neugeborenen Kindlein, über dem der neugeborene Stern steht, nehmen ein Taxi und lassen sich ein Visum ausstellen, um nach Ägypten zu reisen. In den Kripplein werden die Kindlein gemordet. Immer dieselben Leute, die ein und dasselbe Verhältnis nicht regeln können, weil alle ein und dasselbe wollen: daß nämlich möglichst viele Quadratmeter auf einen Menschen kommen und auf einen Quadratmeter möglichst wenig Menschen.

»Gehn wir«, sagte Awwakum.

»Gut.«

Wie scheußlich. Öffentliche Toiletten auf der Straße und im Hauseingang, Müllkästen auf der Straße und im Hauseingang, natürlich sachkundig installiert von dem genialen Künstler, der eine ausführliche Beschreibung des Mülls verfaßt hat: Speisereste und Postkarten, Zeitungen und Abfälle, Zigarettenkippen und Mädchenslips.

»Du hast mir also meine Slips geklaut!«

»Welche?«

»Die ich gekauft habe. Und dann im Bücherschrank versteckt habe, ich hab's gesehn.«

»Blödsinn.«

Der geschenkten, säuberlich zusammengehefteten »Beschreibung des Mülls« verlieh Awwakum den letzten

Schliff, indem er ein paar Fliegen darauf erschlug, die Abdrücke ihrer Innereien auf dem Umschlag hinterließ und für den allerletzten Schliff die weiße Grundierung beschmutzte. »Das ist doch das Geschenk eines Konzeptkünstlers!« empörte sie sich da. »Das tu ich doch bloß, um es noch konzeptueller zu machen.«

Das Wetter hieß »von Petersburg nach Moskau«: Schneeflöckchen, Wolkengrüppchen, umwerfender Wind. Eine Verschmelzung von Lyrik und Prosa, wie die Verschmelzung von Stadt und Land. »Aber das darf nicht sein!« Seine unmittelbare Entrüstung untermauerte Awwakum mit einem komplizierten Traktat und sogar mit Zitaten von Paul Valéry, die Lyrik und Prosa betrafen. Freilich konnte er sich an den einen Ausspruch nicht im Wortlaut erinnern, den über die Aufteilung von Lyrik und Prosa; ganz Feuer und Flamme, gab er den Sinn dieses Ausspruchs mit der englischen Redensart wieder: »Fliegen extra, Buletten extra.«

Statuenförmig sitzt da ein Mann. Wenn man ihn auszöge, wäre er haargenau Balzac von Rodin.

»Unangenehm für den Balzac: sitzt da nackt und wird naß.«

»Und aus was wird er dort naß?«

»Aus Bronze.«

Die Mädchen diskutieren, wer worin wird:

»Worin wirst du?« – »Und worin wirst du?«

»Was ›wirst du‹ eigentlich?«

»Wodka trinken.«

»Dann sollte ich fragen: ›Worin wirst du Wodka trinken?‹«

Irgendwessen schöne Frau ging auf die Straße, um sich zu erniedrigen und dann zu verwünschen. Da hatte er den Sinn des Liedchens vom Ball erraten: Das Mäuschen läuft weg und fegt das Eilein mit dem Schwänz-

chen fort, es fällt runter und zerbricht. Der alte Mann weint bitterlich, die alte Frau weint bitterlich, das Mädchen weint, die verheiratete Frau weint, der Ball aber ist wieder da, er ist rosarot; ein Schwuler, jetzt fliegt er im Garten des Bolschoj-Theaters herum oder in Katinkas Gärtchen. Aber ist ein Gebet ein Faktum der Literatur oder nicht? Nein, nur ja oder nein!
Ihr »Haus« bestand aus dem Haus der Kultur und einfach aus Haus. Das Haus der Kultur belegte die beiden unteren Stockwerke, die übrigen vier das Haus.
Das Zimmer glich dem Windfang, wo die Kippen in den Aschenbecher gehören. An den Wänden Fotografien statt des Feuerlöschers, schmutzige alte Vorhänge, irgendwelche schäbigen Läufer, rosa Tapeten. Die Alte sagte sofort alles, was man nicht durfte, und verlangte einen unerhörten Preis. Der Schaffner nimmt für einen Platz am Boden genausoviel wie für den Schlafwagen. »Warum so teuer?« – »Für den Schlafwagen.« – »Aber der Platz ist doch auf dem Boden.« – »Auf dem Boden vom Schlafwagen.« Charon. Das aber ist die Kupplerin, die Hexe Jaga. »Ihre Pässe brauche ich nicht, danach frage ich gar nicht.« Aus dem Badezimmer kam der Alte heraus. Er ging auf die Jaga zu, behämmerte den Geist mit seiner Prothese. »Die möchten, daß wir sie reinlassen«, meldete die Jaga, »ich weiß nicht, wer sie sind.« – »Das ist meine Frau«, erregte sich Awwakum plötzlich, »ich habe Ihnen doch meinen Paß gezeigt.« – »Ihre Pässe brauche ich nicht, wenn's Ihnen gefällt, können Sie hier ruhig wohnen. Zahlen Sie eine Woche im voraus und machen Sie sich's gemütlich.« Awwakum gab der Alten fünfzig Rubel und blieb mit Sana allein im Zimmer. »Wir sind reingefallen«, sagte sie.
»Der alte Mann und die alte Frau« brachten sie nach einer Stunde zur Weißglut, weil sich herausstellte, daß

man nur auf die Toilette gehen konnte, und auch da konnte man nicht ziehen, sondern mußte mit dem Wassereimer nachspülen. »Das ist wohl Dünger, was?«
»Na, aber Tee kann man doch machen?« fragte Sana Awwakum zaghaft.
»In der Küche geht's nicht, aber wir haben ja einen Tauchsieder dabei und machen uns heimlich Tee.«
Sie saßen auf dem Bett und mampften abwechselnd einen Apfel. »Du hast ihn vollgesabbert, jetzt mag ich nicht mehr.« Ringsum hingen Fotos von irgendwelchen Soldaten, alten Frauen mit Kopftüchern, irgendwelchen Trullas und Kindern. Auf dem Flur klapperte der Invalide mit seiner Prothese, es roch säuerlich.
»Laß uns gehn«, sagte Sana.
»Es ist bald Nacht.«
»Na und!«
»Wohin?«
»Irgendwohin, bloß weg von hier.«
»Leg dich hin, wir werden hier nur übernachten und sonst immer ausgehn.«
»Na, laß uns schon gehn!«
»Wir haben kein Geld.«
»Wir nehmen ihnen unser Geld weg und hauen ab.«
»Es wird überall dasselbe sein.«
»Aber das ist doch wirklich grauenvoll.«
»Stimmt.«
»Schläfst du?«
»Ja.«
»Wozu sind wir hierher gekommen?«
»Du hast es gewollt.«
»Und wozu hab ich's gewollt?«
»Weiß nicht. Du bist nachts weggegangen und zum Bahnhof gefahren, um Fahrkarten zu kaufen, um wegzufahren...«

Charon, Jaga, der Invalide – ihr Name ist Legion –, das Taxi, das Bier, es ist der sich ekelhaft hinziehende Augenblick des Abschieds von Otmatthejan. Die ganze ekelhafte Seite der Trennung – »Frollein, müssen Sie nicht weg?« – »Ach, geh doch zum Teufel!« – hatte sich materialisiert und war Wirklichkeit geworden im Eisenbahnwaggon, im gröhlenden Radio, im Klo mit den Verblichenen. Kann man einander so unheimlich lieben? Das heißt doch, daß man auch alles, was sich in Gestalt der Trennung materialisiert hat, lieben muß, irgendwie: den Alten und die Alte, die Wanzen, »schläfst du? Hier sind anscheinend Wanzen.« – »...« – »was heißt, welche? Mich hat eine gebissen!« – die Fotos an den Wänden, die Fuchsnase oder den Nasenfuchs, den Gestank auf der Toilette, all diesen ganzen Scheiß...

Zwischen den Betten war ein Durchgang wie im Zug, aber es rüttelte nicht. Rütteln tat es im Zug, in dem Otmatthejan unter dem Vorwand des Erfahrungsaustauschs unter Laientheatern abhaute. Das Abteil war für zwei, obwohl es besser für drei gewesen wäre, zu dritt wäre es leichter gewesen, mit dem Stück und überhaupt. Sie saßen einander gegenüber. Otmatthejans »Gegenüber« war Tschaschtschjaschyschin. Er war sehr geschäftig: packte Wurst, Brot, eine Flasche Wein und Wodka aus. Tschaschtschjaschyschin schnitt, und Otmatthejan schenkte ein. Sie tranken, und Tschaschtschjaschyschin sagte:

»Hör mal, willst du nicht zweieinhalb Mille verdienen?«

»Nein, will ich nicht.« Otmatthejan zog ein durchsichtiges Plastikstreifchen aus dem Mund. »Die Wurst ist nicht gepellt...«

»Warum willst du nicht?«

»Keine Kraft.«
»Das wird ja auch gar nicht von dir verlangt. Du mußt nur zehn Rubel bei der Sparkasse einzahlen und sie an die Adresse überweisen, die ich dir sagen werde, mir den Beleg geben und noch zwei Leute finden, die auch je zehn Rubel zahlen und dir die Belege geben werden.«
»Davon hab' ich schon mal was gehört. Schenk ein.«
»Das ist alles!« Tschaschtschjaschyschin hob sein Glas und die Flasche. »Des weiteren wappnest du dich mit Geduld und wartest. Nach eineinhalb Monaten kriegst du zweieinhalb Mille.«
»Gut ausgedacht!« Otmatthejan nahm ihm die Flasche weg und schenkte sich selbst ein. »Für mich werden zweihundertfünfzig Leute arbeiten und je einen Zehner hinwerfen, erst dann sind es ja zweieinhalb Mille.«
»Richtig, zuerst versorgst du die Kette, dann versorgt die Kette dich. Alles ganz ehrlich!«
»Moment mal, wo wird denn gespielt, in der Stadt oder im ganzen Land?«
»Was macht's für einen Unterschied, ob in der Stadt oder im ganzen Land?« Tschaschtschjaschyschin setzte sogar sein Glas ab.
»Es macht schon einen Unterschied. Wenn in der Stadt, sagen wir mal, drei Millionen spielen, Kinder und Greise nicht inbegriffen«, Otmatthejan stellte sein Glas weg, nahm einen Stift und ein Stück Papier, »von den drei Millionen gewinnt nur jeder Zweihundertfünfzigste...«
»Na, was soll die Rechnerei, alles basiert auf Ehrlichkeit.«
»Hier basiert die Ehrlichkeit auf der Rechnerei: Von zweihundertfünfzig Ehrlichen gewinnt nur ein Ehrlicher, und von den drei Millionen Ehrlichen gewinnen

X Ehrliche.« Otmatthejan rechnete eifrig. »X ist gleich zwölftausend glückliche Gewinner.«
»Hast du das ausgerechnet?«
»Schau her«, Otmatthejan zeigte ihm den Zettel.
»Das ist ja ganz toll«, Tschaschtschjaschyschin war von den Socken, »zwölftausend glückliche Gewinner!«
»Und zwei Millionen und etliche Tausend gucken in den Mond.« Otmatthejan pellte ein Stück Wurst und aß es. Tschaschtschjaschyschin aß ganz und gar nicht:
»Was jetzt, willst du kein glücklicher Gewinner werden oder willst du in den Mond gucken?«
»Fragst du das im Ernst?«
»Antworte, ich frage dich! Wieso hast du dich auf die Stadt beschränkt? Das Spiel soll das ganze Land, den ganzen Globus erfassen!«
»Von mir aus auch das Weltall, der Prozentsatz der Gewinner bleibt 0,4%.« Otmatthejan schob Tschaschtschjaschyschin den Zettel zu, doch der warf nicht mal einen Blick darauf.
»Antworte, warum glaubst du, daß ich lüge?« Er schenkte sich Wein ein und trank sein Glas in einem Zug allein aus, ohne zuzuprosten.
»Kommt noch die Relativitätstheorie hinzu«, Otmatthejan trank sein Glas in Ruhe aus. »Irgendwer wird krank und zahlt nicht, irgendwer kriegt ein Kind und zahlt nicht.«
»Das ist ausgeschlossen! Deine Relativitätstheorie ist nur in einer Demokratie möglich, kapiert! In einer Diktatur kann es keine Relativität geben!«
»Was brüllst du so!« Otmatthejan schaute ihn endlich gebannt an: Durchsichtige Härchen klebten an den Backen, die rot geworden waren, vom Schnurrbart tropfte Rotwein.
»Hast du kapiert«, brüllte Tschaschtschjaschyschin, »es

heißt, man muß zahlen und den nächsten zwei überweisen, und die müssen zahlen und die Belege vorzeigen!«
»Ach, geh weiter!« Halb war es ihm zuwider, halb wollte er pinkeln.
Das Klo war zu. Er wartete eine Weile, niemand kam raus. Er rüttelte an der Tür, niemand antwortete.
»Ist da jemand?«
Niemand antwortete ihm. Er rüttelte kräftig. Öffnete – da drin pinkelten Leichen. Vielmehr, da drin waren Leichen. Sie standen nach allen Seiten ab wie Blumen aus einem Nachttopf. Otmatthejan nahm sich zusammen, ging raus und ans andere Ende des Gangs. Unterwegs machte er einen Abstecher ins Abteil. Tschaschtschjaschyschin schlief bereits unter seinem Laken. Die Flaschen waren weggeräumt. Er glättete das Laken auf seinem Gesicht, doch unter dem Laken war nicht er, ein Mädchen war dort, es schlief. Er schloß die Abteiltür und setzte sich auf die Liege. Das Mädchen hatte einen Haarschnitt wie ein Junge, es atmete gleichmäßig. Er streichelte ihr Gesicht. Sie rührte sich nicht. Er zog ihr das Laken weg. Sie trug einen fleischfarbenen Slip und einen fleischfarbenen Büstenhalter. Das verwirrte ihn. Wie ein Bikini. Irgendwie war es auf dem Liegeplatz zu eng. Er stemmte sein Knie gegen die Liege. Otmatthejan wurde nüchtern. Er hatte keine Lust mehr; auf keinen Trip. Die Schöne schlief! Tschaschtschjaschyschin verbreitet Ablaßscheine zu zehn Rubeln, Millionen brüllen mit ihren Belegen in der Hand, die glücklichen Gewinner verjuxen zweieinhalb Mille, der Zug rüttelt tausend Kilometer von zu Hause, Sana ist irgendwo mit irgendwem (mit ihrem Mann?).

Er ging in sein Abteil zurück. Tschaschtschjaschyschin schlief nicht. Er trank aus. »Hör mal«, sagte Otmatthejan, »was hättest du getan, wenn du plötzlich allein mit der Schlafenden Schönheit gewesen wärst?«
»Vorbeigetroffen.«
Ohne Toilette, ohne Tee, kletterten sie am Morgen aus dem Zug, nachdem sie dem Schaffner ein Trinkgeld gegeben hatten. Draußen war es schön, und Tschaschtschjaschyschin erkundigte sich liebevoll:
»Wo gehn wir hin?«
»In unser Quartier.«
»Hast du was besorgt?«
»Ich hab angerufen.«
»Und die Leute erreicht?«
»Ja.«
»Alles klar, wir werden am Straßenrand schlafen.«
Beide wollten dasselbe, sich erfrischen. Am leichtesten zu haben war Kefir. Sie gingen in einen Milchladen, doch auch das Leichtzuhabende gab es nicht. Es war egal, daß man schlecht über sie dachte, was sie erfrischte. Dafür dachten sie im zweiten Laden, als sie Kefir kauften, selbst über alle anderen schlecht, was sie auch erfrischte. Um sich endgültig zu erfrischen, fuhren sie ans Meer. Die Station, von wo aus es am nächsten gewesen wäre, verpaßten sie, sie stiegen an der nächsten aus und mußten deshalb durch den Wald.
Das Meer war hinter dem Gebüsch. Ein bißchen gewölbt im Vergleich zur Erde, aber im Vergleich zum Himmel natürlich nicht. Es hatte (?) Grad, über ihm stieg Dampf auf, also war es wärmer als die Luft und leer, unzugänglich in dem Sinn, daß man sich nicht auf ihm ergehen konnte. Und die eigentliche Wasserkante dort, wo das Meer anfing, die Grenze, zog unheimlich an, hinsichtlich ihrer Unüberwindlichkeit war sie höher

als die Chinesische Mauer. Man konnte sie natürlich überschreiten und eintauchen, doch das war es ja gerade, daß man nicht eintauchen konnte. Holzspäne und Gummistücke schwammen drauf, Blätter und Matrosen, Gouverneure und Hofdamen, Puschkin, Tjutschew und so weiter und so fort. Das letzte Viertel ging zur Neige, bald war Neumond mit seinen Sträuchern, den mickrigen Spuren im Schnee und seiner ganzen Garderobe. Der Teufel aber beherrscht den Versbau gut, knüppelt Reim und Metrum, schreibt gerne Gedichte. Lesen tut er nicht gerne. Wer ist denn nun der Teufel? Ein Soldat etwa, oder ein Taxifahrer?
»Wie wär's mit einem Spaziergang?« fragte Tschaschtschjaschyschin.
»Gut, bis zum Kap.«
Die Luft biß. Das in Form von Dampf aufsteigende Wasser überwand die Chinesische Mauer, doch bis ans Gebüsch kam es nicht heran, es hatte dort nichts zu suchen, dort hatte die Luft ihre Batterien stehen. Zwischen Ufer und Luft einerseits, Dampf und Meer andererseits tobte ein Regenguß?–Schneegestöber?–Krieg. Otmatthejan und Tschaschtschjaschyschin waren nicht das Ziel der beiden Gegner, sie durften weder getötet noch verletzt werden und waren in diesem Sinn unsterblich. Zur Trophäe des einen oder andern Gegners – des Regens oder des Schnees – wurden sie noch lange nicht. Die Schlacht hieß für die Menschen »schönes Wetter«.
»Kehren wir um.«
»Wie spät ist es jetzt?« fragte Otmatthejan.
»Es ist Zeit.«
Die Vögel sangen überhaupt nicht. Und flogen auch kaum. Die Punkte am Himmel konnte man natürlich für Vögel halten, aber die Vögel nicht für Punkte. Wind

war. Er wiegte die Bäume, die Luft und das Wasser. Er war die Kraft, das übrige war Farbe. Grau auf Grau, Schwarz auf Schwarz, Weiß auf Weiß. Einige Pfützen waren unter Glas; in einer beispiellosen Ordnung lagen dort: ein Kreuzchen, Blatt, Papierschnipsel, Stock; ein Blatt, Schnipsel, Kreuzchen, Stock. Obwohl zwei oder drei Schaufenster kaputt waren, lag auch dort ein Kohlblatt. Weder im Gebüsch noch am Ufer gab es das geringste Anzeichen von Licht. Außer dem Meer, das der Schatten des Himmels war, außer dem Himmel, der der Schatten des Meeres war, außer dem Schatten, der das Meer des Himmels war, gab es keine Schatten. Tschaschtschjaschyschin und Otmatthejan warfen ihre Schatten nicht ab, und die Schatten warfen Tschaschtschjaschyschin und Otmatthejan nicht ab. Desgleichen weder Bäume noch Sträucher. Obwohl es hell war. Doch das Licht ist nicht das Anzeichen von Licht, sondern der Schatten ist das Anzeichen von Licht. Und es war kalt. Die Kälte aber ist das Anzeichen dafür, daß es Zeit ist.

»Es ist Zeit zu gehen«, sagte Tschaschtschjaschyschin.

»Und wie spät ist es jetzt?«

»So spät, daß wir nicht am Straßenrand schlafen werden, wie du sagst, sondern auf der Straße, glaube ich.«

»Es ist noch hell.«

»Dir ist hell, aber mir ist kalt.«

»Gleich gehn wir.«

Der Wind – er war ja die Kraft – bewegte die Sträucher, und das war sein Laut; der Wind bewegte das Wasser, und das war sein Laut; der Wind bewegte die Luft, und auch das war seiner. Der allgemeine Wind bestand aus diesen drei Komponenten, denen noch der künstliche Wind hinzuaddiert wurde, er war ja die mechanische Kraft oder der mechanische Wind, erheblich schwächer

in seiner Kraft, hauptsächlich im Motor der Stadtbahn, seltener in dem der Flugzeuge oder Autos.
Das Meer blieb im Gebüsch zurück. Es war nicht weiter interessant.
»Magst du eine Mandarine?«
»Gib her.« Otmatthejan nahm sie und steckte sie ein.
»Wieso ißt du sie nicht?«
»Sieht irgendwie ungenießbar aus, grün.«
»Weshalb hast du sie dann genommen?«
»Ich werde sie später essen.«
Häuser standen da ohne Anzeichen von Leben. Anzeichen eines Hauses ist das Leben; Geknatter schwoll an – Anzeichen der Stadt, Stimmengewirr schwoll an – Anzeichen von Menschen.
Das Meer ging über in: frisch angepflanzten Wald, asphaltierten Sumpf. Tschaschtschjaschyschin und Otmatthejan standen auf einem Erdbuckel und warteten auf die Stadtbahn. Zwischen zwei Haltestellen hatte es sie eingesaugt. Sie kam lange nicht. Die anderen rauchten, ein Invalider stocherte mit dem Spazierstock herum und prüfte, ob es ihn nicht nebenan einsaugen konnte. Sie kam – war nicht eingesaugt worden. Die Leute sprangen von ihrem Erdbuckel in den Wagen. Die Plattform war schmutzig, die Frösche fuhren auch. Sie sprangen raus. Sprangen immer wieder auf ihren Erdbuckeln raus, jeder unter sein Blättchen, unter sein Sträuchlein – nach Haus. Es zog in der Herzgrube. Blieb nur noch die Cafeteria, damit es sie nicht vollständig einsaugte. Am Endbuckel stiegen alle aus. In der ersten Cafeteria, an der sie vorbeikamen, aßen sie im Stehen, wie im Stall. Kohlsuppe oder Soljanka? Kartoffeln oder Nudeln? Tschaschtschjaschyschin war sichtlich angewidert; steht bis zum Hals im Sumpf und ekelt sich, mit einem fettigen Löffel zu essen. Er ekelte sich,

aß aber doch. Otmatthejan ekelte sich nicht, aß aber irgendwie schlecht. Anfangs war die Soljanka zu heiß, und er aß deshalb nicht, dann kam der Augenblick, wo sie abgestanden war, und er aß deshalb nicht. Tschaschtschjaschyschin verdrückte nach der Soljanka eine Frikadelle mit Kartoffeln. »Stopfst du die Soljanka auch in die Tasche rein?« fragte er Otmatthejan. »Gleich eß ich sie.«

Otmatthejan aß die Mandarine dem, was er gegessen hatte, hinterher, und mühsam von Erdbuckel zu Erdbuckel springend, erreichten sie das Haus der Kultur.

Die Straße war geschickt über den Meeresspiegel angehoben. Abgepackte Moosbeeren wuchsen in Zellophantüten, an Schnüren wuchsen getrocknete Pilze, Birken, Waldwiesen mit Tabakskiosken – alles war da. Unter jedem Strauch, jedem Tannenbaum waren Wasser, Kanalisation, Telefon und Strom gelegt. Alles in bester Ordnung – es ließ sich leben.

Im Haus der Kultur gab es Zirkel, in den Zirkeln waren Kinder. Wenn die Kinder zum Schlafen nach Hause gingen, würden Tschaschtschjaschyschin und Otmatthejan im Zirkel schlafen. Sie fanden einen Laienspielzirkel; dort gab es keine Kinder, dort war die Baba Jaga, sie war, wenn es sein mußte, auch Putzfrau, und sie war auch, wenn es sein mußte, Wärter. Am meisten mußte sie es für Tschaschtschjaschyschin sein. »Besser als am Straßenrand in der Eingangshalle.« Einen Stuhl unter den Kopf. Wenn man die Stühle zusammenrückt, wird ein Bett draus, wenn man sie in zwei Reihen zusammenrückt, ein Doppelbett, rückt man die Stühle mit dem Tisch zusammen, wird ein Stockbett draus, rückt man die Tische zusammen... »Gibt's kein Klappbett?« Auf dem Klappbett schlief sie selbst. Die Jaga gab ihnen den Schlüssel, räumte flüchtig auf und verduftete. Alles üb-

rige sollten sie selbst tun. Otmatthejan fand unter einem Busch einen elektrischen Wasserkessel, steckte ihn ein und setzte sich wartend hin.
Im Moor dunkelte es. Auf den beleuchteten Erdbukkeln standen Menschen und warteten auf den Bus. Einer-, Doppel-, Dreierbüsche, dreistöckige Bäume, zehnstöckige Bäume mit Lift – überall Menschen. Sie schauen fern und machen Essen.
»Na, du hast mir schön Quartier gemacht! Womit sollen wir uns denn zudecken?«
»Was?« fragte Otmatthejan zurück.
»Wir hätten die Alte um was bitten sollen.«
»Wieso ist es hier so eng, was meinst du?«
»Was eng?« Tschaschtschjaschyschin verstand nicht.
»Auf einem Erdbuckel zweihundert Menschen.«
»Ist halt ein guter Platz, alle wollen ihn.«
»Von wegen gut? Das Klima ist scheußlich, das Meer kalt. Wind, Frösche. Und du wirst hier auf dem Tisch schlafen. Wenn wir noch woandershin gefahren wären, hätten wir ein Doppelzimmer gekriegt, und du hättest im Bett geschlafen.«
»Was denn, wo denn noch?« Tschaschtschjaschyschin war beleidigt.
»Richtig, die zum Leben natürlichsten Plätze verlassen und nicht dort, sondern an den unnatürlichsten leben, im Moor zum Beispiel. Wo etwas wegfällt, dort kommt dasselbe auch hinzu. Wieviel Energie auf einen Platz aufgewendet wird, soviel Energie wird er auch ausstrahlen. Er wird also nicht einfach nur zum Loch, sondern zum Energieloch.«
»Wir beide sind doch hergekommen, um aufzutanken.«
Tschaschtschjaschyschin machte sich sachkundig daran, sein Bett zu richten: »Wenn du den zweiten Stuhl

nicht nimmst, stelle ich ihn mir unter die Füße. Brauchst du die Stühle nicht? Du sitzt auf einem.«
Er sammelte Reisig und Laub, alles, was ein bißchen trockener und weicher war.
»Wo willst du denn drauf schlafen, auf dem blanken Tisch?«
»Was willst du?« fragte Otmatthejan.
»Worauf wirst du schlafen?«
»Richte dich ein, wie's dir gefällt«, antwortete Otmatthejan.
Tschaschtschjaschyschin kroch in den Schrank. Schürzen und Röcke, eine Uniform – auf Knöpfen schlief sich's schlecht. Vom gestiefelten Kater die Stiefel – »Soll ich dir die Stiefel untern Kopf geben?«, Schneewittchens Pelz. Die Kostüme waren gut und schlecht, das heißt weich und warm, und hart und kalt.
»Gibt's da noch irgendwelchen Krempel?« fragte Otmatthejan.
»Mull«, antwortete Tschaschtschjaschyschin.
Der Mond ging auf. Granit und Marmor glänzten auf, und der Asphalt – ja, aber das Weiß – nicht.
»Was gibt's dort?« fragte Tschaschtschjaschyschin aus seinem »Bett«.
»Ich schau bloß.«
»Und was siehst du?«
Die asphaltierten Kanäle glänzten wie Kanäle in Wirklichkeit. Wer eine hatte, fuhr in seiner Kiste drauf, wer keine hatte, im Bus. Es regnete. Jeder Regenstrang war fünf bis zehn Meter lang, unter den Straßenlampen kürzer.
»Da ist der Mond«, sagte Otmatthejan.
»Der Schatz.«
»Unter anderm ist er ein Schatz.«
»Was, der Mond?« sagte Tschaschtschjaschyschin.

»Mach dein Bett breiter, und dann gehn wir schlafen.«
Sie deckten sich bis über den Kopf mit Brauchbarem zu, damit ihnen der Schatz nicht in die Augen stach.
»Beziehungen können sowieso bloß geschlechtlich sein. Von zweien ist immer einer der Mann und einer die Frau.«
»Ich bin natürlich die Frau«, scherzte Tschaschtschjaschyschin.
»Das ist mein voller Ernst.«
»Wenn es aber ein Mann und eine Frau sind?«
»Die Frau nicht unbedingt in ihrer Eigenschaft, sie kann durchaus auch in der Eigenschaft des Mannes sein und der Mann in der Eigenschaft der Frau, weg mit der Hand.«
»Wohin denn, etwa dir in die Hose?«
Vor dem Fenster war der geschlechtslose Mond, und der geschlechtslose Regen hörte allmählich mit dem Einlullen auf. Er konnte jede Sekunde damit aufhören, doch es war ihm angenehm, es nicht zu tun. Otmatthejan war es angenehm, daß der Regen »nicht«, weil er nicht schlief, Tschaschtschjaschyschin war es gleich, weil er's schon tat. Dann hörte der Regen auf, schon waren die Sterne da, vielleicht kam der Regen schon aus ihnen. Gleichzeitig. Der Regen war zur Bequemlichkeit der Menschen »er«, und die Sonne war zu ihrer und nicht zur eigenen Bequemlichkeit »sie«, das Meer war »es« zur..., *sie* aber hatten dort ihre eigenen Beziehungen. Der Regen tauschte sein Geschlecht in einer anderen Sprache gegen ein anderes, die Sonne tauschte ihr Geschlecht in einer anderen Sprache; das Meer, es war ja auch die See, tauschte sein Geschlecht in ein und derselben Sprache. Übergang des Geschlechts. Die Sprache war gewissermaßen die Materialisierung des Geschlechtsübergangs. Die menschlichen Beziehungen

deckten das Geschlecht auf, den Geschlechtsübergang, und dies zeigte sich in der Sprache. Doch wenn die Sprache selbst das Geschlecht der Elemente, Kräfte und Himmelskörper anzeigte, entsprangen deren Beziehungen der Sprache. Der Wind trieb Wolkenschwärme. Stern sprach mit Stern. Und die hermaphroditische russische Sonne hockte auf lange Zeit hinter dem androgynen russischen Meer.
Es war dunkel. Keine Lust zum Aufstehen, aber Lust zum Essen.
»Gehn wir heute essen?« fragte Sana Awwakum.
»Magst du?«
»Ja.«
Sie verließen »den alten Mann und die alte Frau«. Gingen an der Grünanlage vorbei, an der Haltestelle vorbei, am Laden vorbei, vorbei. Sie gingen ins... »In« war warm und sogar sauber. Die Tische standen ohne da. Einen Kellner gab es auch nicht.
»Was willst du?« fragte Awwakum.
Sie bestellten das Mittagessen, und zum Nachtisch bestellten sie das Abendessen. Offenbar war Fischtag, und auf den Plattenspieler hatte man einen »Fisch« aufgelegt, den noch niemand getextet hatte. Wenn der Text geschrieben ist, wird dann Fleisch draus? Weder Fisch noch Fleisch. Es war fad. Sie gingen mit Bäuchen raus, voll womit?
»Gehn wir ans Meer.«
»Dahin?« fragte Sana.
»Runter«, sagte Awwakum.
Sie gingen nicht an dieser Seite des Meeres raus, sondern an der Rückseite. Sie gingen dem Rauschen nach. Aber es war nicht das Rauschen des Meeres. Das Flüßchen mündete ins Meer, das Meer mündete an der Horizontlinie in den Himmel, oder der Himmel mündete an der

Horizontlinie ins Meer, es ging auch so. Am Flüßchen hatte man ein Kraftwerk gebaut. Das Wasserkraftwerk rauschte. Man hatte ja das Kraftwerk nicht an der Horizontlinie gebaut. Wieviel Energie hätte man dann aus dem Einmünden des Himmels ins Meer beziehungsweise des Meeres in den Himmel gewonnen; dieses Kraftwerk hätte vielleicht den Sternen, dem Mond und wem noch? der Sonne elektrisches Licht geliefert. Das Kraftwerk am Flüßchen lieferte elektrisches Licht in die Tabakskioske, unter die Tannen, unter die Büsche – in die Häuser also. Der künstliche Wasserfall war wahnsinnig schön. Er war Bild und Ebenbild: wie das Schwimmbecken der See, wie der Wasserspeicher das Meer, wie das Trampolin der Berg, wie der Zoo die wilden Tiere, wie die Grünanlagen der Wald, wie der Mensch Er. Alles heidnische Götter, klar, daß keine Götter, sondern Menschen mit hypertrophen menschlichen Eigenschaften überall rumrannten. Es ist nicht ganz einfach, aber man kann irgendeine menschliche Eigenschaft bis zur Anomalie entwickeln, und das ist dann ein heidnischer Gott. Das ist dann der Gott der Kraft oder der Gott des Verstandes oder der Gott der Schlauheit oder der Gott der Weisheit oder... Alle miteinander waren sie überall da, und alle miteinander bildeten sie nicht Gott, weil Gott nicht nur Mensch war. Benennen wir ihn mit dem Pronomen *Er. Er* schloß et cetera in sich ein: »Es« war fast ohne Wellen und Vögel, die Mondbahn zog sich auf »ihm« hin, auf ihr fuhren ein paar Schiffe; über »ihm« war »er« voller Sterne, mit zwei Kondensstreifen von Flugzeugen, ohne Wolken, mit dem Mond, der über »ihn« wanderte und einen Schatten auf »es« warf; »sie« aber war nicht da, »sie« war schon untergegangen, »sie« kommt morgen wieder, obwohl »sie« im Winter spät aufgeht.

Peter, materialisiert in Gestalt des modernisierten Stadtsumpfs, stand da. Er drohte den Schweden und Finnen, den Kaulquappen und Blutegeln, dem Meer und den Flüssen. Gott offenbarte die heilige Dreifaltigkeit in Gestalt des Wasserfalls, der Mensch plünderte den Schöpfer aus. Er kopierte, onanierte den Wasserfall. Er baute das Kraftwerk. Das Wasserkraftwerk war das Modell des Menschen und kennzeichnete ihn. Das Kraftwerk im ganzen bezeichnet den Menschen, und es ist der Mensch. Das fallende Wasser bezeichnet das menschliche Fleisch, und es ist Fleisch. Das von der Kraft des fallenden Wassers ausgehende Licht bezeichnet den menschlichen Geist, und es ist der Geist – das elektrische Licht.
Menschen waren fast keine da, weil weder die Sonne noch Bier da waren. Ein Mann kroch hervor, er ging ihnen entgegen und schwankte, aber nicht vom Wind, sondern vom Bier, das da war, als die Sonne da war. Auf gleicher Höhe mit Sana und Awwakum sagte er halblaut: »deine Mutter«. Das bezog sich weder auf Sanas Mutter noch auf Awwakums Mutter, noch auf irgendeine werdende Mama, das bezog sich nur auf jenes Mädchen, das Gott erwählt hatte, obwohl es einen Mann hatte, Jossif Jakowitsch. Der Mann sagte dies über die Gottesmutter und wurde nicht vom Blitz getroffen, weil vielleicht am Anfang das Wort war, und das Wort war alles, aber dann war das Wort nicht mehr alles. Am Anfang war das Wort »Meer«, und es materialisierte sich im Meer, und das Wort »Berg« im Berg, und »Baum« im Baum, und »Sonne« in der Sonne. Nicht der Gegenstand erzeugte das Wort, sondern das Wort erzeugte den Gegenstand. Und der Gegenstand war größer als das Wort. Das Meer war größer als »Meer«, der Baum größer als »Baum«. Das Wort konnte man

schmettern, es war der Geist, von ihm konnte man schwanger werden, aber wer kann heute telefonisch empfangen?
In Holzformen goß man flüssigen Zement: züchtete Würfel und Pyramiden. Ganz knackfrischgebacken lagen sie am Ufer. Es war ein künstliches Relief anstelle der natürlichen Felsen und Steine. Manche Würfel, vielleicht vom Vorjahr, vielleicht vom vorvorigen, hatten schon Moos angesetzt und ein natürliches Aussehen. Die Uferlinie war von einem Kubisten säuberlich in Würfel unterteilt, aber nicht von Braque und nicht von Picasso, weil es nicht auf einem Bild war. Ein Vogelschwarm flog so, daß er in der Perspektive wie ein Vogel wirkte. »Stolpere nicht«, sagte Awwakum. Sana stolperte über den Schatten. Der Wind bewegte die leeren, pultähnlichen Ständer, sie sind im Sommer Sonnendächer, und was ist der Wind? Sogar das, was beim Menschen Herz heißt und über den ganzen Körper den Geist verteilt, oder die Kraft, dieser Geist oder diese Kraft heißt Wind über dem Meer, über dem Asphalt und den Häusern, über dem Park zum Beispiel, und gleicht innerlich dem menschlichen Geist. Aber wie das Herz heißt, das ihn macht, weiß man nicht.
Der Wind trieb nach Hause. »Sanfter, nicht so!« sagte Awwakum zum Wind, doch wer hörte schon auf ihn. Der Wind blies stark in den Rücken. Ein Holzklötzchen kam ihnen unter und noch ein Holzklötzchen – Sitz eines Stuhls. Man konnte nicht drauf sitzen, aber man konnte ein Bild malen. Sana sammelte sie auf. »Wozu?« – »Zum Malen.« – »Wohin damit?« »Aufhängen.« – »Laß liegen.«
Das Zimmer eines Alkoholikers ist leer. Es gibt nichts, was man zerschlagen könnte, was zu schade zum Zerschlagen wäre. Alles ist unzerbrechlich. Jeder Gegen-

stand hält das Fallen aus, befindet sich also im Zustand der Schwerelosigkeit. Der Alkoholiker stößt sich von der Erde mit derselben Kraft ab wie die Erde von ihm, Schwerelosigkeit ist eine Art und Weise. Jeder Gegenstand vermag auf der Stelle einen anderen Gegenstand zu ersetzen – fällt man auf den Tisch, dann ist der Tisch ein Sofa, ißt man auf dem Sofa, dann ist das Sofa ein Tisch, geht man durchs Fenster raus, ist das Fenster eine Tür.

In einem antiken Zimmer ist jeder Gegenstand zerbrechlich, alles ist zu schade, nirgends kann man gehen. Der Stuhl ist aus dem achtzehnten Jahrhundert, auf ihm sitzt sich's schlecht, im achtzehnten Jahrhundert saß es sich gut auf ihm. Aber er ist nicht zum Sitzen da. Aus der Teekanne kann man nicht trinken, sie ist auch aus dem achtzehnten Jahrhundert und gesprungen; der Kronleuchter ist aus dem vorigen Jahrhundert, er leuchtet schlecht und wärmt überhaupt nicht; die Uhr ist auch aus dem vorigen, sie geht nicht, aber es ist keine andere da. Der Stuhl ist nicht dazu da, um drauf zu sitzen, die Teekanne nicht, um draus zu trinken, die Uhr nicht, um die Zeit zu zeigen. Und aus den Gegenständen zieht sich die Seele zurück, noch ist sie nicht fort. Der Gegenstand selbst zieht sich zurück, und es bleibt nur der Name des Gegenstandes, also das Wort, also der Geist. Das Wort Stuhl steht da, das Wort Teekanne. Genauso wird sich auch das Meer zurückziehen, wie der Gegenstand, wie der Stuhl, auf dem man sitzt, und es wird das Wort »Meer« bleiben, und der Berg wird sich wie die Teekanne zurückziehen, springen; am Schluß wird das Wort sein, wie am Anfang das Wort war, und das Wort war alles.

Nicht daß Großmutters Zimmer karg und schmutzig gewesen wäre. Der Schmutz wechselte natürlich nicht

in eine ästhetische Kategorie über. Armut war ein Makel. Es gelang einfach nicht, sie zu lieben, wie es nicht gelang, den Nächsten zu lieben wie sich selbst.
Der Wind blies durch und durch. Durch den Menschen wie durch den Busch; er war innen und außen, überall. Doch in seinem Volumen bestand der Busch aus Wind und Zweigen: Die Zweige umschlossen ein bestimmtes Windvolumen, und seiner Natur nach gliederte sich der Wind natürlich der Natur des Busches ein, dort gab es keinen Platz für ihn, er war überflüssig, dort gab es einen eigenen Wind, der das Blut trieb. Der Straßenwind legte sich auf den inneren Wind, und das war nicht schön, es war kalt.
Sie kamen zur Jaga, es war schon Nacht. Weshalb? Weil sie dort wohnten. Sie klingelten – niemand da. Weshalb latscht einer spätabends durch die ganze Stadt? Deshalb, weil er dort wohnt. Der Invalide mußte zu Hause sein. Die Augen fielen einem zu. Warum machte er nicht auf? Niemand. Awwakum trat mit dem Fuß gegen die Tür. Niemand da. »Vielleicht hat er gedacht, wir sind drinnen, und ist weggegangen, dabei sind wir draußen. Vielleicht hat er auch gedacht, wir sind draußen, und ist absichtlich weggegangen. Vielleicht ist er auch drin?« Awwakum trat noch einmal dagegen. Niemand. Auf dieses Hämmern öffnete die Nachbarin die Tür einen Spalt weit, die gute, die jemandes Töchterchen ins Bad führt, wenn seine Mama krank ist, nicht umgekehrt die schlechte, die jemandes Mama ins Bad führt, wenn ihr Töchterchen krank ist. Die Nachbarin brüllte nicht los. »Zu wem wollen Sie?« – »Entschuldigen Sie bitte, wir haben keinen Schlüssel, aber hier ein Zimmer gemietet.« Sie sagte, daß der Alte wahrscheinlich zu seiner Tochter gefahren sei und die Alte unten aufpaßte. »Wenn Sie da runtergehn, dann gehn Sie auf dieser Seite

ums Haus rum, der Eingang ist genau unter diesem Aufgang.«

Sie gingen runter, rum und fanden den Eingang. Klingelten – niemand da. Klopften – niemand da. »Blöde Kuh«, sagte Awwakum, »alte Kupplerin.« – »Klopf doch«, sagte Sana. Er gab der Tür oben eins drüber, und noch eins.

»Hörst du, da klopft wer«, sagte Tschaschtschjaschyschin.

»Nicht bei uns.«

»Bei uns klopft wer, an der Haustür.«

Awwakum klingelte wie vereinbart. Dann drückte er auf den Klingelknopf und ließ den Finger über eine Minute drauf, dann noch länger.

»Hörst du?«

»Jetzt hör ich's«, sagte Otmatthejan, »es klingelt.«

»Was meinst du, soll ich mal nachsehn?«

»Wo ist denn die Alte hin?«

Tschaschtschjaschyschin stand auf und ging nachsehn. Gerade klopfte Awwakum wieder. Tschaschtschjaschyschin machte auf. Anstelle der Alten sahen Sana und Awwakum Tschaschtschjaschyschin.

Er sagte ihnen, daß er nicht der Nachtwächter und die Nachtwächter-Alte nicht da sei; sie sagten, daß sie bei der Alten ein Zimmer gemietet hätten und diese nicht daheim sei.

»Warten Sie mal hier«, sagte Tschaschtschjaschyschin, »ich komm gleich wieder.« Er ging zu Otmatthejan ins Zimmer zurück.

»Da steht irgendeine Tussi mit ihrem Freund, ich hab nicht ganz verstanden, was sie wollen, sie brauchen irgendeinen Schlüssel von der Alten, und die ist nicht da.«

»Dann schick sie weg«, sagte Otmatthejan.

»Nein, sie haben bei ihr offenbar ein Zimmer gemietet, und sie ist nicht da.«
»Na und?«
»Woher soll ich das wissen, schau doch selbst nach.«
Otmatthejan ging raus. Nicht, daß er rausging und dann sah. Es war auf einmal, daß er rausging und sah. Im Dunkeln. Er erkannte sie sofort, im Dunkeln, na und.
»Tach«, sagte Sana.
»Zu wem wollen Sie?« fragte Otmatthejan.
»Sind Sie der Nachtwächter?« fragte Awwakum.
»Hier ist keiner, was noch?« fragte Otmatthejan.
»Sonst nichts«, sagte Sana.
»Na, dann eben nicht«, antwortete Otmatthejan. »Gehn wir«, sagte Sana zu Awwakum, »zwei Päderasten, siehst du nicht.« – »Was ist denn los mit dir, läufst in der Nacht herum!« sagte Otmatthejan.
Er sagte das laut, in Wirklichkeit jedoch vor sich hin, weil Sana das von den Päderasten auch vor sich hin gesagt hatte, aber er hatte es gehört, aber sie hatte es gehört.
»Dann entschuldigen Sie uns«, sagte Awwakum.
»Macht nichts«, sagte Otmatthejan, »Sie konnten's ja nicht wissen.«
Sie gingen.
»Wieder ans Meer!« sagte Sana.
»Wir sind doch schon ans Meer gefahren.«
Sie gingen dorthin, wohin sie gefahren waren. »Und weshalb sind wir hierher gefahren?« – »Zum Schauen.« – »Schau selbst.« Awwakum schaute. Was er anschaute, war eher zu hören als zu sehen. Das Meer war für die Ohren, für die Augen war es unerträglich. Winter ist, wenn die Sonne weiter weg ist. Dann sind auch die Menschen weiter von der Stelle weg, von der die Sonne weiter weg ist. Dann ist in der Metro immerzu Sommer, zur Stoßzeit Hochsommer.

Niemand badete. Im Wasser gab es keine sozialen Unterschiede. Sogar nach den Badehosen konnte man keinen Unterschied machen, weil sie auch im Wasser sind, es waren keine im Wasser. Vollständige soziale Gleichheit. Die Republiken vermischten sich am Strand. Man stritt, wer besser sei: die Georgier oder die Armenier, Moskau oder Leningrad, Fleisch oder Kohl, Seele oder Körper: »Ich meine, Leningrad ist näher bei Moskau als Moskau bei Leningrad.« – »Und ich meine, Moskau ist näher bei Leningrad. Von Moskau nach Leningrad ist es näher, als von Leningrad nach Moskau, und besser.« – »Im Sinne von ›besser‹?« – »Von Moskau nach Leningrad ist es schlechter.« Schlechter im Sinne von weiter, besser im Sinne von billiger, intelligenter im Sinne von reiner. Ohne Sinn.

Über dem Meer war »weder Tamtam noch Trauer«, dafür Puschkinsche Transparenz und Barkowsche Energie, obwohl die Transparenz auch von Barkow war, »Tamtam« ist im vorliegenden Fall kein schlechtes Wort, sondern nur ein Synonym für Heiterkeit: über dem Meer war es weder heiter noch traurig. In der Mitte zwischen dem schwarzen Humor des Marquis und dem hellen Humor Barkows war das Sprichwort, daß jedes Tier nach diesem Geschäft traurig ist. Über dem Meer war auch kein Sprichwort. Die Arbeitsgeräte aus der gemeinschaftlichen Urgesellschaft (gab es die denn? das war, als alle verwandt waren, als der Milizionär mit allen verwandt war) waren vervollkommnet worden, und das Hauptgerät, mit dem man dies macht und jenes und Kinder, war auch modernisiert worden: elektrifiziert und radiofiziert.

»Ich muß mal«, sagte Sana.

»Hock dich hier hin.«

»Nicht so gern, da kann man mich sehen.«

Sie ging etwas weiter abseits, um das zu tun, was sie mußte – sich verpissen. Das Meer spülte. »Die Schaben haben Flügelchen.« – »Wozu brauchen sie die, sie laufen doch.« – »Aber wenn es auf der Erde nichts mehr zu fressen gibt, fliegen sie weg.« – »Zu den Sternen, was?« Sie sprang aus dem Gebüsch heraus. Verpißte sich. »Na, wieso hatte es Katharina gerne, wenn man sie in diesem Moment beschimpfte?« – »Du hast es doch auch gerne.« – »Ich sag ja auch, wieso haben Katharina und ich das gerne?« Awwakum ertränkte Katharina und Alexandra wie Katzenjunge. »Ich will, daß du mit einer Prostituierten schläfst, ich will, daß du mir eine schmutzige Geschichte erzählst.« – »Lieber nicht, nachher tut dir dein Herz weh.« – »Erzähl sie mir sofort, sonst erschlage ich dich!« Tat's und verpißte sich. »Stimmt es, daß immer, wenn Mond ist, neben ihm immer ein Stern steht? Und dann wird er von ihm abgestoßen.«

Da stand sie schon vor der Tür...

»Es klingelt wieder«, sagte Tschaschtschjaschyschin. »Bleib liegen, ich mach auf.«

Otmatthejan machte auf. Er fragte nichts. Sie fragte nichts. Er antwortete: »Ich bin nicht allein.« – »Ich bin auch nicht allein.«

Er antwortete sich selbst: »Hör zu, das ist kein Hotel. Soll ich dich etwa auf den Tisch legen?« – »Aufs Fensterbrett!«

Sie redeten abstoßend miteinander. Doch »abstoßend« war die Umstandsbestimmung der Art und Weise, sie hing von den Umständen ab. An sich war die Art und Weise lustvoll, es war also ein qualitatives Adjektiv, weil es noch lustvoller hätte sein können. Sie agierten genau nach Lomonossows Grammatik: Nomen, Verb, Interjektion; Nomen für die Benennung der Dinge,

Verb für die Benennung der Tätigkeit, Interjektion für die kurze Äußerung der Geistesregungen. Sie schliefen im Stehen, wie manche, wie viele Tiere, in der Box; sie standen in der Garderobe: Kleiderständer für die Mäntel, Fächer für die Stiefel. Nasse Schaffelljacke am Haken. »Soll ich die Stiefel auch ausziehen?« Putzlumpen und Eimer, ein Bänkchen. »In was verwandelst du die Liebe!« Die Dinosaurier bebten, als die Erde auch bebte, brachen aus, zusammen mit den Vulkanen, die ausbrachen – knallten erzählend hin.

»Wieso bist du mir nachgefahren?«

»Im Gegenteil, ich bin vor dir weggefahren, ich bin hier schon gestern angekommen.«

»Du bist vor mir genau dahin weggefahren, wohin ich vor dir weggefahren bin.«

»Bist du auch vor mir weggefahren?«

Warum ist es bei den Symbolisten so, daß die Sonne, wenn sie da ist, gläsern ist und der Himmel feurig; bei den Realisten ist die Sonne am Erlöschen und das Meer scheint in der Natur überhaupt nicht vorzukommen; bei den Romantikern aber gibt es nur ein Meer, über das immerzu der Wind pfeift.

Wählen mußte man nicht: eiserne Zweiglein, eine kleine Lichtung hinter dem Gitter. Die Füße abstreifen, gestern wurde der Wald aufgewischt. Der Heizkörper ersetzt die heiße Badewanne und die Zudecke, bei den Sentimentalisten müßte sich alles am Heizkörper abspielen.

»Und was ist das für eine Geschichte mit den Schlüsseln? Wo bist du abgestiegen?«

»Oben, echt. Wir sind gestern angekommen und haben uns dort ein Zimmer genommen.«

Der Wind schaukelte die eisernen Haken an den Kleiderständern im Hain, die »gläserne« elektrische Sonne wärmte und leuchtete dazu. In den Heizkörpern flossen Bächlein, die gekachelte Lichtung war trocken und sauber; der Himmel war bewölkt, aus einer gelben Wolke tropfte es, darunter stand der Eimer. Sana folgte dem Pfad, er führte ans Fenster.

»Wie hast du's geschafft, dich zu mir zu verdrücken?«

»Ich mußte mal und hab mich verpißt.«

»Du lügst!«

Dann erschien am Horizont ein feiner, heller Streifen vom, wie man meinen sollte, wie die Sonne aufgehenden Tschaschtschjaschyschin, doch er verschwand sogleich wieder, Tschaschtschjaschyschin schaute nur kurz rein, sogar ohne eine Runde gemacht zu haben – er hatte keinen Vorwand, um aufzugehen. Die Sonne aber hatte wie Tschaschtschjaschyschin keinen Vorwand, nicht aufzugehen – und so brach der Morgen mit seiner Wurst und seinen weichen Eiern an, mit seiner Zahnpaste und den Fünfkopekenstücken für die Metro, mit dem Schal, es brauchte drei Generationen, bis man lernte, den Schal normal zu binden. »Wenn du willst, mache ich eine Runde und schau nach, wie es ihm dort geht, und komme dann unter irgendeinem normalen Vorwand wieder.« Es regnete nicht unter einem normalen Vorwand: Der Wind hatte die Wolken vertrieben, auch die gelbe.

»Es ist schon spät, geh.«

»Das heißt schon früh. Ich werde nirgendwo hingehn.«

»Na, geh schon, Sana.«

»Nein.«

»Du gehst jetzt.«

»Nein.«

»Ich werde dich im Heizkörper ertränken!«

Sich am Kleiderständer erhängen – Haken gab es genug.

Wie reden wir miteinander, in welchem Kauderwelsch: Na und, na, wie geht's, ganz gut, als ob nichts gewesen wäre. Das Innere der Busse ist poppig, das Klavier ist poppig. »Vielleicht ist bei mir ein Happening, und ich möchte mit dir in der Garderobe schlafen.« Das Evangelium ist die Beschreibung des ersten Happenings, nein, des zweiten; das erste Happening war die Sintflut.

»Was willst du denn erreichen? Daß ich mich hier aufhänge, in der Garderobe?«

»Ich geh ja gleich.«

Die Kleiderständer, die man als Bäume benützen konnte, benützten sie auch so.

»Laß uns spazierengehen«, schlug sie vor.

»Wo, zwischen den Kleiderständern?«

»Zwischen den Bäumen.«

Die Haken raschelten, blühten jedoch nicht auf. »Setz dich!« Sie setzte sich und hörte sich an, daß sie ihn nicht liebe, niemanden liebe. – »Oder liebst du etwa?« Sie sagte »ja«. »Das gehört in einen anderen Bereich.«

In diesem Bereich ist alles wüst und leer, und nicht, weil der Kühlschrank leer ist (nichts zu essen) und es nicht einmal Bett und Tisch gibt, sondern weil man spucken, schreiben, schlagen und die andere Backe hinhalten kann, nicht aus Demut, sondern aus Begeisterung: um sich zu erniedrigen und dann zu verwünschen. Ihr wird nicht der Freispruch und die Vergebung dieses Bereichs zuteil, obwohl, wenn es stimmt, daß es gut ist, wenn man »heiß oder kalt« ist, und schlecht, wenn man »lau« ist, dann gibt es den Freispruch, aber wahrscheinlich stimmt es nicht. Jeder für sich allein, ohne Mitleid für den anderen, und auf das übrige gepfiffen: »Ruck, zuck«, und niemand hat Mitleid, weil weder Mama noch Wanjetschka da sind. Was soll sie mit diesem

»wüst und leer« machen, wenn man mit ihr in den übrigen Tagen, wenn man Grießbrei ißt und bloß drei Zigaretten am Tag raucht, was soll sie mit dieser Provinz, nein, mit dieser Metropole machen, wenn man in den übrigen Tagen (wenn man Grießbrei ißt) mit ihr rechnet und sie zweimal im Monat Wirklichkeit wird? Wo soll man vor der Wirklichkeit hin? Dann also wird man im Heizkörper ertränkt oder am Kleiderständer aufgehängt. Und wo befindet sich dieser Bereich geographisch? Weder am Nordpol, daß man kalt, noch am Südpol, daß man heiß wäre, oh! Wäre sie am Nordpol oder am Südpol, dann könnte sie sogar im Bad oder in der Küche oder im Treppenhaus sein. Niemand sucht sie, sie findet selbst, und man muß ihr immer wieder geben. Man darf sie nicht mißachten, dann wird sie anfangen, ihre Ausdauer zu entwickeln, und am besten wäre es, ihr alles auf einmal zu geben.
»Ich bin ein toter Mensch.«
»Mit Toten ist es Spitze!«
Erster Gang, zweiter Gang, dritter Gang; zum zweiten Gang Frikadellen, zum dritten Kompott; das erste Mysterium ist die Geburt, das zweite der Tod, adultère ist das Kompott. Es ist nicht mal adultère – »pour adultes« – für Erwachsene: Ehebruch ist, wenn man ein Hotel hat, einen Dampfer und Strümpfe und Parfüm und ein Doppelbett; aber hier: wenn man zwei Tische zusammenstellt, wird ein Doppelbett draus, nicht mal das gibt's; Eimer, Pfütze, Garderobe, für wen ist das? – für kleine Kinder; so spielen Kinder Mutter und Kind. Hier in der Garderobe haben wir unser Haus, auf diesem Bänkchen werden wir schlafen, zum ersten Gang gibt's Sandkuchen, zum zweiten Wasser aus der Pfütze. Und irgend etwas kommt in der Natur in Gang, wenn Telefon und Telegraf Teil der Natur sind; kein Nordlicht,

natürlich, kein Erdbeben wie bei den Dinosauriern, sondern unser eigenes: irgendwelche unverständliche Klingelzeichen per Telefon, die verabredet sind, je nach den Umständen Klingelzeichen an der Tür, irgendwer klingelt und rennt weg, anonyme Päckchen mit Leichenteilen, vom Himmel (aus dem vierten Stock?) fallen Eier und zerplatzen vor den Füßen. Gibt's dafür eine Erklärung? Nein. Genausowenig wie für den Donner oder das Nordlicht. Der Wind aber scheint von der Sonne auszugehen, weil das Herz, das ihn macht, genauso heißt. Eine wissenschaftliche Entdeckung.
»Macht's dir so Spaß? Dir macht's so keinen Spaß.«
»Doch.«
»Ich dachte, dir macht's so keinen Spaß.«
»Mir macht's auf jede Art Spaß.«
»Ich dachte, dir macht's nur so Spaß.«
»Alles macht mir Spaß.«
»Mir macht's so auch Spaß.«
»Es macht dir keinen Spaß.«
»Doch.«
Sich vor dem Frost retten wie vor der Leidenschaft, vor der man sich retten muß wie vor dem Frost. Eins. In der Garderobe setzte plötzlich der Frost ein. Er ist aus diesem Bereich. Es tat weh, die Zunge vom Eisen wegzureißen. Das war eine weitere Kinderregel: Nicht an der Eisenschaukel lecken. »Laß das, das tut weh.« – »Aber es macht irren Spaß.« Blut blieb auf der Zunge: Die Haut klebte am Hintern fest, der vom Frost eisern geworden war. »Gib mir die Zunge.« Es verging ein bißchen. »Tut's noch weh?« – »Sehr.«
Wenn sich ein Mensch entfernt, wird er zum Vogel, wenn sich ein Vogel entfernt, wird er zum Stern, so sind es völlig gleiche Größen: Mensch, Vogel und Stern. Der Stern ist deshalb so groß, damit der Mensch sehen kann,

wie klein der Stern ist, damit der Vogel sehen kann, wie klein der Mensch ist. In der Garderobe ließ sich das schwer beweisen. Otmatthejan entfernte sich vom Bänkchen zum Kleiderständer und wurde kein Vogel, vom Kleiderständer entfernte er sich zum Fenster und wurde kein Stern: die Maßstäbe stimmten nicht. »Weshalb bist du zu mir gekommen?« – »Ich bin ans Meer gekommen.« – »Dann geh ans Meer, wenn du ans Meer gekommen bist!« Otmatthejan war nicht das Meer. Und nicht, weil man sich in ihm nicht ertränken konnte, sondern weil über dem Meer »weder Fick noch Trauer« war, über ihm aber schon. »Gleich kommt die Alte, wohin dann mit dir!« Falscher Stoffwechsel: unheimlich falsch wurden Fleisch und Kartoffeln, Salziges und Süßes, Bäckerei und Flughafen gewechselt.
Man kann immer alles erklären. Warum erinnert sich der Mensch nicht an die Zeit, wo er ein Stern war; der Stern erinnert sich daran. Weil er in einer anderen Eigenschaft war, in der Eigenschaft des Sterns. Wie sehr kümmert sich der Mensch um die Gemütlichkeit und Sauberkeit in seinem Zimmer: daß neue Tapeten reinkommen, daß das Parkett abgezogen wird. Was sind Tapeten in der Natur? die Schutzschicht auf den Blättern. Darum kümmern sich Wind und Regen. Der Mensch kümmert sich um seine Kleidung (um Mantel und Stiefel), und Gott um seine (um Meer und Berg), und Gott hat nichts damit zu tun, daß es in den Läden keine Mäntel gibt. Der Berg ist ja eben der Schrank im Zimmer. Und wenn der Schrank nicht zum Menschen kommt, kommt der Mensch zum Schrank.
»Geh, mein Liebchen, mein Sternchen, um Christi willen geh.«
»Nein.«
»Raus mit dir, du Hexe, hau ab, du Flittchen!«

Gleich gäbe es ein Gewitter. Elektrische Entladungen von der Berührung der Eisenhaken. Donner von den oben wohnenden Nachbarn. Sie schmiegten sich aneinander.

»Mein Kleines, mein Liebes, was willst du denn?«

»Laß uns heiraten.«

»Wo sollen wir denn heiraten? Hier, in der Garderobe, ja? Auf dem Bänkchen, ja? Hinterm Gitter zwischen Haken. Na gut. Laß uns heiraten, solang die Alte noch nicht da ist. Wir lassen uns doch kirchlich trauen, ja? Stolper nicht über den Eimer. Tschaschtschjaschyschin!«

Otmatthejan brüllte durch die ganze Halle. Tschaschtschjaschyschin tauchte in der Perspektive als ganz kümmerliches Sönnchen auf. Doch er stieg immer weiter auf und begann zu strahlen. An der Garderobe bremste er ab. »Was brüllst du so?« – »Komm her, Freund. Du mußt uns jetzt sofort trauen. Stell dich hierher.« Otmatthejan öffnete ihm die Tür zur Garderobe. Tschaschtschjaschyschin ging ans Fenster. Die allgemeine Sonne und er, Tschaschtschjaschyschin, die Sonne im besonderen, strahlten hell. »Sprich.« – »Was soll ich sprechen?« Tschaschtschjaschyschin verstand nicht. »Sprich, daß sich der Knecht Gottes und die Magd Gottes vermählen, sprich...« – »Na, sie vermählen sich.« – »Weiter.«

»Wie heißen Sie?« – »Sana.« – »Sie heißt Alexandra.« – »Die Magd Gottes Alexandra mit dem Knecht Gottes...«, sagte Tschaschtschjaschyschin. »Brav.« – »Küßt euch jetzt.« Otmatthejan küßte Sana einmal auf die Backe. Und dann noch zweimal. Sie küßte ihn dreimal. »Was machen wir jetzt?« fragte Tschaschtschjaschyschin. »Jetzt stehst du hier Schmiere. Wenn die Alte kommt, gibst du ein Zeichen, wir gehn derweil.«

Sie gingen durch den Korridor wie ein Mensch: Er war die Kraft, das übrige, sie, war Farbe. Sie kamen zum Laienspielzirkel. Dort war das Bett schon aufgeschlagen. Sie legten sich nicht sofort hinein. Sana sagte, ihr scheine, daß sie der letzte Mensch sei, der geboren wurde, das heißt, sie werde diejenigen, die jünger seien als sie, nicht mehr sehen; natürlich sähe sie auf der Straße Kinder, kleine Mädchen und Buben, aber sie erschienen ihr älter, sie seien gewissermaßen Tanten und Onkel; das heißt, nach ihr sei niemand mehr geboren worden. »Stimmt das, was du sagst?« Otmatthejan fragte so, weil er meinte, daß er gewissermaßen der erste Mensch, der Urmensch, sei, und daß niemand älter sei als er; es gäbe natürlich alte Männer und alte Weiber, aber sie seien eben Kinder; daß vor ihm gewissermaßen niemand geboren sei, erst nach ihm. Danach legten sie sich hin: das Jüngste und das Älteste zusammen, das Allerjüngste und das Allerälteste zusammen. Worüber sollten sie reden?

Er fragte, was sie über den Regen denke, der eingesetzt hatte, weil Tschaschtschjaschyschin hinter der Wolke verschwunden war. Sie sagte. Sie fragte, was er über den Vogelschwarm denke. Er sagte. Sana sagte, sie denke anders, ein Vogel im Schwarm sei Teil eines Vogels, und erst alle zusammen seien ein Vogel. Er wollte noch was über die Vögel sagen, dachte jedoch, daß es sie nicht interessieren werde. Sagte es nicht. Sie wollte noch etwas über die Vögel sagen, dachte jedoch, daß es ihn nicht interessieren werde. Sagte es nicht.

Und alle in einem Zimmer, alle zusammen: hübsche Schülerinnen, geschiedene Frauen. Der »Stern« aber war ein Euphemismus; dieses Wort nach einem Monat auf der gynäkologischen Station zu benützen, war anstößig: »Na du, Stern, wohin wirst du gelegt! Na, du bist mir ein schöner Stern!« Wie sollte man da noch Gedichte rezitieren: »und der Stern spricht mit dem Stern« oder »eines Sternes Namen nenn ich immer wieder«? Die Frauen stricken, die Männer trennen auf. Soundsoviel Maschen und soundsoviel Maschen, eine zunehmen, dann zwei zusammen. Wieviel du gestrickt hast, erst war es so viel, und jetzt ist es schon so viel; man kann es auch so sagen: es war Morgen, und jetzt ist schon Abend; wenn man all das auftrennt, wird wieder Morgen sein.

Wenn sich die Menschen noch nicht gut kennen, scheinen sie nicht zu schnarchen, nicht zu kotzen und nicht mal aufs Klo zu gehen, sondern immer nur Schönes und Gutes zu tun. Otmatthejan kotzte. Ein gewisser Grad von Vertrautheit. Es war noch das Gestrige, das heute nicht verdaut worden war. »Und du willst sagen, daß es dir mit mir gut geht?« Sie sagte »ja«. Schließlich spricht man im Spirituosenladen bei Vollmond ein katholisches Gebet, wenn ein Taubenschwarm am Himmel aufblitzt, wenn der Möchtegerntaxifahrer, der Möchtegerngauner, mit seinem Ansinnen statt ins Zentrum in den Filjowskipark fährt, und ein anderer Charon in seinem Auto einen kaputten und deshalb liegenden Sitz hat; nach einstündiger Schüttelei tut der Rükken weh. Egal.

Und wenn die Mädchen im Provinzladen eine Jacke kaufen, die sich dann als Berufskleidung der Verkäufer herausstellt – »hast du nicht gewußt, daß die Verkäufer solche anhaben? – »Woher soll ich wissen, was die anhaben«, wohin dann mit dieser Jacke, man kann mit ihr nur die Pinsel abwischen. Die Pinsel muß man schließlich auch mit irgendwas abwischen. Für drei Rubel. Wie furchtbar, daß das so ist. Neben der Generalsdatscha und noch eine Datscha weiter. »Sie vermieten nicht

etwa Ihre Datscha?« – »Daran hätten Sie im Winter denken müssen.« Unter dem Schirm gemeinsam einen Viertelliter leeren, nicht weil man trinken möchte, sondern der Gesundheit wegen, damit man sich nicht erkältet. Alles ist schlecht. Gut ist nur, daß die Linie des Flusses keine Linie ist, und die des Waldes keine Linie, und die der Landstraße auch nicht. Doch ein Teil des Waldes, des Flusses und der Landstraße bilden wegen des herankriechenden Nebels ihre Linie, der ist dann die absolute Linie. Und der Nebel bildet ein Relief, das verschwinden wird, sobald der Nebel verschwindet. Und man darf es sich nicht einprägen: am Relief wird man diese Stelle das nächste Mal nicht erkennen – verdeckt sind die Orientierungspunkte und Merkmale: die Bude, das Haus, die Kurve. Diese Stelle wird es nicht mehr geben, es gibt sie nur einmal, jetzt, also gibt es sie nicht. Die Bedingtheit des Reliefs: des Flusses, des Waldes und der Landstraße ist durchaus real. Der Wald und die Bushaltestelle werden mit dem Nebel zusammen abziehen, und an ihrer Stelle wird nichts sein, was sein wird, wenn wir hier nicht sein werden, und nichts wird es geben: weder Kippen noch Apfelsinen, noch Zigaretten.
»Liebst du mich?«
»Es gibt ein Mädchen, das ich liebe. Irgendwann werde ich es verführen.«
»Ein Mädchen?«
»Es ist eine Schönheit, du bist auch eine Schönheit, es ist die Schlafende Schönheit.«
»Hast du was mit ihr gehabt?«
»Ich hab mit allen was gehabt.«
»Mit ihr auch?«
»Mit ihr nie, weil sie schläft. Soll sie ruhig schlafen, ich werde sie nicht wecken, ich bin nicht der Mann. Ich werde dich wecken.«

»Haßt du mich?«
»Ich mach dir alles auf einmal.«
Sie machten alles auf einmal, doch das war zuwenig, weil er alles anwendete, woran er sich erinnerte, und das war ein Trick, sie beschäftigten sich mehr mit ihr, er wollte, daß sie's auch mit ihm taten, sie begann's zu tun, als er sagte, was, und als sie's vollbracht hatte, da sagte sie: »ein Schuß auf mich«, weil sie auf Puschkin anspielte.
Sie begann ihm anschaulich darzulegen, daß sie zu zweit ein Mensch seien und nicht zwei, wie das? Mit vier Armen. Sie entlockten sich Töne. Er stimmte zu. Die Lust ist in einem selbst enthalten, man muß sie freisetzen. Sie peitschten sich auf.
Das Bett ist mit Zellophan bedeckt, damit der Mensch nicht trocken und hart wird. Genug auf der Wippe geschaukelt. Du schaukelst, und mir wird schlecht. Wo sollen wir wohnen? Wir haben nichts. Wir könnten doch dorthin zurück, wo du früher gewohnt hast. Dorthin gibt's kein Zurück. Hier. Im Haus der Kultur. Die Zirkel auflösen und die Alte abfinden. Nein, der Alten ein Gehalt zahlen und sie als Concierge behalten – als Närrin –, sie würde melden, wer gekommen ist, und alle verscheuchen. Was sollte die Alte hier eigentlich? In den Zirkelräumen ein Krankenhaus einrichten; das ist das Leben! wenn man »zur Erhaltung« mit sechs Mädels zusammen im Krankenzimmer liegt oder jenseits der Wand im Raum »zur Reinigung« mit noch sechs Mädels, du kannst es nicht unterscheiden, nur wollen diese das loswerden, was die anderen behalten wollen, Gezeter und Geschimpfe. Hier wie dort sitzt man vor dem Fernseher und versteht nicht, was passiert. Fragt: Wo ist er hingegangen, weshalb weint er und weshalb lacht er; »wenn ein Kind kommt, kriegen

wir eine Zweizimmerwohnung, wenn's Zwillinge werden, dann eine Dreizimmerwohnung«, arithmetische Progression, schade, daß es keine geometrische ist. Im Mutterschoß ist es dunkel, warum weinen dann die Kinder dort nicht, im dunklen Zimmer weinen sie doch, also ist es im Mutterschoß hell, wie in einem hellen Zimmer, wo die Kinder nicht weinen; man müßte eine Fotozelle einführen, wenn sie aufleuchtet, dann ist es wirklich hell, wenn »nicht«, dann nicht. Ist das nun das neue Leben? Was schlägst du denn vor? Es sollte ganz normal sein. Und wie ist normal? Arbeiten gehen und Suppe essen. Wir wissen nicht, wie man Arbeiten geht und wie man Suppe ißt. Wie konntest du denn hier bei mir einziehen? Damit bei niemandem jemand einzieht, müßte die Produktion von Doppelbetten eingestellt und dürften nur noch Einzelbetten produziert werden. Ich liebe dich. Die Fenster müssen geputzt werden, wir kriegen Gäste. Wozu putzen? Sie kommen, wenn es dunkel ist. Damit man die schmutzigen Fenster nicht sieht, damit man den schmutzigen Fußboden nicht sieht. Laß uns schlafen. Die Schlangen rülpsen. Wetten, daß die Schlangen einen After haben, alle haben zwei Öffnungen: durch die eine geht's rein, durch die andere raus. Du hast mehr. Ich sage, das Minimum sind zwei. Sie haben eine Analöffnung, sogar die Fliegen haben eine. Schlaf.

Sana schaute zum Fenster raus, und draußen war alles alt, alles älter als sie, nichts jünger: uralte Spatzen; jugendliche Raben, aber natürlich trotzdem Greise; fünfzigjährige Tauben; und keine Spur von leichtfertigen jungen Saatkrähen (gibt es die überhaupt in Rußland oder ist das eine Vision, die er im Suff hat?); Zäune auf Krücken; hundert Jahre alte Wolken; die gesamte Natur war älter als sie, und sogar die Kinder, Teil der Na-

tur, die kleinen Mädchen schoben wie dicke Muttis Kinderwagen vor sich her; die Kleinsten saßen wie geschäftige Rentner im Sandkasten. Otmatthejan schaute zum Fenster raus, und draußen war alles jung, alles jünger als er: Täubchen von einem Monat, junge Greisinnen, ein ausgelassener Wind, junges Volk und Buschwerk, nagelneue Lastautos und sonstiges junges Gemüse.
Das Leben vor dem Fenster und im Zimmer bestand aus Elementen »für Prosa« und »für Lyrik«. Die meisten Elemente gab es für Lyrik. Am liebsten hätte man alles auf einmal. Und auf den Rhythmus gepfiffen. Der Sinn bestand darin, daß trotzdem zuerst der Regen kommt und dann das Gedicht über den Regen, daß zuerst die Überschwemmung kommt und dann das Gedicht darüber, und niemals umgekehrt. Niemals im Leben konnte ein Dichter den Regen anhalten, der Wind aber konnte es. Und Gott sei Dank ist das Gebet kein Faktum der Literatur, weil es das Gebet scheinbar vermag, wenn es aus dem Mund... Wenn man Gedichte gut schreibt, wird man ein guter Dichter, wenn man keine Gemeinheiten begeht, wird man ein guter Mensch, aber was heißt *gut* beten? Es heißt, daß das Gebet erhört wird. Und gut, das ist wie? Schon hundertmal – und nischt. Also schlecht. Nicht gut genug. Und wenn man in der besten Sprache, die beste ist natürlich die italienische, wenn man in der singt, dann geht es zu Herzen, in welcher Sprache, fragt sich, muß man dann beten, damit es *Ihm* zu *Herzen* geht. Wo ist diese Sprache, und wer kann sie? Wir werden sie nach dem Lehrbuch für das Fernstudium pauken, auf Fotokopien verbreiten, mit unseren Kräften erlernen und gemeinsam in ihr beten, ob er uns wohl erhört? »Das Flehen hat keinen Sinn.« In der Lyrik hat das Flehen keinen Sinn. Dann sollte man wenigstens eine Oper hören.

Otmatthejan konnte Sana gerade noch mit irgendwelchen Klamotten zudecken – Tschaschtschjaschyschin hatte nicht mal geklopft: »Aufstehn. Die Alte ist da.«
Sie machten aus dem Haus der Kultur eine Gemeinschaftswohnung, lagen weiterhin auf dem Doppelbett-Tisch und ließen sich ausführlich darüber aus, »wann sie gekommen war«, »was sie gesagt hatte« und »was sie jetzt macht«. »Stell das Teewasser auf.« Tschaschtschjaschyschin füllte Wasser ein und steckte den Stecker rein. Wie sollte man weiter leben? Alle Flaschen leeren, zu »Rigoletto« die Korken rausziehen: »Die Schnur ist gerissen.« – »Dann zieh doch vorsichtiger« und zur Rückgabe in den Laden marschieren. Lachhaft. Den Mädchen die Gebärmutteranhängsel heilen. Nach der ersten Abtreibung mit sechzehn sind alle erkältet und krank. Ein rein sowjetisches Organ. Auch das Sozialsystem war vom Schöpfer vorgesehen. Anhängsel sind das, was als Zugabe gegeben wird: zu Ceylontee gibt man Fleischklößchen in Tomatensauce. Wozu die Gebärmutteranhängsel Zugabe sind, weiß man. Und was jetzt! Wir zünden uns die Zigarette an der Kerze an, und auf See ertrinken die Matrosen. So kann man die ganze Hochseeflotte vernichten. Wie weiter leben?, bleibt nur noch eins – spazierengehen. Wie machen das die anderen, daß sie so glatt leben und fast gar nicht spazierengehen?
»Trinken wir ein bißchen Tee und gehen dann spazieren.«
»Mach das Bett.«
Sie gingen aus. Es ist schön, zu dritt spazierenzugehen. Immer, wenn man zu zweit nichts hat, worüber man reden kann, gibt es immer etwas, worüber man zu dritt reden kann. Weniger Pausen. Sana hängte sich bei Tschaschtschjaschyschin ein. Ihr wurde von Otmatthe-

jan nicht die Hand abgeschlagen, wie vielleicht der Venus von Vulkan, ihrem Ehemann, die Hand abgeschlagen wurde, weil sie sich auch bei einem eingehängt hatte. Otmatthejan war kein Heide. Er sagte: »Gehn wir die Straße lang.« – »Die ist aber eng«, sagte Sana. »Macht nichts, wir kommen schon durch.« Sie gingen im Gänsemarsch: vorneweg Sana mit heiler Hand, dann Tschaschtschjaschyschin, dann er. Sie kamen zur Pyramide aus Ufergeröll. Sie begannen sie zu erklimmen, um besser zu sehen, was wo schwimmt, um dem Himmel näher zu sein, dem sein Geschlecht abgeschnitten und ins Meer geworfen worden war, dem man es in jedem Augenblick abschneidet und es in jedem Augenblick ins Meer wirft. Wo aber hat der Himmel sein Geschlecht, an welcher Stelle? Am ehesten am Horizont, dort, wo der Himmel das Meer berührt. Die imaginäre Linie, der Horizont, sie ist doch das Zeugungsglied – alles, was hinter ihr ist, sieht man nicht, und alles, was vor ihr ist, sieht man. Mal hob sich das Glied, mal senkte es sich, je nachdem, wie sie die Pyramide erstiegen.

»Gib mir ein Zigarettchen«, sagte Sana zu Tschaschtschjaschyschin.

Irgendwie waren sie rasch zum »du« übergegangen. »Soldaten, von der Höhe dieser Pyramide blickt die Ewigkeit auf euch.« Das Ufergeröll rollte herunter. Wozu braucht man dann diese Pyramiden, wenn sie nicht für die Ewigkeit sind? Zum Bauen. Man hat sie nicht extra gebaut, eins-zwei hat man sie aufgeschüttet. Schmutzig und schief – unschön. Es regnete, und am stärksten regnete es auf die Pyramidenspitze, weil sie dem Himmel näher war.

Sie rutschten zum Meer runter. Irgend etwas schwamm heran. Die Fläche, auf der sich Himmel und Meer berührten, wurde durch die hundert Meter langen Regenlinien immer größer. Die Horizontlinie ging aus einer horizontalen Linie in eine senkrechte Fläche über, die sich auf die Menschen zubewegte und etwas schob, was auf dem Wasser ans Ufer schwamm. Die Fallkraft des Himmels ins Meer hatte eine Leistung, bei der Licht erzeugt wurde, unabhängig von der Sonne, weil die Sonne nicht zu sehen, es aber dennoch hell war. Das am Horizont errichtete Wasserkraftwerk (an der Stelle, wo der Himmel ins Meer fiel) gab eben dieses Licht, es rauschte auch. Schon schwamm ans Ufer das heran, wovon man sagen konnte, was es war. Es war vom Rang dessen, was dem Meeresschaum, der Muschel, entstiegen war. Sie entstieg nicht. Die Schlafende Schönheit blieb auf ihrer Holzliege liegen – es schlug sie schon fast ans Ufer. Derselbe fleischfarbene Slip, derselbe fleischfarbene Büstenhalter. Derselbe Kurzhaarschnitt. Tschaschtschjaschyschin zog die Liege heran und berührte die Schlafende Schönheit. Sie rührte sich nicht. Küssen mochte er sie nicht.

»Wirst du sie küssen?« fragte ihn Otmatthejan. »Laß uns gehn oder küsse sie.«

Die Schönheit atmete ruhig. Sie war wärmer als die Luft, Dampf stieg über ihr auf.

»Und hast sie nicht aufgeweckt? Kein bißchen?« fragte Tschaschtschjaschyschin.

Sana betrachtete das Mädchen, das aus Schlaf und Schönheit gemacht war, und woraus war Sana?, aus Frühstück und Schwermut, und fünfhundertmal aus Küssen mit den Falschen, von denen sie hundertmal wach geworden war, egal! aus Wut.

»Nehmen wir sie mit«, sagte sie zu ihnen. »Weißt du was, küsse sie doch auf jeden Fall«, sagte sie zu Tschaschtschjaschyschin, »vielleicht wacht sie auf.«

Er tat's. Doch es war jetzt nicht der Fall, sie wachte nicht auf. »Setz sie zuerst hin und heb sie dann auf«, sagte Otmatthejan zu ihm.
Jetzt lag die Schlafende Schönheit vertikal, stand also, wie der Horizont, der immer stand, wenn es regnete. Sie führten sie.
»Nimm du die Liege«, sagte Tschaschtschjaschyschin zu Otmatthejan, »ich werde vielleicht drauf schlafen. Ich hab nichts, worauf ich schlafen kann.«
Wichtig war das Verhältnis zwischen dem Sichtbaren und dem Unsichtbaren, dem Unsichtbaren und dem Unsichtbaren, dem Sichtbar-Unsichtbaren. Man brauchte die Schlafende Schönheit auch nicht anzuziehen, weil sie der nicht sah, der sie nicht sah: der Milizionär, der die Verstöße sieht, die zwischen den Autos und den Fußgängern passieren, professionelles Sehvermögen: die Unterscheidung der ganzen Menschheit nicht in Arme und Reiche, nicht in Schwache und Starke, sondern in Autofahrer und Fußgänger. Der Verstoß wurde nicht von ihm bemerkt. Er geschah nicht auf der Straße, sondern in der Natur: Er sah nicht, daß ein Stern die Milchstraße falsch überquerte (der Mond sah es) und die Schlafende Schönheit die Straße überquerte, sie überquerte sie wie der Stern. Über den Tageshimmel zogen die Sterne, der Milizionär sah sie nicht, erlebte nicht, daß sie vom Licht verdeckt waren, welches das am Horizont, am Gemächt des Himmels, errichtete Wasserkraftwerk erzeugte, und von der Fallkraft des Himmels ins Meer hing die Lichtstärke ab, und der Tag war mal heller, mal dunkler – das hatte Tjutschew gesehen und für den Milizionär erlebt.
Sie kamen nach Hause, in ihren Zirkel. An der Concierge, an der Närrin vorbei. Sie bemerkte sie nicht. Man würde gern was essen. Könnte einen Elektroko-

cher kaufen. Könnte einen mieten. Einstweilen konnte man Tee machen.
Tschaschtschjaschyschin betrachtete Sana nicht einfach so. Er betrachtete sie, wie Andrej Belyj Bloks Frau, wie Dantès Puschkins Frau, wie Alexander Napoleons Frau. Natürlich liebte Andrej Belyj Bloks Frau nicht, und Dantès liebte Puschkin und verheimlichte es, verheimlichte aber nicht, daß er Puschkins Frau liebte, und Alexander liebte Napoleon hundertmal mehr als seine Frau. Tschaschtschjaschyschin liebte Otmatthejan, aber es war kein Fall für Diaghilew. Im vorliegenden Fall war Sana der Körper (im kosmischen Sinn), durch den man mit der Seele (gemeint ist Otmatthejans Seele) Verbindung aufnehmen konnte. Sich einfach so mit Otmatthejans Seele begnügen konnte Tschaschtschjaschyschin nicht. Otmatthejans Körper (nicht im kosmischen Sinn) beschäftigte ihn wenig. Deshalb hatte Sana für Tschaschtschjaschyschin die ideale Länge und Breite sowie das ideale Volumen, sie hatte für ihn die ideale Höhe und das ideale Gewicht – er hätte mit ihr ruhig können, weil sie für ihn ein frei schweifender Körper war (nicht im Sinn von Ausschweifung), der ihn und Otmatthejan verband. So also betrachtete er sie.
»Es klingelt«, sagte Tschaschtschjaschyschin.
»Sie werden auch ohne uns aufmachen«, sagte Otmatthejan, »man sollte doch denken, daß Nacht ist!«
Wie spät war es? Zuerst ist immer zwölf Uhr mittags, dann gleich vier Uhr. Ein, zwei, drei Uhr scheint es überhaupt nicht zu geben. Dafür gibt es ein Uhr nachts und zehn Uhr abends, jedoch selten, sechs, sieben, acht Uhr abends aber – das gibt es nie.
»Die Alte ist wieder weg. Sie arbeitet doch bei uns!«
»Bezahlst du sie denn dafür, daß sie bei uns arbeitet?«

Otmatthejan ärgerte sich über Tschaschtschjaschyschin.
»Sie weiß ja nicht, daß sie bei uns arbeitet, sie denkt, daß sie's bei ihnen tut.«
»Deshalb ist sie auch weggegangen. Geh und mach selbst auf.«
»Nicht aufmachen«, unterbrach sie Sana, »das ist er. Wohin ist die Alte verduftet? Zu ihrer Tochter. Also Feierabend.«
Awwakum drückte auf den Klingelknopf, es war Ende Mai, morgen wäre der erste Sommertag, alles würde blühen, den Rasen nicht betreten, keine Blumen pflükken! Special. »Was ist Special?« – »Im Slang ist das eine Prostituierte speziell für Perversionen.« – »Und was ist eine Perversion? In die Achselhöhle ist eine Perversion. Ins Ohr auch. Zwischen Ellbogen und Knie, zwischen Skylla und Charybdis.« – »Nein, stimmt das?« – »Alles ist Perversion!« Er ließ das Klingeln sein.
Awwakum ging zurück in sein Zimmer. Unter dem Fußboden, unter der Erde, gingen sie auf und ab. Er hörte sie. Der unterirdische Gang der Meeresungeheuer. Und sie mitten unter ihnen. Der Invalide klapperte mit seiner Prothese durch den Flur. Awwakum riß die Tür auf. Vor ihm stand – in Unterhose und Hufen, und wo waren die Hörnchen? Abrasiert. Der Teufel war zum Invaliden umgekehrt proportional – an den unpassendsten Stellen bündelten sich die Strahlen. In der Tätowierung auf der Brust stimmte die Perspektive nicht: die darauf abgebildete Dame des Herzens war das Herz des Teufels, doch dann war es keine Dame, und war es die Dame des Invaliden, dann war es kein Herz. Awwakum ging dicht an ihn heran. Der Teufel war konvex-konkav, er war schwarz und weiß. Der Schwarze ist ein konkaver Weißer, der Weiße ein kon-

vexer Schwarzer. (Puschkin ist der konkave Byron, Byron ist der konvexe Puschkin.) Awwakum schnappte ihn wie ein Flöckchen und knallte auf den Boden – sofort ein Loch. Beide fielen durch. Direkt in den Laienspielzirkel. Der Teufel fiel weiß heraus und verdampfte als Schwarzer. Awwakum stand auf. Die da wollten grade Tee trinken. Sana kam auf ihn zu, als Special. Wie konnte sie noch auf ihn zugehen? Sie schwieg. »Du wolltest mich doch irgendwann mal schlagen?« – »Und wie ich das mal wollte.« – »Wolltest du mir eine runterhauen oder eine schmieren?« – »Alles beides.« – »Aber eine schmieren, das ist doch lächerlich.« – »Sehr sogar.« – »Eine runterhauen ist nicht lächerlich.« Im Augenblick wollte er nichts. Aus irgendeinem Grund sagte er: »Ich fahre nach Hause«, aber er sagte nicht: »Und du?«

»Und meine Sachen?« fragte sie.

»Sind da.« Awwakum zeigte auf das Loch in der Decke.

»Gehst du dahin zurück?«

»Ja«, antwortete er.

»Dann schmeiß sie runter.«

Er ging. Weswegen hatte er reingeschaut? Vielmehr, weswegen war er durchgebrochen? Weswegen? Ihretwegen. Als sie hier schliefen, liebte sie also schon nicht mehr, oder als sie reisten, liebte sie schon nicht, oder schon dort liebte sie nicht, nein, dort liebte sie, oder sie liebte nie, sondern sagte, sondern tat, liebte also, oder nicht, und diesen liebte sie? – Ab nach Hause.

Awwakum schmiß ihre Sachen nacheinander durchs Loch: den Rock – sie fing ihn auf, die Hose – sie fing sie auf, die Schuhe – sie sammelte sie auf, die Handtasche, die Duschhaube – sie fing sie auf, das Kleid. Alles.

Traurig. Der Himmel ohne Sonne ist aber gar nicht traurig. Die Sterne und der Mond sind zur Erheiterung da, damit es die Menschen lustig haben. Es ist nicht lustig. Und damit es noch lustiger wird, bewegen sich der Mond und die Sterne. Es ist aber nicht lustiger. Ein trauriger Anblick, dieser Himmel. Awwakum verließ die Höhle und ging, aber nicht dem Mond nach. Wozu ihm nachgehn? Der Mond ging ihm nach. Und blieb stehen, wenn er stehenblieb, und ging weiter, wenn er ging. Der Mond ging zum Bahnhof. Er blieb am Schalter stehen und wurde dann im Zug durchgeschüttelt. Es schüttelte ihn wie blöd. Es schüttelte ihn an sich. Awwakum schaute ihm zu, der Mond ging ihn überhaupt nichts an. Seinetwegen fielen ihm die Augen zu. Er war zum Schlafen da. Awwakum schlief ein.

Die Katze warf Junge. Von wem hatte sie die Kätzchen, wenn es keinen Kater gab? Vom heiligen Geist. Die Äuglein waren noch nicht auf. Awwakum machte ihnen die Äuglein auf und ertränkte sie. Die Katze aber fütterte er. Die Katze leckte sich das Fell und kotzte. Er wischte hinter ihr auf. Und trug den Topf weg. Sie miaute, er sprach mit ihr, sie sprach mit ihm. Sie hätte seine Kinderchen nicht ertränkt, weil sie noch kleiner als ein Baby war. Er fütterte sie wieder und trug wieder den Topf weg.

»Und das ist das Leben?« Otmatthejan schüttelte Sana. Er schüttelte sie wie einen Birnbaum. »Das ist das Leben!« – »Schüttel mich nicht so.« – »Du wolltest das doch!« Die Musik für den Hintergrund, das Bild für den Fleck. Das schwarze Loch oben, durch das Sachen geworfen werden, die man morgen trägt. Aus dem Loch weht übler Gestank nach Kohlsuppe. »Ich hab nicht gedacht, daß es so ist.« Otmatthejan schüttelte sie, und es rüttelten die Straßenbahnen, weil es schon sechs Uhr morgens war, und die ersten Menschen zitterten vor Kälte, weil sie zur Arbeit mußten. Dann hatte sich alles zurechtgerüttelt. »Schön, was machen wir jetzt?« – »Weiterleben.« Die Menschen stehen um ihrer Unsterblichkeit willen nach Stiefeln Schlange, diejenigen stehen an, die Zeit *haben,* stehen, damit sie *keine* Zeit mehr haben, die Unsterblichen aber stehen nicht an, weil sie *keine* Zeit haben. Woher soll man so viele Stiefel für die Sterblichen nehmen, daß sie unsterblich werden? Weshalb das alles? So eben, irgendwie. Puschkin ist ein Schaltwort, gleichbedeutend mit »übrigens«, Vorwand für jedes Gespräch; »wahrhaftig« ist es nicht, wahrhaftig ist auch ein Schaltwort, wahrhaftig ist zweifelhaft. Man muß Geld verdienen, obwohl es besser wäre, reiche Verwandte zu beerben, die sterben, und um die es nicht schade ist. Die, um die es schade ist, sollten lieber arm sein und nicht sterben, und wenn sie sterben, dann sollten sie lieber reich sein. »Wir haben kein Geld, nichts zum Rauswürgen.« Schade ist es um die jungen Pflänzchen, die in der Stadt ohne Luft zugrunde gehen, und ohne den Menschen, mit dem Gott nichts im Sinn hat, der nur mit allen Menschen zusammen etwas im Sinn hat, der Mensch aber hat mit allen Menschen zusammen nichts im Sinn, nur mit einem Menschen, schade, daß es für Gott nicht den Menschen als Einheit gibt, sondern nur die unteilbare Menschheit mit Herz und Hirn. Papa hat seine Garage neben der Kirche, und Papa stellt Gott eine Kerze für das Heil seines Autos auf, auf den Flur gehen zwei Toiletten raus, und es riecht nach Urin, zuerst muß man an der Kasse zwei fünfzig zahlen, dann das Glas mit dem Urin abgeben und eine Marke entgegennehmen, um das Ergebnis zu erfahren, muß man morgen wiederkommen, das Italienische sollte als Opernsprache gelten, es sollte verboten werden, italienisch zu reden und Opern in anderen Sprachen aufzuführen, als italienisch sollte nur die Stadt Mailand gelten, alle übrigen Städte sollten an die Armen verteilt werden, als Volkskünstler sollte der gelten, auf den das Volk steht, unpräzise Malerei sollte verboten werden, weil in der Natur alles präzise ist: die Sonne ist präzise, der Mond ist präzise, das Meer ist präzise, und nun ist das Meer eben nicht präzise, Hühnersuppe schmeckt am besten mit Pilzen, es gibt kein Glück auf Erden, doch Ruhe und freien Willen gibt es, die Toilette läßt sich unschwer direkt im Zimmer durchführen, wenn man sich in ländlicher Umgebung befindet: Man schlägt ein Loch in die Wand, steckt einen Schlauch durch und einen Trichter in den Schlauch (die Toilette eignet sich ausschließlich für Männer), regelmäßiges Durchspülen garantiert Geruchsfreiheit.

Zum Leben ist nichts da: weder Geld noch Bett, aber für den Tod ist alles da: ein neuer Anzug, lebendige Blumen. Pfeif auf die Bedingungen. Man kann sich auch an das Leben im Wald und im Gebirge und im Laienspielzirkel anpassen: sich dem heimischen Wild, dem Bodenrelief und den natürlichen Bedingungen angleichen. »Ich möchte mit dir alles tun: trinken, essen, schlafen, duschen.« Duschen kann man sich auch nirgends. Bleibt nur: zusammen nichts tun.

Wörter drücken nur sehr ungefähr Gedanken aus, noch ungefährer drücken sie Gefühle aus. Schlimme Wörter sind Energieklumpen, deshalb kann ein schlimmes Wort, wenn in den guten Wörtern der Energievorrat ausgeht, jeden Gegenstand oder jede Tätigkeit bezeichnen.

Otmatthejan sagte zu Tschaschtschjaschyschin nicht »geh raus«, weil der das nicht verstanden hätte. Er sagte nur ein schlimmes Wort zu ihm, das Tschaschtschjaschyschin sofort verstand, worauf er auf den Flur hinausging. Otmatthejan sagte zu Sana nur ein schlimmes Wort, das bezeichnete, was er gerade jetzt mit ihr machen wollte, diese Tätigkeit aber keineswegs im allgemeinen bezeichnete.

Sie erlaubte ihm, das mit ihr zu tun, er erlaubte ihr nicht, das mit ihm zu tun, er erlaubte sich, das mit sich selbst und mit ihr zu tun, er erlaubte ihr nicht, das mit sich selbst und mit ihm zu tun. Er erlaubte ihr, das nur mit sich selbst zu tun, sie erlaubte ihm nicht, das nur mit sich selbst zu tun. Er war uneigennütziger als sie, sie war eigennützig, sowohl das eine wie auch das andere war unerlaubt.

Im Winter lebt man mehr am Abend, im Sommer mehr am Tag. Im Winter herrschen zwei Farben vor: Weiß und Schwarz. Im Sommer herrscht das Grün dort vor, wo Bäume sind, wo keine sind, ist kein Sommer. Der Mensch spricht: »Wenn das und das eintrifft, dann gibt es Gott, wenn es nicht eintrifft, dann gibt es keinen Gott.« Vergebens spricht der Mensch so, weil Gott über die menschlichen Angelegenheiten nicht im Bild ist. Der Mensch mit seinen Angelegenheiten: liebt er oder liebt er nicht, wird er gesund oder wird er's nicht, wird er gedruckt oder wird er's nicht – das schert ihn keinen Deut. Gott interessiert am Menschen das, was in ihm von Gott ist, und den Menschen interessiert an Gott das, was in ihm vom Menschen ist. Der Mensch sieht sich in Gott, Gott sieht sich im Menschen – daraus entspringen alle Mißverständnisse.

»Und dir gefällt es hier?« – »Ja.« – »Und daß du nicht ausgeschlafen hast, gefällt dir auch?« – »Ja.« – »Was kann einem denn hier gefallen?« Der Literaturzirkel ist geschlossen, der Kunstzirkel ist geschlossen (zeichne einen Tannenbaum so, daß er wie echt aussieht. Wie bei

Schischkin, ja? So würde es heißen: Zeichne einen Tannenbaum wie bei Schischkin. Was hat das hier mit Echtheit zu tun?) Wir sind aus dem echten Leben rausgefallen, das es durchaus gibt, wenn man das und das tut: sich rasieren, sich waschen, mittagessen, zur Arbeit gehen. Damit alles echt wäre, müßte es so sein: Die Sonne ist aufgegangen, steh auch du auf, die Blättchen waschen sich, seif auch du dich ein, das Vöglein ist nach Futter ausgeflogen, geh auch du in den Laden und lebe à la Schischkin. Bei uns kann ruhig alles schlecht sein: der Morgen verdorben, der Tag verdorben. Im Endeffekt ist ein bewohntes Zimmer der Ort, wo du sterben wirst, dann fliegt deine Seele aus dem bewohnten Zimmer in das unbewohnte Zimmer hinaus.

»Ich leide nur unter der Krankheit meiner Nächsten (Frau, Mutter, Tochter).« – »Krankheit deiner Nächsten, Tripper, was?« Darüber soll man nicht lachen. Doch. Wenn man nicht darüber lacht, dann wird sich das alles noch tausend Jahre so hin- und herziehen. Und der Marquis de Sade kann Mitgefühl erwecken, wenn man bedenkt, daß er bloß eine Sekunde gelebt hat, die eine Anzahl von Tagen in sich enthält, wenn wir das Mittagessen als Kennwert der gegenwärtigen, vergangenen und zukünftigen Zeit nehmen (gestern zum Mittagessen, heute zum Mittagessen, morgen zum Mittagessen), doch wenn wir das Mittagessen nicht als Kennwert nehmen, dann schnurren »Die 120 Tage von Sodom« zu einer Sekunde zusammen, und alles, was mit dem Bordell war, läßt sich dementsprechend einfach erklären: Nicht dem Marquis allein fallen während des »Spritzers« alle diese Gewalttaten, Defäkationen, Strumpfbänder und Strümpfe ein; alle Werke des Marquis, in den After gesteckt, damit man sie leichter aus dem Gefängnis schmuggeln konnte, sind eine ausführliche Beschreibung dieser Sekunde, die keine Einheit der Zeit ist (der Gegenwart, Vergangenheit und Zukunft), sondern die Einheit der Zeit, die nicht ist. Für die Zeit, die nicht ist, gibt es in der europäischen Sprache auch keine Bezeichnung, die besser zum Ausdruck der Mittags- und Nachmittagszeit geeignet ist, diese Bezeichnung gibt es jedoch in einer guten Sprache, von der die Sprachwissenschaftler nicht sprechen wollen, und die man ohne sie rauskriegen muß. ˙⅂– ·⅂ Mit diesem kleinen Zeichen, der Zeitangabe im Substantiv, läßt sich, fügt man es zum Beispiel dem Wort »Spritzer« hinzu, die Sekunde vor dem Orgasmus bezeichnen und folglich das Gesamtwerk des Marquis.

Zeit, in den Laden zu gehen.

»Geht zu zweit«, sagte Otmatthejan.

»Mit dir«, sagte Sana.

»Mit ihm«, antwortete Otmatthejan.

Sie gingen aus. Sie gingen über Erde, die der Stein der Weisen war, dessen ursprüngliche Materie man nicht kannte, dafür kannte man andere, sekundäre Komponenten: Öl, Gold, Scheiße. Die Schaufenster der Geschäfte leuchteten: »Kindernahrung«, da gab es Wurst, »Diätkost«, da gab es Wurst, »Würste«, da gab es Wurst, wie eine fixe Idee, wie der Regen, den es kübelte. Sie stellten sich in einem Hauseingang unter.

»Ist dein Freund abgereist?« fragte Tschaschtschjaschyschin.

»Mein Mann.«

»Dein Mann?«

»Er ist gestern abgereist.«

Tschaschtschjaschyschin nahm Sana an der Hand, und Sana zog die Hand nicht zurück, weil im Heizkörper kaltes Wasser floß, in Tschaschtschjaschyschin aber warmes. Sie küßten sich. Gemeinheit. Vielleicht würde ihr schlecht. Doch es wurde ihr nicht schlecht. Oh, wenn ihr nur schlecht würde! Noch mal. Und wieder nicht.

Der Regen hörte auf – Schluß. Wieso nicht gleich im Laden unterstellen, in der Schlange nach Wurst, Käse, Eiern, »wir brauchen nur Käse« – »Stellen Sie sich wie die andern an!« Jetzt Brot.

Otmatthejan hatte gerade Tee gekocht, als sie eintraten. Das Loch in der Decke war schwarz wie ein Schwarzes Loch. Es anzuschauen, war unangenehm – sie starrten einander an. Nach dem Tee holte Otmatthejan den Schnaps raus, und sie tranken immer nur ein kleines bißchen. Nach einer Stunde hatten sie einen sitzen. Tschaschtschjaschyschin hielt sich nicht mehr auf den Beinen, er fiel neben den Tisch, ihm war schlecht, Otmatthejan war anscheinend gut – sie schliefen ein.

Es war stockdunkel, nichts brannte. Das am Horizont errichtete Wasserkraftwerk war kaputt. Das Zeugungsglied, also der Horizont, war nicht mehr da, es war dort, wo es hell war, wo das Kraftwerk war, welches das Licht gab. »Willst du?« fragte Sana. »Mehr als mein Leben«, antwortete Otmatthejan. »Ich hab am Telefon einen Stich bekommen.« – »Aber am Telefon geht das nicht.« – »Doch, es geht, wie du siehst.« – »Wann?« – »Noch damals, als wir's beide nur am Telefon gemacht haben.« – »Warst du beim Arzt?« – »Man hat mir den Termin ausgerechnet, und der fällt mit dem zusammen, wo wir's am Telefon gemacht haben.« – »Natürlich, gerne.«

Da barst es. Aus den Heizkörpern und aus der Kloschüssel sprudelte das Wasser und überschwemmte den Laienspielzirkel. Draußen war noch größere Überschwemmung. Tschaschtschjaschyschin wusch sich mit dem schmutzigen Wasser, um nüchtern zu werden. Alles ging unter und versank. Die Liege mit der Schlafenden Schönheit ging nicht unter – sie klammerten sich alle drei an ihr fest. Das Abwasser stieg bis zur Decke, und das Schwarze Loch saugte die Liege mit den Menschen wie ein Trichter ein. In diesem Augenblick ertönte der Schrei des Neugeborenen. »Was tun?« Wie blöd das war. In England kann sogar ein Polizist Geburtshilfe leisten. In Gedanken die Nabelschnur in drei gleiche Teile zerteilen und sie dann an zwei Stellen in gleichen Abständen mit einem sterilen Gegenstand abbinden. Der ganze Schmutz war unten geblieben – im Laienspielzirkel; hier war alles steril: die Bäume, die Vögel, die Schuhe, die Zweige, die Finger, alles, man konnte mit jedem Gegenstand abbinden.

II

Das Mondelement, das im Kinderwagen spazierenfährt wie ein König, der bei jedem Wetter spazierenfährt. Zwischen dem sterilen Magen und dem sterilen Herzen kratzt es sich die Lunge mit den Fingernägelchen; zwischen dem sterilen Zaun und der Landstraße, den Eichhörnchen, die man füttern muß, und vier Dompfaffen, Wintervögeln, die im Frühling geflogen kommen, weil im Frühling der Winter anhält. Das Element kann schlafen, saugen, brüllen, und in der Art, wie es das tut, spürt man Verstand – es ist klug: es ißt gut, schläft fest, brüllt zur Sache, den Einlauf – duldet es, um den sterilen Magen zu entlasten. Das Element kann Regen, Schnee, Wind, Frost machen, und in der Art, wie es Regen macht, der »unter dem blauen Himmel, dem herrlichen Teppich« vom Schnee abgelöst wird und danach »vom Gewitter Anfang Mai«, spürt man Verstand. »Sieht es?« – »Ja, wie soll ich sagen.« – »Hört es?« – »Sehr schlecht.« – »Lächelt es?!« – »Nein, das ist ein gewöhnlicher Muskelreflex.« Aber wenn es »nicht«, »nicht« und »nicht« kann, was kann es dann?
Wer hat sich mitsamt dem Bettchen, der Badewanne und dem Kinderwagen durch Zellteilung vermehrt, nach einem Jahr mitsamt dem Schlitten, dann mitsamt dem Fahrrad, mitsamt der Zweizimmerwohnung und dem Auto. Es brüllt, und wir tun, was es »brüllt«, es schläft und *läßt* uns schlafen; »aber weshalb bin ich nicht Puschkins Frau, oh, wenn ich Puschkins Frau wäre, hätte ich fünf? Kinder, doch dafür hätte ich eine Kinderfrau und eine Amme; ich müßte keine Milch produzieren, nicht jeden Morgen einen Eßlöffel Honig essen, ›heißes Wasser nachtrinken‹, hundert Gramm

Walnüsse (wenigstens fünfzig) essen und eineinhalb Liter Tee mit Milch trinken. Keinen Kaffee trinken, keine Apfelsinen essen, keine Pralinen essen, nicht trinken, nicht rauchen, ›nicht‹ noch was. Aber wenn ich Puschkins Frau wäre, dann bliebe ich sicher Witwe, weil er nicht an Erkältung gestorben ist, sondern an was anderem.« Wie ja auch Nikolaus II. nicht an Erkältung gestorben ist, und Peter III., Paul und Alexander II. nicht an Erkältung gestorben sind. Peter I. aber ist an Erkältung gestorben, die beiden Katharinas und Elisabeth sind an Erkältung gestorben, Alexandra ist nicht an Erkältung gestorben, die vier Großfürstinnen sind nicht an Erkältung gestorben, Sawrassow ist im Armenkrankenhaus gestorben.
Bis wann weinen Kinder? Bis drei Monate? Bis zu einem Jahr? Sie weinen, weil sie noch nichts verstehen. Dann weinen sie bis dreißig, weil sie alles verstehen. Wo sind wir denn? Nicht schlecht, diese Reise von Petersburg nach Moskau. Statt des Laienspielzirkels ein Palais (ein zerstörtes). Vielleicht sind wir Sachen? Man hat uns hergebracht, abgelegt, und wir leben, kein Grund zum Zappeln! Das Element jagt uns aus dem Zimmer in die Küche, aus der Küche auf den Balkon – aus dem Haus und verschlingt mit seinem Wesen jeden Dezimeter. Und wo ist hier das Zimmer? wo die Küche? Wer hat gesagt, daß dies ein Haus ist? Die Wände enden womit? Mit nichts. Rundherum wachsen Bäume, das Gras grünt. An der Stirnseite (dort, wo die Flucht der Nebenzimmer endet) liegt ein Haufen, und an der Wand steht geschrieben: »Hier waren im Herbs 1985 Armenier«, Armenier ist ein überflüssiger Zusatz, aber der »Herbs« ist hier gut. Die Haufen kann man wegräumen, die Wände reinigen, das Dach decken. Doch dann müssen die Bäume abgeholzt werden: die kleinen Kie-

fern, Birken, Tännchen – alles, was gewachsen ist, seit Baschenow das Dach nicht gedeckt hat. Katharina hat ihn das Dach nicht decken lassen und ist an Erkältung gestorben, und er ist vor Kummer gestorben, weil sie ihn das Dach nicht hat decken lassen. Jetzt wird im Palais gesoffen, gekotzt, Feuer gemacht, und zugleich wird es restauriert. Eine Kompanie Soldaten. Man will es auf Kosten der Soldaten restaurieren, umsonst, gut, wenn die Mittel nicht reichen werden. Dann werden anstelle des Parketts die Sträucher bleiben, und die Rinnen – durchfurchtes Gelände, statt des Daches ein niedriger Himmel, weil »Herbs« ist. »Baschenow ist unser berühmter Architekt. Nach seinem Plan wurde auch das Paschkowhaus in Moskau gebaut.« Die Baschenowstraße, der Suworowboulevard, Suworow ist unser berühmter Feldherr, der Puschkinplatz – Puschkin ist unser ein und alles, wie Gogol gesagt hätte –, unser berühmter Schriftsteller, der Gogolboulevard. »Es schreit, und trotzdem, wie ich es liebe!« – »Wenn es schläft.« – »Du hättest gern, daß die Kinder rund um die Uhr schlafen, daß sie schlafen, bis sie zwanzig sind, und dann gleich heiraten. Ich hätte nie gedacht, daß man jemanden durch die Ohren aufblasen kann. Ich hab doch nicht gedacht, daß man dir eins blasen kann oder ihm.« Natürlich haben die Ohren einen Sinn, wenn wenigstens ein Mensch denkt, daß er durch sie aufblasen kann. So haben auch die Beine einen Sinn, weil man sie brechen kann, und den Kopf – kann man zerbrechen. Die Besuchergruppe kommt und geht, besichtigt uns, das Palais und geht durch die Häuser, wir aber bleiben hier wohnen. »Du Unmensch, wohin hast du mich geführt! Nicht mal ein Dach überm Kopf. Wo soll ich das Kind baden! Wo soll ich es hintun!« – »Gib's deiner Mutter.« – »Und mich selbst geb ich auch meiner Mutter, und wem gibt sich Mutter? Es gibt nicht mal heißes Wasser!« Worin besteht der Sinn des Lebens und das Rätsel des Weltalls? In kaltem und heißem Wasser, in Kanalisation, in Dampfheizung. Möbel gibt's auch nicht, Möbel sind Zeichen für guten und schlechten Geschmack. Ein Zimmer ohne Lebenszeichen. »Halt den Mund, ich hab' dich in ein Palais gebracht.« – »Wie ich dich hasse. Ist denn das möglich! Daß man sogar am Telefon schwanger werden kann!« Wohin verziehen sich die Seelen, die zehn Stunden am Tropf leben und den Kinderkörper nicht erleben? Die nicht ausgetragen werden und in den Tuben gestorben sind? Die Sadduzäer sagen, daß das Sperma beseelt sei, der Rabbiner Moji sagt, daß der Embryo beseelt sei, Plato sagt, daß die Seele im Gehirn wohne, Philon sagt, daß die Seelen Tiere der Luft seien, die Stoiker sagen, daß die Seele im Herzen wohne, Plotin sagt, daß man kein Fleisch essen solle, Mutter sagt, daß man gefrorenes Fleisch essen könne, weil es kein Fleisch sei.

Mit dem Liebsten ist das Paradies auch in einer Hütte. Die »Hütte« wurde 17.. von Baschenow auf Befehl Katharinas begonnen, die ihre »Hütte« wollte, wie Peterhof, und Peter wollte seine »Hütte«, wie Versailles, Baschenow wollte aber nicht »wie Versailles«, und deshalb leben wir ohne Dach. Vom Müll holen wir einen Stuhl und ein Sofa, die dann zu Museumsstücken werden, Bürsten, Schüsselchen, alles, was man zum Leben braucht.

Wie wollen wir die Kleine nennen? vielleicht Anna – es gab schon eine – von Österreich; Jelena? gab's auch schon; Katharina? Alexandra? Tanja? dann Larina; Natascha – Rostowa oder Gontscharowa; Adelaida Iwanna – ein Stoß Karten. Alles war schon da, es gibt keine Namen, man kann sie nirgendwie nennen. Nen-

nen wir sie Schwalbe oder Sonnenstrahl. »Willst du die ganze Natur adoptieren?« Wozu braucht man Kinder? um sie zu fotografieren. »Halt sie so und stell dich da hin, ein schönes Bild. Jetzt halte ich sie und stelle mich dahin, und du drückst hier drauf.« Wir geben sie weiter, wie das Äffchen in Sotschi: »Lächeln! fertig.« Sie schreit. Warum schreit sie? Wer will bestreiten, daß es dort schön war, im Mutterschoß, mit Kost und Logis, man brauchte nicht einkaufen zu gehen, wenn man will, gibt man der Leber einen Tritt, will man auf einen Stern, »ein Stern mir auf der Stirne brennt, der Rotz mir aus der Nase rinnt«, braucht man kein Raumschiff zu bauen, um zum Stern zu fliegen – alles ist zur Hand. Aber ein Kamel geht eben nicht durch ein Nadelöhr! Man muß die Nadel zuerst aufschneiden und dann zunähen: bei drei Nähten nach fünf Tagen die Fäden ziehen, die übrigen lösen sich von selbst auf. Und was ist schon gut, wenn man durchgegangen ist: Schrei, damit man dich füttert, dich rechtzeitig wickelt, deinen Gedanken kannst du nicht ausdrücken: folgerichtig, lakonisch, poetisch, du kannst es nur lauter oder leiser, der Gedanke steckt in der Kraft der Stimme.
Bevor am Anfang das Wort war, war am Anfang die Interjektion; »kurze Äußerung einer Geistesregung«. Was hat sie gesagt? Sie hat »bäh« gesagt. Die Intonation des Schreis, nach ihr beurteilen wir die Verfassung des Elements. Das Wetter ist das Merkmal der Natur, und der Charakter ist das Merkmal des Menschen; ein Mensch mit schlechtem Wetter ist mit dem falschen Bein aufgestanden, ein starker Luftzug geht von ihm aus, er schwankt, er ist reichliche Niederschläge und unter Null; das Element mit gutem Charakter leuchtet freundlich, ohne Nachtfrost, bei schwachem Wind. Das Element läßt uns nur das Allernotwendigste tun und

nicht mehr; wir tun das, was in einen Schrei hineinpaßt. Wir tun nicht mehr oder weniger als den Schrei, wir tun genau den Schrei.
...einstweilen ist Stille; und sie hält an, bis man hört, wie jemand im Park lebt, dem Rascheln nach ein Hase, der vor einem Vogel wegfliegt, der ihm nachhüpft; und eine Feldmaus, die der herrenlose Hund frißt; die Maus, die schon Hund geworden ist, weil der sie gefressen hat, folglich vergeht die Zeit.
Alle Zimmer sind Durchgangszimmer, Tschaschtschjaschyschin aber hat sich das schlechteste ausgesucht, das allerletzte, an der Stirnseite, das schmutzigste, das, wo »Herbs« steht, aber als es das sauberste geworden war, als er den Boden asphaltiert und den Rasen gesät hatte, und es bei ihm genau nach Wetterbericht durchs Dach regnete, da hatte er natürlich keine Lust, sich zu trollen. »Hör mal, wirst du weiter so durch uns durchgehen, ist das vielleicht deine Passage!« Es ist seine Passage. Wir leben vor aller Augen, jeder kann kommen und zuschauen, wie wir schlafen, wie wir essen. Die Stuhllehne, bloß die Lehne, den Stuhl gibt's nicht. Wir essen aus Tellern ohne Boden. Trotzdem ist jeder Gegenstand Millionen wert, ein Museumsstück, weil »hier, auf diesem Stuhl, hab ich gesessen und ihn kaputtgemacht, hier, auf diesem Bett, hab ich geschlafen und es verknüllt, hier, aus dieser Tasse, hab ich getrunken und sie zerbrochen«. Man wird später trotzdem alles sammeln, reparieren, kleben und unter Glas in Schaukästen stellen, für die Besichtigung wird man von den Besuchern dreißig Kopeken verlangen, von den Beteiligten zehn, und die Soldaten dürfen kostenlos besichtigen; die Soldaten gehen aber nicht zur Besichtigung, weil sie auch jetzt schon, während sie restaurieren, nicht zuschauen, wie wir essen und wie wir schlafen. Das Bettchen stellen

wir ans Fenster mit den Scheiben, die immer sauber sind, weil es sie nicht gibt. Auf den Hocker stellen wir die Waage, damit sie gewogen wird, wenn sie gegessen hat, und gewogen wird, wenn sie gepinkelt hat. Sie nimmt zu. Die Erde hat bei der Geburt an Gewicht verloren und kann es einfach nicht wieder zunehmen; zuerst schien sie ganz gut ernährt zu werden, aber jetzt ißt sie nicht auf: die Opfersäuglinge zieht man im Vakuum groß, und die Opferlämmer selbst reichen nicht, deshalb hält die Erde den Kopf schlecht, liegt aber auf dem Bauch und rollt sich selbst auf die Seite. Sie wächst nicht in Tagen, sondern in Stunden, die Kleine wächst, sie heißt Tanja.
»Na, was glotzt du so?« Otmatthejan sagte dies zum Besucher. Der hatte das Zimmer betreten und stand wie ein Klotz da.
»Ich schau mich um.«
»Dreißig Kopeken. Die Besichtigung kostet was.«
»Ist doch nicht geöffnet.«
Der Besucher irrte sich. Es war geöffnet. »Siehst du, da steht das Bettchen, das Mädchen schläft auf der Liege, dieses Mädchen schläft immer und überall, es ist sozusagen die Schlafende Schönheit.« Er ging und gab keine dreißig Kopeken, brauchte sie selbst. Wir brauchten sie nicht. Zu uns kann man einfach so kommen und uns anschauen, unser ganzes Leben spielt sich vor aller Augen ab. Man kann ein Bußgeld von uns verlangen für den Akt vor versammeltem Volk, das Volk aber wird nicht dafür bestraft, daß es sich gerade an der Stelle versammelt hat, wo der Akt vollzogen wird. Die Kleine schreit, sie heißt Anja; sich die Ohren mit Rabengekrächze zustopfen, schade, daß hier keine Nachtigallen singen. Menschen gibt's wie Dreck, wie unser gemeinsamer Freund sagt. Wenn man von jedem dreißig Kope-

ken nimmt, kann man mittagessen, wenn man jeden Tag sammelt, kann man jeden Tag mittagessen, und wenn man nicht essen mag, dann kann man es rausschieben. Doch man möchte jeden Tag essen, deshalb gibt's nichts rauszuschieben, und dreißig Kopeken gibt niemand, deshalb gibt's auch nichts zu essen. Wir ernähren uns vom heiligen Geist. Die Kleine nimmt aber trotzdem zu, sie heißt Katja, auf Kosten unseres Gewichts, das abnimmt. Wir leben in einem System, in dem alles gut ist: es fällt radioaktiver Regen, und alles ist gut; die Vögel werden über uns drüberfliegen und über Finnland sterben, und alles ist gut; Tomaten werden geerntet, hertransportiert und weggeworfen, und Brot wird weggeworfen, und Kartoffeln werden weggeworfen, Wurst wird nicht weggeworfen, weil sie gar nicht erst hertransportiert wird. Alles, was von selbst gut wächst, werfen wir weg, und alles, was wir selbst tun müssen, machen wir schlecht, deshalb ist bei uns alles gut. Wir liegen auf der Tasche. Die Männer, deren Frau eine H… war und keine Wissenschaftlerin, gingen zugrunde. Puschkin hatte eine H…, Blok hatte eine H…, aber Dostojewski hatte eine Wissenschaftlerin und Tolstoi hatte eine. Wie sollen wir den Haushalt führen, welchen Fisch sollen wir in welchem Fluß angeln? Man kann kein Leben aufbauen, wenn man davon ausgeht, daß »wir uns in dieser Woche fünf Minuten sehen«. Für diese Woche wären fünf Minuten zuwenig, aber so weiß man ganze Wochen nicht, wohin. Worüber reden die Menschen miteinander? Über gemeinsame Bekannte, übers Abendessen, übers Kino, selten über Bücher, über die Sonne nie, wenn sie nicht »Wetter« ist. Gemeinsame Bekannte haben wir nicht, Abendessen gibt's nicht, Kino gibt's nicht, Sonne ist nicht da. Was verbindet uns? Eins, »das«, was wir einfach nicht zu Ende bringen können. Wie alles leuchtet, wärmt und grünt, wenn wir »danach« streben, wenn die Tür zu ist und das Telefon nicht antwortet und es Sachen gibt, die »dafür« keine Zeit lassen. Dann soll sich »damit« ruhig die Natur befassen und »das« für uns zu Ende bringen, was wir selbst nicht zu Ende bringen. Schließlich sind auf den Mauern des Palais kleine Sträucher und Birken gewachsen, und es ist schöner geworden, so soll »es« ruhig die liebe Sonne wärmen und nähren, der Regen »es« begießen, wo Blitz und Donner sind, und wir werden nur phantasieren, wo die Arme sind, wo der Kopf ist, wo was sein muß, und werden sogar miteinander reden: »Jetzt geht's dir schlecht, du möchtest wohl, daß ich gehe?« – »Weshalb?« – »Nachdem ›es‹ getan ist?« – »Weshalb?« – »Ich bring dich im Nu wieder auf die Beine!« – Das ist der Augenblick, wo man Flügel braucht, um auf der Treppe im Hauseingang zu landen, und sich dort umzuziehen und dort auch die Federchen zu glätten. »Ich setz dich hier raus mitsamt dem Kind, dem Bettchen und der Waage, du wirst allein bei mir leben, damit dein Geist nicht mehr hier ist, wie in der Oper, du wirst an die Tür klopfen, die nicht da ist, die Scheibe zerbrechen, die nicht da ist, und ich werde dich einlassen, ich werde dir nichts erlauben, ich werde dir nicht alles erlauben, ich werde dich mir in den Nacken setzen, du wirst bis zu deinem fünfzigsten bei mir sitzen, bis die Kleine groß ist, sie heißt Mascha, dann wirst du zu ihr ziehen, sie wird Übersetzerin sein, was sind Übersetzungen? eine Einnahmequelle? Deshalb also ist der Turm von Babylon eingestürzt, damit man Gedichte zu je fünfzig Zeilen am Tag übersetzt, für einen halben Rubel pro Zeile – aus dem Usbekischen ins Russische, aus dem Georgischen ins Russische, und du wirst dich bei mir ›damit‹ befassen und mit sonst nichts bei mir beschäftigen, du wirst diese schöne Straße von hier fortgehen, wie in England, nur schmutzig, und ein Hund von niedriger Rasse wird dir entgegenkommen, aber Hauptsache, daß sie ein guter Mensch wird.« Otmatthejan schüttelte den Baum, und die trockenen Windeln fielen herab, die nassen blieben hängen. Er nahm die Kleine aus dem Bettchen, legte sie in den Kinderwagen und schob sie hinaus.

»Was tust du!«

»Geh.«

»Warum?«

»Geh weg, Sana.«

»Warum?«

»Gehst du jetzt oder nicht!«

»Warum?«

Otmatthejan stürzte sich auf sie, er stieß Sana in den Durchgang ohne Tür, doch die Tür gab nicht nach.

»Sag, warum? Liebst du mich?«

»Wahnsinnig!«

»Dann warum?«

Es gibt andere Kinder und andere Ehefrauen, wie auch anderes Geld, das es nicht gibt. Man kann nicht mit alldem leben, aber man kann wenigstens einmal in siebzig Jahren einen Besuch machen, wie uns der Halleysche Komet besucht, der sich von uns hat scheiden lassen, wir haben verschiedene Nachnamen und verschiedene Meldevermerke, und wir wohnen an verschiedenen Orten.

»Aber ich liebe dich doch...«

»Und ich dich erst!«

»Selbst wenn du mein Hund wärst, würde ich dich...«

»Und ich dich!«

»Selbst wenn du mein...«

»Und ich dich!«

Dann muß man sie umbringen, die anderen Frauen und Männer, muß sie ausrotten, da wir sie nicht einmal in siebzig Jahren besuchen können, und wenn sie uns mit Krieg überziehen, werden wir kein Mitleid haben.

»Du doch nur mich?« fragte er.

»Sonst niemand!«

»Und ich nur dich.«

»Ich hab gedacht, daß du, wenn du erfährst, wie sehr ich dich, du mich nicht mehr so stark, wie ich dich.«

»Noch mehr!«

Weil man unseren Frauen und Männern nur erlauben muß, einen Schritt aus unserer gemeinsamen Vergangenheit in unsere Gegenwart zu machen, schon sind sie jeden Tag in unserer Gegenwart mit ihrem Eierkuchen, ihrer Hose, die zu klein ist, ihren Löchern, Theaterbesuchen, Festen, freien Tagen und Abenden; alles muß man ihnen wegnehmen! alles liegt einem am Herzen, alles gehört uns, ich geb nichts her, gebt mir meine Spielsachen.

»Geh jetzt!« sagte er.

»Warum?«

»Nicht bloß ihretwegen, sondern auch unsretwegen. Wir natürlich einander... du mich... und ich dich unheimlich! Doch sobald wir zusammen sind, sind wir weniger, als wenn wir getrennt sind – dann sind wir mehr.«

Wenn wir zusammen sind, sind wir eins; wenn wir getrennt sind, sind wir zwei; sogar vier, weil wir bei dir zwei sind und bei mir zwei.

»Und wovon soll ich leben?«

»Das ist ein anderes Thema.«

Der Mann hat immer was, wovon er leben kann, und es bleibt sogar was für die Frau, die immer nichts zum Leben hat.

»Ach, geh doch, du weißt schon, wohin. Ich geh hier nicht weg.«
»Dann geh ich selbst.«
»Aber du liebst mich doch...«
»Ich liebe dich so, wie niemand je sonst. Und wenn ich dich weniger...«
»Und wohin willst du leben gehen?«
»Gleich nach nebenan, in die Oper.«
Otmatthejan packte keinen Koffer, rodete keinen einzigen Baumstumpf, nahm kein einziges Bäumchen mit. Er ließ ihr alles da: die Sträucher, Blätter, Aufschriften auf den Wänden, er nahm keine einzige Rille mit, er war edel.
Im Puschkinmuseum ist derzeit eine Ausstellung, in die man nicht reinkommt, weil es dort nur eine kleine Garderobe gibt. Es kommen so viele Mäntel wie Menschen, aber die Menschen gehen hinein, die Mäntel nicht, also kann man die Ausstellung nur im Sommer öffnen, dann kommen die Menschen ohne Mantel.
Tschaschtschjaschyschin kam aus seinem Zimmer auf seinen zweien gekrochen, die vielleicht auch nicht seine waren.
»Was ist mit ihm?« fragte er Sana.
»Mit ihm ist, was mit dir nicht ist und mit mir nicht ist«, antwortete sie.
Otmatthejan ist der, der einer für alle ist, wir aber sind nicht die, die alle für einen sind. Er ist der, der uns zu trinken und zu essen geben wird, und wir sind die, die vom Tisch aufstehen und nicht danke sagen werden. Weshalb ist das alles so und nicht anders? Hat Otmatthejan etwa getötet oder gestohlen, oder Vater und Mutter nicht geehrt? Weshalb lebt dann Tschaschtschjaschyschin wie ein Vogel unter dem Himmel: er säet nicht, er erntet nicht, wodurch ist Otmatthejan

schlechter? Aber er ist es ja, der den Lebensunterhalt verdienen muß, den Besuchern dreißig Kopeken abnehmen, noch dazu kommen immer weniger her als Mäntel ins Puschkinmuseum, weil es hier keine Garderobe gibt.

Wir wohnen einander gegenüber. Und werden so wohnen, solange das Palais nicht fertiggebaut ist und das Opernhaus nicht einstürzt. Wir schauen einander durchs Fenster an und sprechen durch die Tür: »Ich bin zu allem fähig, ich hasse dich so, deinetwegen habe ich alles aufgegeben, um in diesem Loch zu leben, und wo sollen wir uns treffen? in deinem Bart vielleicht.« – »Und mir geht's wohl gut, was? Ich hab das Mondkind verlassen, um zwischen Scheiße und Feuern zu leben, warum?« Weil es einem allein schlechter geht als zu zweit, und schlechter als zu zweit geht's nicht mehr. Wenn es einen Menschen gibt, mit dem man zu zweit leben kann, Tschaschtschjaschyschin zählt nicht, dann zeigen Sie ihn mir, ich komm sofort und lebe mit ihm. Den gibt es nicht, also werden wir uns treffen. Auch treffen werden wir uns nicht. Das heißt, wir werden uns nicht jeden Tag treffen. Wir werden jeder für uns aus dem Klo ins Bad gehen, aus dem Bad ins Klo, damit Mama nicht drauf kommt, damit der Freund nichts merkt. Wir werden uns soweit bringen, daß wir uns jeden Tag soweit bringen, daß an diesem Tag nichts war und auch nicht sein konnte. Daß es jeden Tag an einem anderen Tag sein konnte. Und wenn ich an diesem Tag mehr möchte als du, dann wirst du unerbittlich gegen mich sein, wie auch ich unerbittlich gegen dich sein werde, wenn du an diesem Tag mehr möchtest als ich. Wenn wir aber an diesem Tag zusammen mehr möchten als wir, einzeln zusammengenommen, werden wir, zwei

hilflose Würstchen, uns einander erlauben und am nächsten Tag dafür bezahlen, wenn sich jeder sich selbst zurückerstattet, wir werden beide gesiegt haben, weil wir beide verloren haben werden, weil der Sieg dem Verlieren gleich ist.
Es gibt in der Weltliteratur Helden, die einander so stark liebten, daß sie Hindernisse überwanden, um beieinander zu sein. Die Hindernisse waren folgende: Vater und Mutter wünschen es nicht, kein Geld, kein Ort zum Wohnen. Alle diese Hindernisse haben wir überwunden, obwohl Vater und Mutter es nicht wünschen, kein Geld da ist und kein Ort zum Wohnen, wir leben trotzdem und überwinden unsere Hindernisse, um *nicht* beieinander zu sein. Dabei lieben wir einander doch nicht weniger als Romeo und Julia, bei denen es einfach nicht so weit gekommen ist; und bei Othello und Desdemona ist es nicht so weit gekommen, obwohl es so weit hätte kommen können, wenn er sie nicht erwürgt hätte; und bei Tatjana und Onegin hätte es so weit kommen können, wenn sie ihren Mann betrogen hätte, doch sie betrog ihn nicht, doch er erwürgte sie, doch sie vergifteten sich, wir aber leben, und wir müssen trinken, essen, lieben.
»Ich bin ein lebendiger Mensch, ich hab dich liebgewonnen.«
»Wie kann man sich lieben, wenn ich ein lebendiger Mensch bin.«
Ein lebendiger Mensch kann natürlich lieben, aber keinen lebendigen Menschen.
»Und einen lebendigen, ja oder nein?«
»Ja, wenn er nicht da ist.«
Wo ist er nicht da? Otmatthejan ist nicht im Opernhaus, wo die Vögel singen. Die Kleine singt nicht. Warum keine Melodie, sondern Geschrei? Sie wird sin-

gen, wenn sie sprechen gelernt hat. Also am Anfang das Wort, dann die Melodie, und die Vögel kennen die Worte und singen deshalb. Jetzt ist klar, weshalb man in der Oper die Worte nicht versteht, weil man sie auch bei den Vögeln nicht versteht.
Die Zeit reicht nicht mal, um zu bleiben. Wir werden hungrig sein und böse darauf, daß ringsrum Menschen sind, die alles schnell und gut machen. Doch alles, was bei ihnen schnell und gut geht, verkehrt sich bei uns dazu, daß es bei uns langsam und schlecht geht. Deshalb werden wir alles langsam und schlecht machen, und das wird dann von allein schnell und gut. Sana wird nicht schnell aufspringen, um die Kleine schnell zu füttern und sie schnell spazierenzufahren, um sie schnell wieder zurückzufahren und schnell zu füttern, und schnell schlafen zu legen, damit sie schneller sitzt, schneller läuft, schneller lebt; nein, Sana wird im Opernhaus mit Otmatthejan im Bett rumsülzen, während die Kleine im Palais schreit, und wird langsam essen, dann wird sie sie langsam füttern, sie aber wird schnell und gut essen.
»Da kommt jemand«, sagte Sana.
»Offenbar meine Frau«, antwortete Otmatthejan.
Es stellt sich heraus, daß er eine Frau hat. Zumindest hatte. Sana hatte nichts davon gewußt, doch, sie hatte es gewußt, aber vergessen. Und er hatte es gewußt, aber vergessen. Doch unterschwellig hatte man es immer gewußt.
»Du versteckst dich im Schrank, wenn sie reinkommt«, sagte er.
Im Schrank sitzt schon eine. Die sitzt im Schrank und versteckt sich vor der vorigen Frau, die auch dort sitzt und sich vor der vorigen versteckt, und jede springt raus und bringt die nächste um. Nein, Sana wird sich nicht im Schrank verstecken, sie wird sie alle auf einmal im

Schrank einsperren, damit sie alle auf einmal ersticken, damit sich dort alle gegenseitig erwürgen und dann ersticken oder zuerst ersticken und sich dann erwürgen.
»Raus hier durchs Fenster, sie ist es«, sagte er.
Gleich wird sie hier sein. Wenn sie hier sein wird, wird Sana vor dem Fenster sein, denn wenn jede vorige Frau zur Tür reinkommt, geht jede nächste durchs Fenster raus. Rein. Raus.
Die Bäume rauschen. Sie sind alleine groß geworden, aber so, wie sie geplant wurden: als Allee, Schneise, Einzelbaum, Baumreihe. Im Unterschied zum Palais, das auch geplant wurde (Fundament, Mauern, Bogen, Zimmerfluchten), aber nicht allein wuchs, sondern trotzdem groß wurde: Die Natur hatte sich in die Arbeit eingeschaltet und auf den Mauern »hier eine Birke, dort eine Weide« verteilt, sie hatte aus einer neuen Klamotte, in der man sich nicht so gern zeigen wollte, eine alte, geliebte gemacht: Flicken auf den Knien, Löcher am Ellbogen, kahle Stellen am Kragen. In diesem Sinne werden wir Teil der Natur, wenn wir heimlich zu den Soldaten gehen und kleine Sträucher dort pflanzen werden, wo die sie ausgerupft haben. Und Wind und Regen werden mit uns gehen: Sie werden die Scheiben einschlagen und den Boden überschwemmen. Sie werden unsere Verbündeten sein.
Jedesmal fangen wir heute damit an, daß wir morgen mit der Arbeit anfangen werden. Tschaschtschjaschyschin trinkt Tee, er hat nicht mal was zum Umrühren: den Löffel im Brei, den Finger im Arsch, und schreibt Gedichte. Die poetische Form ist gegeben, damit man die Information besser begreift: daß das Leben eine unnütze und zufällige Gabe sei, daß es auf Erden kein Glück gebe, es aber Ruhe und Freiheit gebe, daß es Menschen in unserer Zeit gebe, daß er an wüster Wellen

Strand voll großer Gedanken stand; und je besser man sagt, was war, um so bedeutender würde das, was war, weil das Wort mehr als das Ereignis ist. Doch Tschaschtschjaschyschin hat kein Ereignis, das dem Wort gleich ist, wie auch das Wort kein Ereignis hat, das Tschaschtschjaschyschin gleich ist. Tschaschtschjaschyschin kennt Worte, mit denen man essen, schlafen, duschen kann, aber er kennt keine Worte, mit denen man sehen und hören kann: »Sagt, was muß ich auf diesem Bild sehen?« und obwohl Tschaschtschjaschyschin Gedichte schreiben will, wollen die Gedichte ihn nicht schreiben. Sie gehen zu anderen, zu Sana, aber die hat »Wäsche zu waschen und die Kleine schlafen zu legen«, zu Otmatthejan, aber bei dem macht der Laden bald zu und der Bleistift ist gerade abgebrochen; zur Schlafenden Schönheit, um bis zum nächsten Mal auszuschlafen.
Es ist angenehm, daß wir vier Jahreszeiten haben und nicht zwei und nicht eine wie manche anderen, und es ist angenehm, daß wir sie ohne Anstrengung bekommen, weil wir keine Lust haben, die Sonne an der Hand zu führen, damit sie unterhalb des Zenits über den Himmel wandert, die Blätter an den Ohren zu ziehen, damit sie aus den Knospen ausschlüpfen – sie wird von allein wandern, wie es sich gehört, sie werden von allein ausschlüpfen. Wir aber werden uns dran erfreuen. Weil man nicht lieben kann, was man sich so hart erkämpft; aber die Sonne geht von allein auf und von allein unter, man braucht nicht um sechs Uhr früh aufzustehen, um sie aufzunehmen und dann ans andere Ende der Stadt zu tragen, um sie hinzulegen. Alles gefällt uns, alle Dinge sind an sich gut: auch daß du zu mir kommst, und daß ich zu dir komme, nur die Ordnung der Dinge gefällt uns nicht: daß du zu diesem Zeitpunkt nicht zu

Hause bist. Und daß der Winter den Herbst ablöst, nur wird er zu diesem Zeitpunkt nicht eintreten, weil es keinen Schnee geben wird und keinen Frost, dafür wird es im Sommer Frost geben, der schlecht sein wird wie der Herbst, gut wie der Winter. Dann müssen wir uns verabreden, daß wir pünktlich zur Stelle sind: von bis. Daß der Herbst pünktlich zur Stelle ist: von bis. Genau drei Monate und nicht mehr. Und danach der Winter: von bis; und sich zur rechten Zeit trollt. Und der Frühling kommt, damit man nicht auf ihn zu warten und vor dem Weggehen nicht anzurufen und nicht ewig vor der Tür zu stehen und keine Nachricht mit Wimperntusche zu schreiben braucht: daß ich da war, als du nicht da warst. Und nach ihm der Sommer: von bis; gestern abend haben wir uns verabredet, und am Morgen ist er schon da, direkt im Bett, nicht früher und nicht später, sondern zur rechten Zeit, wie verabredet, Schwermut. Nur die Schwermut gehört zu dieser Ordnung. Soll es lieber so bleiben, wie es ist, selbst wenn nichts ist: du kommst zu mir, aber ich werde zu diesem Zeitpunkt nicht da sein, obwohl ich es sollte, im Frühling, der zu diesem Zeitpunkt nicht sein wird, es aber sollte. Das gefällt uns auch nicht. »Was willst du eigentlich?« Ordnung in der Unordnung: zufällig vorbeikommen, wenn du gerade zu Hause bist. Im Sommer aus dem Fenster schauen, und draußen ist tatsächlich Sommer. Zu wenig. Aber hier handelt es sich nicht um Ordnung, sondern um Häufigkeit: Man möchte es genauso, aber öfter, also möchte man es immer so: eben mal vorbeikommen, und du bist eben mal zu Hause; aber das kann nur einmal sein, einmal kann aber nicht immer sein wegen der Nichtübereinstimmung von Ordnung und Häufigkeit, deshalb schaut man im Sommer aus dem Fenster, und dort ist freier Tag.

Wann werden wir uns sehen? An irgendeinem Tag, nur nicht heute. Also morgen? Aber wenn morgen heute wird, wird es auf morgen verschoben. Wir sehen uns am Sonntag, der nach dem Montag ist, um sechs, was nach neun ist, bei Regen, der nach dem Schnee fällt, der angekündigt wurde. Das Telefon klingelt, das genau dann geklingelt hätte, wenn er es wäre. Schweigen.
»Hat jemand für mich angerufen?« fragte Sana Tschaschtschjaschyschin.
»Jemand hat geschwiegen.«
Diese Kommunikationsform gibt es – Schweigen am Telefon. Man weiß immer, wer schweigt. Den ganzen Tag schweigen sie durch und gegen Abend kommen sie. Nein, um vorzuwarnen, also zu warnen, daß ja. Er kam ohne anzurufen, Awwakum kam. Um auf einen Schlag zu kommen, zu sehen und zu siegen. Wozu hätte er vorwarnen sollen, er, der Ehemann? Und was gibt's zu kommen, was zu sehen und wen zu besiegen? Tschaschtschjaschyschin? »Ja, so leben wir, Tschaschtschjaschyschin ist mein Nachbar, er wohnt in dem Zimmer, die Kleine und ich wohnen in dem und die Schlafende Schönheit in diesem.« – »Und *der,* wo wohnt der?« – »Der wohnt nicht bei uns, der wohnt mit seiner Frau im Opernhaus, kannst nachschaun.« – »Dann bist du also von mir weggegangen, um von ihm wegzugehen?« – »Richtig.« – »Ich werde hier wieder Ordnung reinbringen.« Ein Ehemann ist der, der kommt und Ordnung reinbringt, damit man nach der reingebrachten Ordnung lebt, wie sich's gehört, damit sich die Venus nicht am Horizont rumtreibt, sondern sich mit der Erde und den anderen dreht, wie sich's gehört, Ehemann ist der, der die Suppe essen wird, selbst wenn es keine zu essen gibt, ja.
Tschaschtschjaschyschin zog sich derweil zum Lesen

zurück, während sie sich auseinandersetzten. Tschaschtschjaschyschin liest nicht Shakespeare und auch nicht Byron; unser Puschkin las sowohl Shakespeare als auch Byron. Aber Tschaschtschjaschyschin liest auch Puschkin nicht; er liest den Schriftsteller, der Puschkin gelesen hat, also hat Tschaschtschjaschyschin auf dem Weg des geringsten Widerstandes auch Shakespeare, Byron und Puschkin gelesen.
»Sie decken schon das Dach«, sagte Awwakum zu Sana, »in diesem Abschnitt haben sie es schon gedeckt.«
»Hörst du«, sagte Sana zu Tschaschtschjaschyschin, »es ist Zeit, das Dach zu zertrümmern, in dem Abschnitt haben sie es schon gedeckt.«
»Ich höre«, sagte Tschaschtschjaschyschin.
»Wir müssen gleich gehn«, sagte Awwakum.
»Gleich gehn wir«, antwortete sie.
»Wann ist gleich?« fragte Tschaschtschjaschyschin.
»Morgen ist gleich«, erboste sich Awwakum.
Wenn gefragt wird: »Wann ist gleich?«, worum geht es da? Es geht lediglich um den Augenblick, der seine eigenen Voraussetzungen hat, der in dem Augenblick eintritt, wenn im Sommer der Sommer anbricht, und fast alle Blockhäuser zusammen mit dem Pappelflaum für immer davonfliegen, bis zum ersten Regen, der rasch wieder zur Besinnung bringt, den Flaum zur Erde drückt, die Häuser ans Fundament, und aus dem Flaum eine feuchte Matratze macht, auf der man noch hundert Jahre so liegen und ein Wiedersehen verabreden kann: »Dann laß uns morgen« »schon heute war morgen« »dann wann?«, wo dieser Flaum, den überhaupt niemand liebt, jetzt so ungewöhnlich, so sehr geliebt, so schrecklich gut, so herrlich gut war.
»Sind dort viele?« fragte Sana.
»Was?«

»Soldaten.«
Viele sind dort, Soldaten, genug, sie haben einen heizbaren Güterwagen, und Verstärkung kommt. Sie zertrümmern jeden Tag und nicht »morgen gleich« unseres, um ihres zu bauen. Aber schließlich hat Katharina schon gesagt: nicht bauen, auf russisch hat sie's doch gesagt, nicht das Dach decken. Und sie bauen und decken. Doch wenn sie nicht mal Baschenow das Dach hat dekken lassen, dann, zum Teufel, fragt sich, was die hier wollen? Was kriechen die da herum, wer sind die überhaupt, daß sie das Dach decken? Nur die Natur, nur sie vermag das zu vollenden, was man den Menschen nicht tun ließ, was er hatte tun wollen, weil es so einen Menschen gibt, der zum Beispiel eine Stadt dort zu bauen vermag, wo es die Natur nicht wollte, im Sumpf zum Beispiel, er aber wollte es und baute sie, doch die Natur arbeitet nicht für ihn, gib ihr Zeit, und sie wird aus seiner Stadt wieder ihren Sumpf machen, und die Marmorbuckel werden einfach Erdbuckel sein; sie arbeitet für den anderen Menschen, für den, der sie nicht vergewaltigt hat und die kleinen Birken nicht an den Zöpfchen herausgezogen hat, dieser Mensch hat sie nicht mit seinem Palais gestört, und die Natur arbeitet für ihn, baut selbst für ihn fertig, ohne Soldaten.
»Wir müssen gehn«, sagte Awwakum.
»Nicht so eilig, Junge, wer wird uns in den Kampf führen?« sagte Tschaschtschjaschyschin zu ihm.
»Was?« fragte Awwakum.
»Wer?« fragte Tschaschtschjaschyschin.
Ja, wer wohl? Ist doch klar, wer. Die Kleine, das Mondelement, wird uns führen, sie ist die Stärkste von uns. Wenn du mit dreißig lernen müßtest, den Kopf zu halten, würdest du's nicht lernen, und dich auf den Bauch zu drehen, würdest du nicht lernen, und nicht sitzen,

nicht laufen, von sprechen ganz zu schweigen, ja, und du wärst mit dreißig Jahren gar nicht auf die Welt gekommen, selbst wenn es einen Durchgang gegeben hätte, der dir in seinen Maßen entsprochen hätte, du hättest die ganze Sache mit der Geburt zum Scheitern gebracht, wärst irgendwo in den Röhren steckengeblieben, und Gute Nacht. »Was heißt: Gute Nacht?« Das heißt, daß uns die Kleine in den Kampf führen wird, als Älteste, da sie später als alle anderen dran ist, und ausdauernd, sie steht von uns allen der Natur am nächsten, Awwakum, zum Beispiel, steht ihr ferner als Sana, und Tschaschtschjaschyschin noch ferner. »Vielleicht wollt ihr erstmal auf Erkundung gehen«, sagte Sana, »und ich bleib solang bei der Kleinen?«

»Das können wir«, sagte Tschaschtschjaschyschin.

Wird sie aufgekratzt sein oder nicht? »Wenn sie nicht aufgekratzt ist, dann habe ich eine Stunde für unser Wiedersehen, wenn du aber eine halbe Stunde hast, dann habe ich fünfzehn Minuten, wenn du aber fünfzehn Minuten hast, dann habe ich fünf Minuten.« – »In fünf Minuten schaffen wir's nicht.« – »Je nachdem, was, wenn du aber auch fünf Minuten hast, dann solltest du gehen, du weißt schon, wohin!« – »Na, wohin denn?« Sie war aufgekratzt, also keine Minute. An dem einen Sauger verschluckt sie sich, an dem anderen nuckelt sie nur herum. Warum macht man keine normalen, genormten? Draußen hat es sich auch aufgeheitert: Die Sonne ißt gut und weint nicht und pinkelt nicht, das tut der Regen, und der Wind trocknet es auf, und die Anwesenheit des Menschen ist nicht unbedingt notwendig. »Komm lieber du zu mir, sie sind auf Erkundung gegangen.« – »Komm lieber du zu mir, sie ist einkaufen gegangen.« – »Und wann kommt sie wieder?« Als vor langer Zeit ein Historiker einen Kaiser beschrieb, und als er in seiner Beschreibung bis zu seinem Rumpf gekommen war, da beschrieb er das Pferd als unabdingbaren Teil des kaiserlichen Rumpfes, sogar die Augen des Pferdes beschrieb er und den Schwanz. Und wenn Sana zu Otmatthejan geht, nimmt sie die Kleine innendrin als unabdingbaren Teil ihres Rumpfes mit, da aber die Kleine ein Außen hat: das Bettchen und die Wanne und den Kinderwagen und die Waage, nimmt Sana das Bettchen und den Kinderwagen innendrin mit, und die Ecke, in die es gestellt wird, und die Allee, durch die sie ihn schiebt. Schwer. »Das ist mir zu schwer, lieber du zu mir.« Otmatthejan kommt ohne Gepäck, er nimmt sogar seinen Rumpf nicht mit, er läßt ihn seinem Pferd zurück. Er nimmt nur rasch einen Teil des Rumpfs, ohne den er nicht auskommt. Er bringt diesen Teil zwischen den Zähnen mit, um ihn ihr sogleich zwischen die Zähne zu stecken. Und wenn seine Frau vom Einkaufen zurückkommt, dann findet sie einen Teil von Otmatthejans Rumpf ohne den einen Teil, aber er kann sich leicht rechtfertigen, er sagt, daß er ihn in gute Hände gegeben habe und selbst in Geschäften weggegangen sei. Ja, am Tag des Wiedersehens verzichten wir jedesmal ein für allemal auf das Wiedersehen, damit dieses Wiedersehen das letzte wäre, und damit es niemals wieder morgen sein könnte, werden es heute drei Heute auf einmal für uns sein, und wir werden einander so erschöpfen wie beim letzten Mal; da niemals mehr etwas sein wird, sagen wir einander alles auf einmal und tun ein für allemal alles auf einmal; schließlich bist du es, der an der Tür schellt, wenn du mir gegenübersitzt, du rennst gegen die Tür und trittst mit den Schuhen dagegen, um mich auf die Probe zu stellen, wo ich bin, und mit wem, du sitzt gegenüber, und du bist es, der wie verabredet an der Tür schellt, damit ich dir nicht aufmache, damit du das Telefon wie verabredet läuten läßt, und nicht dreimal schweigst und beim vierten Mal »hallo« sagst; du bist es, der mir gegenübersitzt und die Tür zu mir einrennt, damit ich es so darstelle, daß ich nicht zu Hause bin, wenn ich direkt vor dir bin, und ich habe nichts zu telefonieren, wenn du mir gegenübersitzt. Und du hast auf dem Weg zu mir schon getan, was ich auf dem Weg zu dir getan habe. Und wir haben zusammen nichts zu tun, was wir zusammen getan haben, als wir getrennt waren; weshalb sind wir dann jetzt zusammen? Um uns von der Richtigkeit dessen zu überzeugen, daß wir zusammen existieren, wenn wir getrennt sind; nein! alles, was oben gesagt wurde, ist viel weniger, als was unten gesagt werden wird, weil wir zusammen hundertmal mehr haben, was wir miteinander tun können: wir haben, erstens, was wir mit jedem einzeln tun können, dann haben wir, was wir mit uns zusammengenommen tun können, und schließlich haben wir, was wir, mit uns zusammengenommen und jedem von uns getrennt überlassen, tun können. Wir rotieren ohne Rast und Ruh, um alles auf einmal zu schaffen, um nicht jeden von uns und uns zusammengenommen zu kränken. Und gerade eben weil wir so viel zu tun haben, wenn wir miteinander zusammen sind, und so wenig zu tun haben, wenn wir getrennt voneinander sind, und um diese beiden Positionen ins Gleichgewicht zu bringen, dürfen wir so wenig miteinander zusammen sein und müssen so viel voneinander getrennt sein. Aus dem Gleichgewicht kommen bedeutet aber, dem Mehr mehr hinzuzufügen und dem Wenigeren weniger hinzuzufügen. Und damit wir wieder ins Gleichgewicht zurückgebracht werden, müssen wir dem Wenigen, das wir sind, wenn wir voneinander getrennt sind, das Viele hinzufügen, das wir sind, wenn wir miteinander zusam-

men sind; und um nicht aus dem Gleichgewicht zu kommen, dürfen wir dem Vielen, das wir heute sind, wo wir zusammen sind, nicht wieder das Mehr hinzufügen, das wir morgen wären, wenn wir wieder zusammen wären, man kann uns nur vom heutigen Mehr das Allerwenigste abziehen, das wir morgen haben werden, wenn wir nicht zusammen sein werden, um das Gleichgewicht zu wahren.
Bald werden sie hierher zurückkommen, seine Frau wird dorthin zurückkommen, und alles wird immer so hierher-dorthin bleiben, solang wir damit nicht ein für allemal aufhören. Man muß die Kleine fertigmachen, das Mondelement in Kampfbereitschaft versetzen, seinen Schrei, Donner und Blitz zum Abmarsch bereitstellen. Tschaschtschjaschyschin gefällt das Interieur nicht. Er hat Lust, die Zimmer in Ordnung zu bringen. Damit die Tannen nicht wie Kraut und Rüben wachsen, sondern vor allem gleichmäßig. Er möchte, daß er, Tschaschtschjaschyschin, das, was Katharina Baschenow nicht hat fertigmachen lassen, und was die Natur für ihn fertiggemacht hat, daß er das für die Natur fertigmacht. Es gefällt ihm nicht, wie die Sträucher aufgegangen sind, weil nicht akkurat – man muß sie beschneiden, und das Gras scheren, und den kleinen Birken Hände und Füße zurechtrücken, sie begießen und ausputzen, die Sträucher hier runterdrücken, dort auszupfen, wo es nötig ist, und dann erst um dieses Gleichmäßige und Akkurate mit den Soldaten kämpfen: damit die Birken gleichmäßig auf den Mauern wachsen, und zwischen drei Birken genau je fünf Blümelein, dafür kann man kämpfen, aber so, wofür? Dafür, daß diese kümmerlichen Tännchen auf dem Boden krumm und schief wachsen und die Sträucher, der eine so, der andere so; und dazu braucht man kein Mondelement, man sollte

es, die Kleine, lieber ins Bettchen legen, darum braucht nicht der Regen zu kämpfen, sondern Schlauch und Gießkanne müssen es tun; und das Dach, das die Soldaten schon gedeckt haben, kann man natürlich zertrümmern, aber es nicht vom Element zerstören lassen, sondern es akkurat abdecken, und wenn Sana die auf den Mauern gewachsenen Birken so gefallen, kann man Stecklinge einpflanzen, und die werden dann gleichmäßig groß. Das Element kennt Donner und Blitz genau, genau zu kennen ist ganz natürlich für es, es überwindet keine Zweifel, aber so ein Großer wie Tschaschtschjaschyschin muß debil sein, um genau zu wissen, was er zu tun hat, und nicht zu zweifeln und sich über das Getane zu freuen; was aber müßte Tschaschtschjaschyschin sein, damit er genau wüßte, was er zu tun hätte, nicht zweifelte und sich am Getanen erfreute und dabei nicht debil wäre? Wer verdient Achtung? Wer macht seine Sache und macht seine Sache gut? Von uns allen verdient nur das Mondelement Achtung: Es wächst und wächst gut. Sein Sehvermögen, sein Gehör und sein Geschmackssinn wachsen. »Kannst du dir etwa andere Sinnesorgane vorstellen als die, die du hast?« Nein. Auch die Erde, auf die vor aller Augen gerichtet sind: Ohren, Augen, Zunge, Nase – ist wüst und leer, und der Mensch ist auf Erden notwendig, weil es ohne ihn niemanden gibt, dem man sagen könnte, was auf der Erde ist. Und der, der sich weigert, nach den Seiten zu äugeln, die Ohren zu spitzen und rumzuschnuppern, ist unnormal, weil er keine anderen Organe hat! Dann soll ihm eben nur das zur Verfügung stehen, was er hat, um das zu würdigen, was ringsum ist. Otmatthejan aber hat sich im Opernhaus verschanzt, sitzt dort, kassiert jeweils dreißig Kopeken fürs Leben und schreibt Gedichte darüber, daß man ihn nicht das tun läßt, was er sowieso nicht tun würde, selbst wenn man es ihn tun ließe. »Wie schön, hinauszugehen und die Sonne anzuschauen.« Geh raus und schau, wer läßt dich nicht? Er selbst läßt sich nicht. Er lebt und wächst so in seinem Loch, wie wenn der Mensch auf Erden nicht vorgesehen wäre, und jede Schönheit nicht der Schönheit wegen da wäre, und es niemanden gäbe, der sagen könnte: wie schön; er hat sich selbst ausgeschlossen. Unter einem Menschen versteht er nicht sich selbst, aber unter sich selbst versteht er auch nicht den, der würdigen kann. Diese Kenner der Schönheit leben im Palais, obwohl das Palais so gebaut ist, daß ein Mensch als solcher nicht in ihm vorgesehen ist. Doch Tschaschtschjaschybeschin hat als solcher sein Zimmer geschoren und beschnitten, einen Schlauch gelegt und die Schönheit wiederhergestellt, Awwakum aber hat ein Bild an die Zwischenwand gehängt, auf dem die Schönheit schön gemalt ist, die er als solcher gewürdigt hat, und Sana benützt das Sonnenlicht zum Bräunen und den Regen zum Waschen, weil sie eine Frau ist, als solche, und weiß, was wozu wächst und was wozu leuchtet und wärmt. Und nur das Mondelement kennt das Licht als solches, und den Regen als solchen, sie lassen es wachsen, und von Frost wie Sonne hat es einen wunderschönen Tag.

Kommen sie schon, oder ist es mir nur so vorgekommen? »Liebst du mich in diesem Augenblick?« – »Ja.« Ja, oder ist es mir nur so vorgekommen? Aber wenn du »nein« gesagt hättest, wäre es mir dann so vorgekommen, als ob »ja«? Es wäre mir gleichwohl so vorgekommen. Gleichwohl hätte es geschienen, daß »ja«. Alle Wörter sind in diesem Augenblick bedeutungsgleich mit dem Wort »ja«. Sie verlieren ihre Selbständigkeit, sie erhalten eine völlig andere Funktion, eine Hilfsfunktion, sie werden »Gott uns zur Hilfe«. Sie sind völlig sinnlos, wenn man sie abstrakt nimmt, weil sie ihre frühere Bedeutung nicht mehr haben, sie treten nur als Bestätigung auf und basta. Und das Eichhörnchen und die Schwalbe und das Häschen und... – das ist alles »ja«. Und »ich hasse« und »ich vergöttere« und... – das ist alles »ja«. Und nur wenn du »ja« antwortest, scheint es so, als sei es dir so vorgekommen, weil »ja« eben in seiner eigenen Bedeutung dasteht und sich auf seinen eigenen Augenblick bezieht – es tut im Ohr weh. Und fragst du mich: »Liebst du mich in diesem Augenblick« und sagst, sag »ja«, sage ich »nein«. »Ich wußte, daß du ›ja‹ sagst«, sagst du. »Ja«, sage ich. »Ja oder ist es dir nur so vorgekommen?« – »Es ist mir nur so vorgekommen.« Wir verteidigen alle zusammen das Palais, doch wir alle haben »verschiedene weil«. Awwakum, weil das Palais besser so ist, wie es ist, und schlechter, wie es sein wird, lieber es konservieren, einwecken und nicht mit Zement und Feuerschutzplakaten verschmutzen; Tschaschtschjaschyschin, weil es besser so ist, wie es bei ihm sein wird, und schlechter, wie es bei den Soldaten sein wird, lieber saubere Luft über dem Gras an den Wänden, die mit Waschpulver abgewaschen sind; und wir, weil es für uns ein Besseres, als was ist, nicht geben wird, weil es niemals etwas Besseres geben wird. Wir werden uns natürlich nicht im Palais treffen und nirgends, aber wir werden uns nicht jedesmal und mehrmals am Tag mit solcher Leidenschaft treffen, und nicht, weil wir nichts haben, wo wir uns treffen könnten; früher hatten wir nichts, als wir eine Wohnung hatten, die dafür nicht eingerichtet war, und jetzt haben wir dreißig Zimmer, aber alles Durchgangszimmer. Man kann jetzt anfangen und im Jahr zweitausend aufhören, wenn Tschaschtschjaschyschin alle Sträucher

beschnitten hat, wenn die Windeln bis zum Sankt Nimmerleinstag getrocknet sind, man kann im Sitzen, Stehen, an jedem Fleck, man kann im Laufen oder im Laufen auf der Stelle… sie sind da.
Awwakum, kaum von der Erkundung wie zu sich nach Hause gekommen, machte sich's sogleich bequem wie bei sich zu Hause, Tschaschtschjaschyschin tat's auch nicht bei sich selbst – alle zusammen, alle in einem Zimmer – im Durchgangszimmer, wo das Bettchen steht, in dem das Element schläft. Tschaschtschjaschyschin hatte bei sich, auf seinem Territorium, Ordnung hergestellt, dort ging man besser nicht, saß besser nicht, trug keinen Schmutz rein, wischte sich die Füße ab, aber hier brauchte man die Füße nicht abzuwischen, es gab keinen Lappen, dafür immer Eierkuchen, auf den man immer Lust hatte.
»Ich mag nicht«, sagte Sana, »mehr als zwei Eier werden nicht verwertet.«
»Ich verwerte drei«, sagte Awwakum, »dreimal am Tag.«
Tschaschtschjaschyschin verwertet die Suppe, die es nicht gibt, die abseits ist.
»Na, was jetzt?« fragte Sana.
»Jetzt essen wir, und dann greifen wir an«, sagte Awwakum, »heute abend, wenn es dunkel geworden ist, nachts, jetzt wird es spät dunkel.«
Das heißt morgen früh, wenn es ganz dunkel ist, bevor es hell wird, jetzt wird es früh hell.
»Schluck erst runter und red dann«, sagte Sana.
Awwakum hatte schon zum Frühstück alles runtergeschluckt, deshalb hatte er zum Mittagessen nichts zu reden.
»Morgen werden wir angreifen«, sagte Awwakum, »gleich nach dem Frühstück, noch ein bißchen ausru-

hen, damit wir nicht mit vollem Magen losziehn, damit es verwertet wird.«
»Wer hat hier einen vollen Magen?« sagte Tschaschtschjaschyschin, »ich finde, lieber heute, sobald wir gegessen haben, damit wir mit voller Kraft angreifen, solang wir sie noch haben, und nicht, wenn es dunkel ist, wenn wir keine Kraft mehr haben.«
»Wann denn dann!« entfuhr es Sana.
»Was ist los mit dir, gelüstet's dich nach dem Tod?« fragte Tschaschtschjaschyschin.
»Mich gelüstet's überhaupt«, antwortete sie.
Nach dem Tod der Schriftsteller, die nicht überhaupt sterben wie alle Menschen, sondern nur in der Zeitspanne zwischen den Kongressen, die einmal in fünf Jahren veranstaltet werden, um ihr Andenken zwischen drei Kiefern zu ehren.
»Ich habe gesagt, daß wir heute losgehn werden«, sagte Awwakum.
»Otmatthejan wollte auch mit«, sagte Tschaschtschjaschyschin, »ich geh und sag's ihm, damit wir mehr Kräfte haben, sonst haben die Soldaten mehr.«
Tschaschtschjaschyschin war kaum zur Tür raus, da setzte Awwakum das Messer an die Gurgel:
»Dort, wo wir waren, war's doch schön, nicht wahr?«
»Wo?«
»Als wir im Sommergarten saßen.«
»Wann?«
»Dort, wo wir saßen, wo die Schwäne schwammen.«
»Wo?«
»Als noch alles gut war, am ersten Tag, als wir angekommen waren.«
»Wann?«
»Dort, wo du sagtest: ›Gut, daß wir jetzt da sind.‹«
»Wo?«

»Als wir jeder zwei Pastetchen hatten und sie auf der Bank aßen und dann gingen.«
»Wann?«
»Dort, wo du sagtest: ›Es wäre schön, wenn's immer so wäre.‹«
»Wann sagte ich das wo?«
»Laß uns dorthin zurückkehren.«
Ja, um in einer Kiste zu wohnen, um uns vor dem Frost zu verbergen, im Sommer aber vor aller Augen dazustehen und alle nacheinander anzulächeln, und dann führt man eine Besuchergruppe zu dir: »Die Statue der Wollust. Die allegorische Darstellung der Wollust in Gestalt einer jungen, lächelnden Frau mit einem Rebhuhn an der Brust und einem Krokodil zu Füßen, der Bildhauer ist unbekannt.« Aha, unbekannt, und ich werde mit dem Lappen abgestaubt und kriege dann die Nase abgeschlagen, nein danke.
»Dafür wären wir dort zusammen«, sagte Awwakum.
Ja, zuerst werden wir in einer Kiste wohnen – im Winter, und dann werden wir in der Gestalt Saturns und einer Bacchantin dastehen – im Sommer, bis wir im Sommer aufs Revier gebracht werden, auch ein unbekannter Bildhauer.
Die Kleine aber schläft immerzu, wie haben wir sie genannt? und verlangt nichts zu essen und erinnert sich nicht, »wo wann«. Und liebt uns überhaupt nicht. Für sie ist der Vater die Mutter, und der Onkel ist die Mutter, und »Frost und Sonne« sind für sie die Mutter, und es ist ihr ganz egal, für wen sie ein »wunderschöner Tag« ist. Wie gerne wäre man auch so. »Liebst du mich?« – »Ich liebe dich.« Drei Zeichen: Ich, liebe, dich. Das zweite ist überflüssig. Wie gern wäre man wie das Element: Ich liebe an dir sowieso, daß du Vater und Mutter für mich bist, und »Frost und Sonne«, und ich

bin für dich sowieso ein »wunderschöner Tag«, weil »liebe« sich auf »ich« bezieht und nicht auf »dich«. Und was macht das Element? Es schläft. Wenn es aufwacht, erblickt es uns. Und was sind wir für es? Bewegliche Gegenstände. Wir haben nicht einmal Namen wie auch alle übrigen Gegenstände. Einfach beweglich. Mutter ist ein beweglicher Gegenstand und auch der Zweig. So interessiert es sich für die Mutter genauso wie für den Zweig. Man kann uns nicht essen. Man kann uns anfassen. Einen Namen gibt es nicht. Wenn der Name auftaucht, werden wir nicht mehr wir sein. Und wir, namenlose, bewegliche Gegenstände, und nicht mal Milch oder Kefir, streichen im gegenwärtigen Augenblick um es herum. Wie unerträglich und widerwärtig ist er, er fordert von uns Aktivität, Beteiligung, wir müssen uns daran erinnern, daß dieser Augenblick der gegenwärtige ist. Wir wollen ja, daß dieser gegenwärtige Augenblick schneller in die Vergangenheit abrutscht, und bemühen uns, aus den Augen zu verlieren, daß das Wort »gegenwärtig« zwei Bedeutungen gleichzeitig enthält: gegenwärtig in der Bedeutung von Zeit und gegenwärtig in der Bedeutung von Wirklichkeit. Und von diesem Supergegenwärtigen könnte man aufheulen, weil es aus der Zukunft eintritt und sich in der Gegenwart nicht begreifen läßt, sondern erst, wenn es Vergangenheit geworden ist. Dieses widerwärtige »jetzt gleich«, zu dem man immer nicht jetzt gleich bereit ist, zu dem man gestern bereit war und morgen bereit sein wird, aber jetzt ist der Kopf schmutzig und schmerzt, und die Hose ist zerdrückt. Nein, wir müssen um jeden Preis mit dem gegenwärtigen Augenblick fertigwerden! Schnell unter die Dusche, die Hose unter die Dusche, ein Aspirin und Wasser nachtrinken. Das ist jetzt gleich! Los, wir bereiten uns nächstes Mal noch in

der Woche vorher drauf vor, damit es uns nicht überrumpelt, damit wir die gegenwärtige, sobald sie anbricht, wirklich mit frischem Kopf empfangen und uns an alles erinnern: wo die Sonne steht, und wo hinter ihr der Mond steht und wo du hinter ihm stehst, das ist die gegenwärtige Sekunde, wie schön! »Verweile doch! Du bist so schön!« Aber hinter ihr ist wieder eine gegenwärtige, und wieder eine gegenwärtige! Wenn man alle Kraft und Aufmerksamkeit für eine gegenwärtige sammeln kann, dann reicht sie schon für die nächste nicht mehr, die nächste wird so an der gegenwärtigen vorbei in die Vergangenheit rutschen, was zu beweisen war.
Aber es gibt doch auch »Lust«, die es nur in der gegenwärtigen Zeit gibt – »just«, in altertümlicher Sprache, wo sich Lust auf just reimt, und diese Just-Lust bleibt direkt vor dir stehen, wenn du dich nicht auf sie vorbereitest, hinter deinem Rücken, um dich nicht durch ihre Verkörperung zu erschrecken, und reicht deinem Sehen und Hören ihr ganzes »just« dar, und du siehst die Sonne, die wie die Sonne scheint, und der Wind bläst wie der Wind, und der Mensch schaut wie der Mensch, und das ist so, wie es heißt: die Sonne ist die Sonne, der Wind ist der Wind, der Mensch ist der Mensch. Und nicht so, wie es heißt, wenn es nicht »just« ist, sondern nur so, eine (poetische?) Erinnerung: und die Sonne versteckt sich wie die schöne Jungfrau hinter dem Wolkenschwarm, die der »Wind, Wind, du bist so stark« treibt, und der Königssohn Jelissej galoppiert hinter seiner »Lust« her.
Tschaschtschjaschyschin aß abseits die Suppe, die Otmatthejans Frau gekocht hatte und die der mit dem Freund teilte, er war gekommen, um zu sagen: »just«.
»Er wartet ›just‹ auf dich, geh«, sagte Tschaschtschjaschyschin zu Sana.

»Wann?« fragte sie zurück.
»Just.«
Das, was »just« fünf Minuten dauert, ist tausendmal besser als das, was morgen eine ganze Ewigkeit dauert. Am besten ist es, sich »just« für fünf Minuten zu sehen, als sich morgen für das ganze Leben zu verlieben und zu heiraten. Am besten ist, was man »just« in fünf Minuten tun kann, besser als alles andere, was man morgen für das ganze Leben erreichen kann.
»Und wie?« fragte Sana Tschaschtschjaschyschin.
»Geh für fünf Minuten weg, ich mach das hier schon irgendwie.«
Wir treffen uns schon von weitem für fünf Minuten, damit wir mehr Zeit als fünf Minuten haben, um zu reden, worüber? »Wenn wir auf dem Mond lebten, dann lebten wir doch freilich zu zweit?« – »Freilich.« – »Hier haben wir ja freilich weder Ort noch Zeit.« – »Freilich.« – »Aber dort hätten wir reichlich Ort und Zeit.« – »Freilich.« – »Ich hab gestern deine Gedichte gelesen, die du früher geschrieben hast, als du früher besser warst und als du schlechter geschrieben hast. Jetzt bist du schlechter geworden und schreibst nun besser.« War besser als wer, schrieb nun besser als wer? Du bist für dich selbst der Nullpunkt. Bist schlechter als du selbst. Schreibst nun besser als du selbst. Warst besser als du selbst. Schriebst schlechter als du selbst. Daraus ergibt sich, daß in dir (in sich) das Schlechtere schreibt, als in dir (in sich) ist, das Bessere aber schreibt nicht. Das Schlechtere ist woraus gemacht? Aus dem Besseren, freilich, und es schreibt gut, wenn Lügengeschwätz aus Wahrheit gemacht ist, »ich hasse« aus »ich vergöttere«, das schreibt gut, aber wenn das Schlechtere aus dem Schlechteren gemacht ist: Lügen aus Lügen, »ich hasse« aus »ich hasse«, das schreibt schlecht.

Sana rief Otmatthejan auf jeden Fall an:
»Na, lieber ›just‹ oder morgen?« fragte sie.
»Just«, antwortete er.
»So schnell kann ich nicht, so lange kann ich nicht.«
»Dann komm so, wie du anrufst.«
Natürlich, es war gut, und schade, daß man darüber fast nichts sagen kann: Hier kann es keine Genauigkeit geben, weil es keinen Vergleich geben kann; womit kann man ›just‹ vergleichen? nur mit ›just‹, also kann man es nicht vergleichen. Obwohl einem manche Gegenstände einfallen, und nicht einmal die wichtigsten, weshalb sind einem Taschentuch und Fliege eingefallen, weshalb ist einem Fenster entfallen, über Worte aber, die einem entfallen sind, gibt's nichts zu sagen. Erst danach verhalten sich alle eingefallenen Gegenstände, jetzt gedacht, mit der Genauigkeit zueinander, wie die gedachte Linie – der Horizont zum gedachten Punkt – dem Zenit, zur gedachten Linie – dem Äquator und zu mühsam gedachten Parallelen und Meridianen. In ihrem Verhältnis kann es keinen Wechsel geben, sie befinden sich in vollständiger Harmonie und fühlen sich wohl. »Lieber Gott, wem hast du mich überlassen?« Das war keine rhetorische Frage. »Lieben Sie die ukrainische Nacht?« Das war eine rhetorische Frage, sie erforderte keine Antwort. Die vorhergehende erforderte sie – den Menschen. Er hat seinen Sohn den Menschen überlassen, und was sollte man da über das Mädchen sagen, über die Mutter seines Sohnes, die er ihrem Mann überlassen hat, dem Stiefvater seines Sohnes, er hat sie ja nicht mal selbst nach Ägypten geführt, sondern nur Jossif Jakowitsch gesagt, er solle sie nach Ägypten führen, und er hat es nicht mal selbst gesagt, sondern durch den heiligen Geist. Und wenn er so mit seinen Angehörigen umging, was soll man dann über Menschen sagen,

die ihm ganz fremd sind? Obwohl er zu fremden Menschen manchmal netter war als zu seinen Angehörigen, und die Menschen selbst manchmal zu fremden Menschen netter sind als zu ihren Angehörigen. ›Just‹ war vorbei. Morgen hatte begonnen, und danach das zukünftige Leben, und danach das ewige Leben. Dann wollte man auf morgen trinken, auf das zukünftige und auf das ewige – alles auf einmal. »Also dann auf morgen.« »Morgen wird für morgen sein.« »Also dann ›just‹ für morgen, wenn morgen nicht sein wird.« Man kann sich nicht für das zukünftige Leben satt f…, satt essen, man kann nur »noch ein Löffelchen für Papa und ein Löffelchen für Mama«. Sana geriet außer sich. Es wollte ihr nicht eingehen, daß ›just‹ nicht morgen und in einem Monat enthielt, aber ihm war es sofort eingegangen, und er war glücklich, wie alle glücklichen Familien, die einander ähnlich sind, und sie war unglücklich, wie jede unglückliche Familie auf ihre Art unglücklich ist.
An drei Orten gleichzeitig anwesend sein, außer an dem, wo du bist. Die Flugbahn ausrechnen, das Zimmer erblicken: den Tisch, das Bett, und genau dasselbe von der Rückseite des Fensters aus. Alle Synonyme jenes Wortes benützen, mit dem das bezeichnet wird, womit wir uns im Zimmer beschäftigen, nur nicht das einzig treffende Wort, weil es das in der Natur, im Wortschatz, auf der Zunge nicht gibt. »Ich, bin ich dieselbe, wenn ich nicht mit dir zusammen bin und wenn ich's bin?« »Du bist dieselbe.« »Und daß du mich liebst, wenn ich nicht da bin, ist doch genauso, wie wenn ich da bin, nicht wahr?« »Ja.« »Aber ich liebe dich, wenn du da bist, mehr, weil du, wenn du da bist, besser bist, als wenn du nicht da bist.« »Interessant, und was ist das, was du mit mir machst, damit ich schlechter bin, wenn ich nicht da bin?« »Du machst das selbst besser, was ich

für dich selbst schlechter mache.« »Dann verbiete ich es dir.« »Ich mach's aber doch. Weil es nicht unbedingt nötig wäre, zu dir zu wollen, wenn du besser wärst oder sogar genau dasselbe, was du bist, wenn du nicht mit mir zusammen bist, aber so ist das.« »Weshalb will ich dann genauso zu dir?« »Um dich zu überzeugen, daß ich ohne dich und mit dir nicht dieselbe bin.« »Und du, um dich zu überzeugen, daß ich verschieden bin?« »Ja.« Wo ist der gegenwärtige Augenblick? Im gegenwärtigen Augenblick sprechen wir über den vergangenen oder über den zukünftigen Augenblick. Wir sagen: Du hast das und das gemacht, du wirst, wenn ich weg bin, das und das machen. Wir machen zusammen mechanisch das, was du getrennt gemacht hast, während du auf mich gewartet hast, und was ich getrennt gemacht habe. Den gegenwärtigen Augenblick schleifen wir dorthin, wo die Einzelheiten der Vergangenheit sind, wo es kein einziges Detail der Gegenwart gibt. Wir wollen es so machen wie voriges Mal oder wie man es beim nächsten Mal machen kann. Wir sprechen über das, was war, oder das, was wird, und sehen aus nächster Nähe nicht, was ist. Der gegenwärtige Augenblick erhält erst dann seinen Wert, wenn er zum vergangenen Augenblick wird. Und eine ganze Reihe von Stellungen – von unten, von oben, aus der Vogelperspektive – beweist, daß es kein jetzt gleich gibt, sondern es gibt das, was war, während du auf mich gewartet hast, und es gibt das, was sein wird, wenn du wieder warten wirst. Als einfache Ausführende machen wir das, was in der Schwebe war, zum Stützpunkt, versehen die Körperlosigkeit mit Fleisch. Doch auch dann ist der gegenwärtige Augenblick nur Reden über den vergangenen und den zukünftigen Augenblick im gegenwärtigen Augenblick. Da bist du also. Am liebsten würde ich die Augen schließen, um dich nicht zu entdecken, dich mit deinen physischen Daten, um nicht das Objekt mit deiner Kraft, deinem Duft, deiner Wärme zu entdecken, um deine deutliche Abwesenheit in der Natur, an der Ecke, wo du stehst, auf einem Empfang, auf der Straße, im öffentlichen Verkehrsmittel zu entdecken; das ist zu bewältigen – nur die Umrisse anstelle des Objekts und die Kraft anstelle des Körpers zu bemerken; nicht zu bewältigen ist es, dich hervorzurufen, wenn du nicht im Zimmer bist, mit deiner ganzen Materialität, deinem Fleisch, deiner Brutalität, man kann nur deine Kraft hervorrufen, die du ein paar Schritte gehen läßt, und sie für die eigenen Zwecke benützen, gebrauchen. Und was ist das Realere: die Kraft, die bei deiner deutlichen Anwesenheit von dir zurückbleibt, oder dieselbe Kraft bei deiner deutlichen Abwesenheit? Es bleibt sich gleich. Man benütze diese oder jene nach Gutdünken. Na und, nicht schlimm, dich einem anderen Menschen zu zeigen, wenn du auf den Ohren stehst und er dich von oben, von unten, von der Seite betrachtet und dich längs und quer sieht. Alle Gegenstände sind notwendig, sie arbeiten für uns, wir holen ihr Wesen aus ihnen heraus und lassen dabei anderen ihre Namen. Nur Verben. Wir genießen ihre Tätigkeit. Wir schlafen das Bett. Wir sitzen den Stuhl. Das ist noch zu wenig. Wir zwingen die Gegenstände, nicht sie selbst zu sein, verweigern ihnen ihr ursprüngliches Wesen, sie sind alle nach unserem Gutdünken, wir aber sind nach jemandes Bild und Ebenbild. Wir bezwingen den Berg und lassen den Schrank hinter uns zurück. Zu wenig. Wir zwingen auch die Gegenstände, uns nach ihrem Gutdünken zu benützen: der Apfel ißt uns, das Glas Wasser trinkt uns, und wir erniedrigen uns zu den allerletzten Dingen, damit die Schuhe uns gehen. Wir haben Angst vor der

Wirkung, welche die Gegenstände auf uns ausüben, sie haben davor jeden Tag Angst. Und was ist dahinter? Leere – eine andere Eigenschaft des Gegenstandes: vom Kaffee der Satz, vom Regen der Nebel, wenn's wenigstens vom Menschen die Seele gäbe. Eine göttliche Erscheinung: der Kreislauf der Dinge in der Natur, zuerst Kunstleder, dann Schuhe, dann die Schuhspuren, zuerst die Wolke, dann der Regen, dann der Nebel, zuerst der Vater, dann der Sohn, dann der Geist – gleichzeitig, eigene Gesetzmäßigkeit. Wir sind zwei nackte Menschen, und wir haben kein Geschlecht: Was du mit mir machst, kann ich mit dir machen, wir haben unsere Geschlechtsmerkmale verloren, kaum daß wir unsere Kleider abgeworfen haben, kaum daß die Kleider uns abgeworfen haben. Es bleibt uns, uns mit dem Handtuch zu bedekken, dem Handtuch bleibt es, sich mit uns zu bedecken. Wir haben nicht nur kein Geschlecht, wir haben auch kein eigenes Gesicht. Die Partner: du, ein Beliebiger, und ich, eine Beliebige, hetzen einander. Angenehm ist diese Gestaltlosigkeit. Mit jedem Aufwallen wird alles Individuelle weggewischt, und es bleibt nur das Allgemeine – der Mensch im Prinzip, der sich von der Katze im Prinzip unterscheidet. Nicht mehr unterscheidet. Du bist eine dressierte Katze, du hast einen Slip und einen glitzernden, unanständigen Büstenhalter an, in dem du dich vor dem Betrachter drehst. Geschnittene Fingernägel, die beim herrenlosen Weibchen langgewachsen sind, die der Hauskatze geschnitten werden. »Und was hast du da?« Einen Rüssel und einen Schwanz. Und noch einen Panzer, und einen Pferdefuß, und einen Stachel, um ihn in dich zu senken. Du aber trinkst Bier nach, um einen normalen Geschmack in den Mund zu bekommen. »Hast du getrunken?« »Ja.« Und erst nachdem das Bier dich ausgetrunken hat und dich die Kleider sich angezogen haben, kommen wir allmählich wieder zu uns, erkennen einander und geben uns darüber Rechenschaft, daß wir einander Gott sei Dank lieben, ich dich – ich, du mich – du und kein überflüssiger Dritter. Und wir betasten einander: kein Schwanz da, ist nicht angewachsen, der Rüssel ist abgefallen; Gott sei Dank, diesmal ist alles gut gegangen, und wir sind einfach nur du und ich. Nach einem Anfall von Übelkeit und dem letzten Aufputschen wird man ganz traurig, weil man nicht weiß, was das grade war, wovon man nicht sagen kann, was es ist.

»Wo ist Sana?« fragte Awwakum Tschaschtschjaschyschin, »die Kleine wacht auf.«
»Sie war ›just‹ noch da, vielleicht ist sie dort im Zimmer.«
Gut, wenn man dreißig Zimmer hat, wo man aus dem einen hinausgeht und in das andere hineingeht, und dann noch in hundert Zimmer einmal hineingeht, und nicht nur zwei Zimmer, wo man hundertmal aus dem einen hinausgeht und hundertmal in das andere hineingeht. Awwakum ging auch so hundertmal in hundert Zimmer hinein – es war niemand da.
»Wenn sie hier nicht ist, bring ich dich um«, sagte er zu Tschaschtschjaschyschin.
»Wer?«
»Das weißt du genau, du Mißgeburt. Stop! Was fällt dir ein, dich in die Ecke zu stellen, hier ist doch nicht dein Versailles, wo du in jeder Ecke ein Loch findest.«
»Dann geh ich auf die öffentliche.«
»Nein. Du wirst es verheben.«
»Das ist schädlich.«
»Du wirst es aber.«
»Na, hör mal, bist du völlig plemplem?« sagte Tscha-

schtschjaschyschin. »Bei dir tickt's wohl nicht richtig.«
»Liebst du sie?«
»Wen?«
»Sie.«
»Wenn sie deine ist, dann nicht, wenn sie seine ist, dann ja.«
»Und wenn sie die eigene ist?«
»Eine Frau kann nicht die eigene sein, jetzt laß mich.«
»Und wenn sie Mamas oder Papas ist?« Awwakum ließ nicht locker.
»Dann muß ich ihre Mama und ihren Papa lieben.«
»Und wenn sie ein Kind der Natur ist?«
»Die Natur liebe ich nicht, jetzt laß mich schon.«
Kommt drauf an, was ihm, dir, wichtig ist, wenn sie's einmal gemacht haben, ist es nicht wichtig, die Sonne hat's mit der Venus auch einmal gemacht, und trotzdem ist sie mit der Erde zusammen, weil sie die liebt, und nicht sie, weil Sana den liebt, und nicht ihn, weil sie mit dem zusammen ist, und nicht mit ihm, sie sind nur so zusammen, und die Sonne ist mit der Venus auch nur so zusammen.
Aber wenn sie diesen wie auch jenen liebt, hier wie dort, hierhin wie dorthin, wenn sie jeden auf eigene Art liebt? Umbringen – das geht auf eigene Art! nur aus Lust und Laune! Was soll denn werden, wenn jedes Objekt auf eigene Art zu lieben ist, ausgehend von den Eigenschaften des Objekts, wie kann das Subjekt so die Liebe auslaugen, allen zu gleichen Teilen geben; nein, alles dem einen und dem anderen nichts; nur wer ist der eine, dem alles, und wer der andere, dem nichts gehört? Nicht Byron, sondern der andere, dem alles? Folglich ist es wieder Puschkin. Puschkin gehört alles.
Awwakum war größer und besser als Tschaschtschja-

schyschin, der kleiner und schlechter war. Die Kleine schreit, das Töchterchen, genauso heißt sie irgendwie, wir werden angreifen! Awwakum sind die Hände durch Tschaschtschjaschyschin gebunden, und Tschaschtschjaschyschin ist an Händen und Füßen durch Awwakum gebunden.

»In fünf Minuten werden wir angreifen.«

»›Just‹ in fünf Minuten.«

›Just‹ da kam Sana nach fünf Minuten herein, die es gebraucht hatte, um fünf Minuten dorthin und fünf Minuten zurück, und dort fünf Minuten, sie war nirgends weg gewesen, sie war am Ende des Palais gewesen, und sobald sie den Schrei gehört hatte, war sie sofort herbeigerannt, weil sie eine Mutter ist und eine Mutter immer, sobald sie den Schrei hört, sofort rennt, und auch noch, weil wir verabredet hatten, daß wir, sobald wir den Schrei hören, sofort angreifen; aber als Awwakum sie rief, da hatte sie ihn nicht gehört, sie hatte sich im allerletzten Zimmer gesonnt, nein, hatte nicht gesehen, wie er hereingekommen war, nein, nicht im allerletzten, sondern im Durchgangszimmer, das ein bißchen näher hierher ist und ein bißchen weiter weg von dort – herausgewunden!

Die Entfernung also – sie ist da. Zwischen Hand und Fuß, zwischen Hand und Stern. Und die Hand berechnet die Entfernung, wenn sie nach dem Fuß langt, wenn sie nach dem Stern langt. Und die Hand überwindet eine Riesenentfernung und langt bis zum Fuß hinunter. Doch obwohl auch der Stern in etwa der gleichen Entfernung ist wie der Fuß, kann die Hand ihn offenbar nicht betasten. Nicht gestern, nicht heute, nicht morgen. Die tägliche Erfahrung überzeugt davon, daß man den Stern nicht genauso wie den Fuß berühren kann. Nein, das Mondelement kennt die Entfernung nicht,

kennt nicht die unterschiedliche Entfernung von Fuß und Stern, es hat keine Erfahrung mit dem Sichtbar-Unsichtbaren. Und es läßt die Hand mit Lichtgeschwindigkeit sinken, sie setzt dem Fuß nach, der mit Lichtgeschwindigkeit davonrennt.
Wir werden von Sonnenaufgang her angreifen, mit der Sonne, bis sie untergegangen ist, wir werden mit ihr untergehen – zu ihnen, auf die Soldaten mit dem Finger schießen; hier auf dem Perserteppich hängt ein silberner Dolch, und auf dem Fabrikteppich hängt auch eine blanke Waffe, eine Schleuder.
Wir werden ohne Mama angreifen, ohne unsere eine alleinige Mutti, sie ist weit weg von uns, zwei Schritt weit, zu Hause, und weiß nicht, was wir hier machen, wir haben nur eine Mama, sie ist der russische Mensch, weil nur der russische Mensch Mama sein kann, Papa aber kann nicht unsere Mama sein, weil er Türke ist, heute hier, morgen dort, Mama aber ist immer da, immer hier, nebenan, sie kann zur Arbeit gehen und Suppe kochen, und nicht so wie irgend jemandes Frau, die auf Rädern Suppe kocht, ein Rad hier, das andere dort, weil diese Frau kein russischer Mensch ist, der russische Mensch aber ist immer ohne Räder, immer auf den Beinen, auf seinen zwei, und man braucht die Fliege nicht zu studieren, studieren muß man das Fliegenerbe, was du von ihr hast, was ich von ihr habe, Mama hat nichts von ihr; eine Horde dieser Fliegen an der Decke, nur Mama hat nichts von ihnen geerbt; sie haben eine Mäusebalgerei veranstaltet, ihretwegen kränkt man den Liebsten, wie man nur kann, zerlegt ihn bis ins Knochenmark, schaut, was er da drin hat, wenn irgendwas von den Fliegen ist, dann geht's nicht, sie vermehren sich vor unseren Augen, einmal am Tag, auf dem Bauch liegend, sobald der Morgen anbricht, fliegen sie weg, dorthin, wo dann die

Nacht anbricht. Schlafen. »Ich will schlafen.« So werden wir uns nie von der Stelle wegbewegen; jetzt gleich schlafen, dann essen – dreimal am Tag, und jede Nacht schlafen und am Tag eine halbe Stunde, wir greifen jeden Tag an und sind keinen Schritt weit gekommen, wir essen um eins je einen Teelöffel – mal ist es zuwenig, mal sind wir satt. Nein, vielleicht geht's uns gut, wenn wir jeden Tag so leben und nichts verändern, nein, schlecht geht's uns, und wir werden alles im Leben verändern, aber nur nicht heute; heute essen wir zu Abend und gehen schlafen, weil alle Kinderlein schlafen, alle Kätzlein und Hündlein, alle -lein schlafen, Händlein und Füßlein, auch wir werden schlafen, gute Nacht.
Morgen wird Morgen sein. Wieder ein Morgen, jeden Tag einmal im Leben neues Leben. Und der Bauch tut weh. Am Abend hat man sich den Bauch mit ungewaschenen Weintrauben vollgeschlagen, und am Morgen tut er weh. Wenn erst in einem Tag Morgen wäre, damit der Bauch bis zum nächsten Morgen wieder gut wäre, wozu braucht man so einen Tag mit wehem Bauch. Dann muß man an das Flüßchen Lena fahren, wo in einem Tag Morgen ist, und dem Liebsten von dort Briefe hierher schreiben, die hier nicht ankommen, weil in ihnen viel gesagt ist und wenig getan, dann Postkarten schicken, um sich an der kerngesunden Landschaft zu erfreuen, um alles zu tun, wie es gezeichnet ist, um es nach der Schablone zu tun. Nein, du wirst mir nicht ans Flüßchen Lena fahren, und kein Morgen wird sein, alles, was überhaupt sein wird, wird heute sein, weil morgen auch heute sein wird.
Weißt du, wie ich's gerne hätte? So, daß man's sagt und sofort tut, damit kein Meter zwischen dem Wort und der Tat wäre. Sagen »ich liebe«, und wenn du auch sagst »ich liebe«, dann sofort lieben, vor allen und nicht nach

rechts und links schauen, wenn du aber sagst »nein«, dann sofort sterben, und nicht am Alter, nicht am Magen und an der Leber, sondern am Wort, »wie vom Blitz getroffen«, nicht mit siebzig Jahren, sondern hier auf der Stelle. Weshalb geht das nicht? Weil wir's im Geringsten sofort und im Größten erst in hundert Jahren tun. Weil wir, wenn wir Fahrkarten gekauft haben, sofort fahren werden, wenn das Essen fertig ist, werden wir sofort essen, wenn wir aber einander lieben, dann lieben wir nicht sofort, sondern in hundert Jahren. Weil »ich liebe« wie bei einer Giraffe ankommt, man traut den Ohren nicht. Wozu dann solche Ohren. Und Augen! Wenn man etwas Besseres sieht, traut man den Augen nicht, etwas Durchschnittliches hat man immer vor Augen. Wir sind doch schließlich keine Giraffen, keine Dinosaurier, wir evolutionieren, wir sind moderne Erdenbürger, und alles an uns ist veraltet: die Ohren und der Schwanz; wir sind doch durch Himmel und Hölle gegangen, durch Freud und Leid, und immer noch solche Dickhäuter, können uns kaum umdrehen. Wann wird denn alles sein, wie man's will, »Mama, wann werde ich das tun, was ich will? wenn ich groß bin?« Das ist keineswegs eine kindliche Frage. Sie ist natürlich in dem Sinn kindlich, in dem es alle derartigen Fragen sind: »Warum dreht sich die Erde?« »Warum donnert der Donner?« Es ist also eine Frage, auf die es keine Antwort gibt; auf die Antwort kann man warten, wie die Nachtigall das ganze Leben auf den Sommer, den ganzen Winter, bis man heranwächst, bis man groß ist und stirbt.

Ach was, nicht auf die Antwort, auf das Antwortgefühl! Das gibt es nicht mal im Zug, wenn man keine Fahrkarten hat, aber fahren muß, wenn uns zwei Tadschikenschaffner in unserem Zug begleiten und wir sie dafür mit unserem Wein bewirten, wenn man sofort gut Freund wird und einander zu sich einlädt, wenn der eine Tadschike die ganze Zeit schweigt, der zweite aber die ganze Zeit redet. Und der, der redet, ist unser Freund, und der, der schweigt, ist der Freund unseres Freundes. Man lädt sie sofort zu sich ein, aber die Adresse gibt man ihnen nicht sofort, nur die Telefonnummer, weil man sowieso zuerst anrufen muß. Und unser Freund und sein Freund laden uns auch zu sich ein, in ihre Stadt, und geben uns auch die Adresse nicht, weshalb? In ihrer Stadt kennt sie jeder, direkt auf dem Bahnsteig. Und als alle getrunken haben und angekommen sind, stellt sich heraus, daß man sechzig Rubel zahlen muß, und jetzt schweigt unser Freund, und der Freund unseres Freundes spricht. Und wir geben ihm soviel, wie er sagt. Dann gibt uns unser Freund einen Zehner raus, ein echter Freund, und wir steigen nach der schlaflosen Nacht aus, nach der dritten, nicht mal ein reservierter Liegeplatz, wo wir umschlungen geschlafen haben wie zwei Koffer, um nicht herunterzufallen.

Eine schöne Nacht. Sterne ohne Zahl. Menschen ohne Zahl. Keine Lust aufzustehen. Vielleicht braucht man auch nicht aufzustehen? Vielleicht ist es besser so, und man trifft sich nur einmal in hundert Jahren? Weil man, wenn man es öfter tut, entscheiden muß, wie man weiterleben soll, aber wenn man es bei einmal in hundert Jahren beläßt, dann braucht man nicht zu entscheiden, sondern kann weiterleben.

»Aufstehn!« Tschaschtschjaschyschin flimmert in seiner weißen Unterhose wie der Mond zwischen den Sträuchern, kann er etwa nicht schlafen? »Steh auf«, sagte er zu Sana, »die Kleine ist aufgewacht.«

»Vielleicht morgen«, sagte Sana, »sie wird auch morgen aufwachen.«

Tschaschtschjaschyschin hat recht, morgen wird sie schon sitzen, dann krabbeln und laufen. Morgen wird dem Känguruh der Beutel abfallen, und aus dem Känguruh wird der Affe entstehen, aus dem morgen der Mensch auf der Suche nach dem Beutel entstehen wird, nach Darwin. Also jetzt gleich? Wir haben kaum ausgeschlafen, wälzen uns, können uns einfach nicht vom Bett losreißen, die Anziehungskraft ist natürlich zu groß. Nicht mal in einer Rakete kann man sich losreißen, weil man in die Rakete das Allerkostbarste hineintun muß, was es auf Erden gibt: Gold- und Platinkronen, Diamantringe, man muß sie ganz ablecken und mit Alkohol übergießen und mit Nesseltüchern abreiben. Wir überwinden die Anziehungskraft aus eigener Kraft, Awwakum nicht, er hat sich den Hals mit dem Alkohol gereinigt, der nach der Raketenreinigung übrig war. Schlafen! Schön wär's, wenn man unter die Dusche könnte. Da ist sie schon, die Dusche. Gerade zur rechten Zeit. Es tröpfelt, damit man schneller wach wird. Immer stärker klopft es auf den Kopf. Wahrscheinlich ein Gewitter. Doch der Mensch, der bis auf die Haut naß werden kann, ist ja nicht wie das weiße Katerchen, das nicht naß werden kann, und hat Angst vor dem Regen. Wie Tschaschtschjaschyschin hinschaut, sagt er's auch schon. Aber das Wort erreicht das Ohr erst fünf Minuten nach dem Blick, zusammen mit dem Donner, der das Ohr fünf Minuten nach dem Blitz erreicht. Eine Schwüle wie im Dampfbad, wo Kolja und Wowa saunen, wo die Sterne ihnen den Weg zueinander beleuchten.

»Wo ist dein Freund?« sagte Awwakum zu Tschaschtschjaschyschin. »Braucht er eine besondere Einladung?«

Otmatthejan erschien ohne besondere Einladung, von

allein. Mit der Trage, auf der die freiwilligen Helfer sonntags Ziegel tragen und den Soldaten helfen. Die Trage ist leer, die freiwilligen Helfer schlafen daheim, weil Werktag ist, Werknacht. Die Schlafende Schönheit auf die Trage und – vorwärts. Die Tropfen glitzern auf ihrem Gesicht, gerade wie Diamanten, niemand weiß sie zu würdigen, sie sind für die Menschen keine Kostbarkeit, man verwendet sie nicht beim Bau, als Diamanten – nur zur Schönheit, noch eine große Kostbarkeit, wenn man wüßte, wie man sie bearbeiten und schleifen muß, niemand weiß es.

»Na, was ist, habt ihr sie?« Tschaschtschjaschyschin und Awwakum hoben die Trage mit der Schlafenden Schönheit auf und trugen sie.

Alles glitzert. Das Allerwertloseste. Die Schlafende Schönheit glitzert von Kopf bis Fuß, nicht wie unter Wasser, wo nichts glitzert, wo sich das Wasser auf den Fischschuppen nicht zu Tropfen sammelt, um zu glitzern. Regentropfen glitzern in der Luft, Luftbläschen glitzern im Wasser, immer glitzert das Andersartige im gleichartigen Element. Das ist es! Natürlich ist es das! Denn wenn es das nicht wäre, was wäre es dann? Ja, wir versorgen uns aus dem Wasserkraftwerk, das jeden Tag am Horizont kaputtgeht, das wir jeden Tag am Horizont errichten, es erzeugt Energie aus dem Fallen des Himmels ins Meer und des Meeres in den Himmel. Und was ist, wenn wir auch die Wassertropfen bearbeiten – die Diamanten? mit wenigen Instrumenten, mit den Fingern, werden wir sie schleifen und Nutzen aus ihnen ziehen. Schließlich stimmt es ja, daß es ein Verhältnis zwischen dem Sichtbaren und dem Unsichtbaren gibt und nicht nur zwischen dem Sichtbaren und dem Sichtbaren, folglich wird auch Energie aus diesem Verhältnis gewonnen, mag sie auch unsichtbar sein, mag auch der

nicht an sie glauben, der sie nicht sieht, wir aber glauben an sie, an was sollten wir sonst glauben, wenn nicht an sie? Und wir werden von dieser Energie leben: essen, bauen, uns vermehren; und erst, wenn der Himmel aufhört, ins Meer zu fallen, werden wir nichts mehr haben, woraus wir uns bis zum Tod versorgen können, und das Herz, von dem wir nicht wissen, wie es heißt, wird aufhören, Wind zu machen, die Luft, die in der Lunge angestaut ist, wird über dem Kopf explodieren, dann werden wir wohl aussterben und nicht, wenn unser eigenes Herz aufhört, das Blut durch Hände und Füße zu jagen; wir werden sterben.
Das Mondelement weint, und wir gehen dorthin, wohin es weint, »ich liebe es, wenn im Hause Kinder sind und wenn sie des Nachts weinen«, das liebt der Dichter im Gedicht, wenn sie weinen, aber in Wirklichkeit, wer liebt das schon? und die schwindsüchtige Maid liebt er auch im Gedicht, eine andere Realität, aber in der Realität liebt das niemand. Wir wohnen, wo? Das Palais kann man nicht unser Haus nennen, doch wir wohnen darin, also ist es unser Haus. Wir essen, was? Kann man vielleicht das, was wir essen, Essen nennen? Da wir es aber essen, ist es also Essen. Und jeden Tag weinen wir hundertmal. Auch eine andere Realität. Seltsam, daß für uns immer noch dieselben physikalischen Gesetze gelten: Die Erde zieht uns an, und wir stoßen sie ab, das Gesetz der Erhaltung der Energie funktioniert ebenfalls, und Aug um Auge, Zahn um Zahn. Das waren alles nur die Kritiker, die den Symbolismus erfunden haben; wenn der Dichter sagt, daß es kein Symbol ist, wenn er weint oder lacht, spricht er die Wahrheit. Beim Kritiker ist es gerade umgekehrt, er sagt nicht, daß es ein Symbol ist, wenn das Mondelement weint, und daß es ein Symbol ist, wenn es lacht. Es ist aber in Wahrheit ein Symbol.

Man darf nicht so schrecklich gerne sitzen wollen. Doch wenn »sitzen« kein Zustand ist, sondern ein Symbol, dann darf man. Und trinken und essen ist auch ein Symbol. Und weinen. Für das Gedicht ist jede Lage ein Symbol. Wohin schaut es mit diesen Augen, was sieht es dort? schaut man auch dorthin, ist nichts da. Natürlich ist es älter als wir. Und als ein anderer Dichter sagte, daß jeder Symbolist, und sei's der allerkleinste, älter sei als jeder Realist, und sei's der allergrößte, dann meinte er das damit.

Wir marschieren. Der Waggon mit den Soldaten vor uns ist unser Ziel. Ungleiche Kräfte: Die Kraft des Windes plus die Kraft des Regens plus... sind für uns. Der Waggon zittert im Wind wie ein Herbstblatt. Im Herbst sind die Blätter hart, fast aus Eisen. Wir werden unser Blut nicht umsonst vergießen. Die Mücken saugen das Blut aus, es sind Wolken von Mücken, über dem Kopf, unterhalb der Bäume. Oberhalb der Bäume aber sind Wolken. Und ein Meer von Fliegen ist rings um den Waggon, nicht am Horizont, wo das Meer ist. Schon haben sie angefangen, hin- und herzulaufen. Die Soldaten rennen hin und her wie Elementarteilchen im Unterrichtsfilm, Chaos, identisch in Größe und Form, sie stoßen sich voneinander ab, teilen sich in der Mitte – retten sich vor dem Regen. Der Regen rinnt durch alle Löcher in den Waggon, der im nächsten Augenblick davonschwimmen wird.

»Leg die Trage ab«, kommandierte Tschaschtschjaschyschin, »wir werden sie auf dieser Seite umgehen und anschieben.«

Der Waggon wird im Flüßchen landen, das ins Meer mündet, das ins Weltmeer mündet. Und so wird es jedem ergehen! Ja! Jeder wird im Weltmeer landen, der uns nach dem Leben trachtet, von welchem nichts übrig-

geblieben ist, wofür wir uns zu Tode stehen werden.
»Anschieben!«
Awwakum schob an. Zu schwer.
»Wir müssen ihn losschaukeln.«
Otmatthejan legte sich auch ins Zeug. Sinnlos – der Waggon rührte sich nicht vom Fleck. Sana legte sich neben Otmatthejan auf den Waggon, liegt vertikal, direkt an der Wand – unbequeme Stellung, unpassender Augenblick. Der allerpassendste: »Jetzt.« »Nicht jetzt.« Tschaschtschjaschyschin und Awwakum drücken von der anderen Seite. Lieber horizontal. Lieber gerade auf der nassen Erde liegen als schief an der Wand. Sie legten sich hin.
»Wenn du noch mal willst, daß ich noch mal weggehe, soll ich dann wegfliegen?« sagte Sana zu Otmatthejan.
Tschaschtschjaschyschin schoß aus dem Boden:
»Ihr bumst hier rum, und wir sollen dort für euch die Sache ausbaden, na los, aufgestanden!«
»Sag«, sagte Otmatthejan zu Sana, »sag, was du sagen wolltest.«
»Nichts mehr«, sagte sie, »ich hab's schon gesagt. Du hast ja nicht geglaubt, daß man am Telefon einen Stich bekommen kann, du glaubst nicht, daß ich wegfliegen kann.«
»Ich jag dich nicht weg«, sagte Otmatthejan zu Sana.
»He, ihr da, Schluß!« herrschte sie Tschaschtschjaschyschin an.
»Hau ab«, sagte Otmatthejan zu ihm.
»Ihr wollt wohl nicht anschieben, was? Dann werde ich euch Beine machen.« Tschaschtschjaschyschin zog einen Zeltumhang heraus, nahm mit den Augen an Sana und Otmatthejan von Kopf bis Fuß Maß und zog ihn umständlich den zwei Rücken auf einmal an: »Und ich hab für sie mein Leben drangegeben! He, ihr! Ich hab

doch für euch mein Leben drangegeben. Ich hätt's doch auch können, ich hätte selbst auch leben können! Ich hab mein Leben für sie drangegeben, ich hätte auch lieben können!«

»Was trödelt ihr denn hier?« Awwakum lief von der anderen Seite des Waggons herbei, »wo sind sie?« fragte er Tschaschtschjaschyschin.

»Da, siehst du nicht«, antwortete Tschaschtschjaschyschin. – Awwakum sah nicht.

»Wo ist Sana?« fragte Awwakum.

»Laß mich in Ruh«, sagte Tschaschtschjaschyschin und ging.

»Nein, du wirst mir antworten.« Awwakum klammerte sich an ihn, und sie rollten direkt auf den Horizont zu, der nicht weit war, direkt hinter den Blockhäusern zwischen den Geschäften, »du wirst es mir sagen!«

»Na, was denn«, sagte Tschaschtschjaschyschin, »sie hat dich betrogen – Unsinn, und ich hab mein Leben für sie drangegeben! Sie wollten keinen Finger rühren, gib ihnen ›just‹ für fünf Minuten, und nicht morgen fürs ganze Leben, ich habe die Liebe in Reinform gesehen.«

»Mehr wirst du nicht sehen«, sagte Awwakum. Er hob einen Stein von der Erde auf, der hart war wie Brot, mit dem man nicht tötet, es war Brot, es brach in zwei Hälften, Zwieback, eßbar, man kann ihn aufessen, man darf nicht töten.

»Halt mal«, sagte Awwakum.

Tschaschtschjaschyschin nahm den Zwieback.

»Du mußt verstehn, Freund«, sagte Tschaschtschjaschyschin, »ich hab' es doch nur gut gemeint.«

Das hatte Tschaschtschjaschyschin im Zirkel, na schön, im Zirkel, im Palais, na schön, im Palais, nur daß alles stimmte, daß sie am Samstag ins Dampfbad gingen, Brei kochten und die Uniform anzogen.

»Hör auf zu jammern«, sagte Awwakum, »ich habe größere Sorgen als du. Gehn wir und schaun. Ich werde nur einen Blick auf sie werfen und sofort weggehen.« Da hast du das Leben! Was ist das Leben sonst, wenn nicht nur ein Blick, eben, das Leben ist gleich ein Blick. Wir blicken auf die Erde, auf die es uns einmal verschlagen hat, und gehen für immer weg. Du öffnest die Augen – eins, schaust – zwei, und schließt sie – drei, das ist alles, und das ist das Leben!

»Kommst du?« fragte Awwakum.

»Gehn wir.«

Der Regen hat sein nasses Werk getan und ist in einen anderen Krieg gezogen, er ist nicht gut, nicht böse, man bringt ihn nicht hinter Gitter, zu Wasser und zu Brot, er verduftet, das wilde Regentier, er durchnäßt zu Tode, kann töten, wird aufs Gehirn tropfen, bis er alle ist, tropf–tropf.

Sie kamen, und Awwakum schaute; wie friedlich alles ist: Sana sitzt da, Otmatthejan sitzt da, der Kinderwagen steht da.

»Was, habt ihr sie fallen lassen?« Tschaschtschjaschyschin zeigte auf die leere Trage. Die Schlafende Schönheit war weg, ein Häufchen Kalk lag da, »habt ihr das Mädchen fallen lassen?«

Wo ist sie? Bei den Soldaten, im Lager, sie wecken sie mit einem Kuß, wer ist der erste, wer von ihnen ist der Königssohn Jelissej?

»Na, ich geh«, sagte Awwakum.

»Halt«, sagte Otmatthejan zu ihm, »wir holen sie raus, dann kannst du gehen.«

»Ohne mich!« Awwakum sah ihn nicht mal an, »ihr werdet sie ohne mich rausholen.

»Ich werde sie dir nicht verzeihen!« sagte Otmatthejan zu ihm.

»Laßt das!« Sana stellte sich zwischen sie.
»Weg da!« befahl Otmatthejan, »stör uns nicht.«
»Er ist auch noch dumm dazu«, sagte Awwakum, »wieso bist du denn so eingeschnappt?«
»Du wirst mir sofort antworten.« Otmatthejan ging stur drauflos, packte Awwakum am Fuß, der riß nicht ab, Awwakum trat ihm in den Bauch. »Schluß!« Sana stürzte zu Tschaschtschjaschyschin, »hilf du doch!«, und flog wie ein Korken davon: »Misch dich nicht ein!«
Zwei Schritte von ihr entfernt war wie ein Pilz nach dem Regen Otmatthejans Frau aus dem Boden geschossen, direkt im Regen, ganz grün im Gesicht. Grüner Knollenblätterpilz. Awwakum hatte sich rittlings auf Otmatthejan gesetzt und trieb ihn mit der Peitsche geradewegs auf Sana zu: »So wirst du reinreiten.« Otmatthejan warf Awwakum im vollen Galopp auf den grünen Knollenblätterpilz ab, dessen Fuß brach ab, er zerdrückte ihn; und Awwakum knirschte wie der Schnee unter den Füßen, unter Sanas Füßen, das war ein Bild! Bei denen, die am Leben geblieben waren, leuchteten mit der Morgendämmerung blaue Flecken auf, es dämmerte über dem Palais, vollkommene Stille.
Ja, wir müssen sie vernichten, unsere Frauen und Männer, da wir sie nicht einmal in siebzig Jahren besuchen können wie Zeus die Venus zu Lebzeiten Heras, wie Saturn die Venus zu Lebzeiten Lunas. Die Kleine schläft, das Element, vorläufig hört sie schlecht, wie wir sprechen, vorläufig hört sie, wie ein Stern mit dem anderen spricht. Wir aber gehen über die Erde, wie zwei Mondmobile, nicht über die Erde, unbekanntes Gelände, nichts Gewohntes. Es wäre schön, sich ein bißchen hinzulegen – schließlich muß es ja zwischen den Zusammenstößen eine Atempause geben, muß man etwas

mehr Luft in die Lunge aufnehmen; keine Atempause. Wir müssen in den Waggon, zu den Soldaten, um das Mädchen zu holen, ob sie wohl schläft? Da ist es, das Reich des Schlafes, alle schlafen: die Soldaten und auch das Mädchen, das geküßt, aber vom Kuß nicht geweckt worden ist, der Richtige ist nicht unter ihnen. »Vorsicht beim Raustragen.« Tschaschtschjaschyschin nahm die Schlafende Schönheit auf die Arme und trug sie aus dem Waggon raus, an die Luft, wo es gut riecht nach dem Erdbeben, keinem großen, nur Stärke zwei auf der Richter-Skala: entwurzelte Bäume, entwurzelte Kronleuchter in den Blockhäusern, versprenkelter Tau, der nicht auf den Blättern ist, so bebte es die ganze Nacht, das Palais ohne Dach; schlecht, daß sie es fertigbauen und decken werden, wenn wir sterben, aber bis wir sterben, bauen sie es nicht fertig; und anderes bauen sie immerzu, was wir nicht wollen, modellieren Häuser, keine Palais, sondern den Zirkus; es ist nur noch wenig übrig, irgendwelche Millionen Jahre, und dann, schade, doch sie wird trotzdem wegfliegen, die Atmosphäre, von der Erde abbrechen, mitsamt dem Wind, Blitz und Donner, mitsamt dem schlechten Wetter, und es wird nicht einmal der Gedanke bleiben; wie steinhart wird sie sein, die Erde, stumpf, gar nicht kuschelig, dann, wenn sie ganz ausgetrocknet ist, wird sie wahrscheinlich zerbröseln; da wird auch von ihr nichts mehr übrigbleiben, nicht nur von uns, kein Wort, nichts. Es vergehen die ersten Minuten der Morgendämmerung, die ersten jener letzten Millionen Minuten, die es braucht, damit die Atmosphäre für immer scheidet, nicht wie die Seele des Menschen, die in einer Minute für immer scheidet, wie es die Seele der Erde kann, die, was durchaus möglich ist, eine ganze Ewigkeit zum Scheiden braucht; man kann es nicht beobachten, man kann es wissen, nein, wenn man es weiß, kann man es auch jetzt gleich beobachten, sie ist dem Nebel ähnlich, ein bißchen auch dem Mondlicht, man kann nicht sagen, daß es scheidet; weil der Prozeß selbst – während die Seele scheidet – auf Millionen Jahre, Millionen Dämmerungen ausgedehnt ist, er ist sogar schön, dann wird es nicht schön sein, wenn sie ganz scheidet; und wenn unsere, menschliche, Seele ganz scheidet, wird es auch nicht schön sein; gut, daß es bei uns Menschen so schnell geht und nicht so langsam wie bei ihnen, den Himmelskörpern. Das ist alles für heute; wir haben beobachtet, was wir können; nein, noch nicht alles; noch die Sonnenstrahlen, die rotbackigen, Milch und Blut, wie Gedichte von Puschkin, ganz ohne Entstellung; alles, was von der Sonne kommt, ist gut, nicht von der Zensur verboten; alles, was vom Mond kommt, ist schlecht, verboten.

Tschaschtschjaschyschin legte die Schlafende Schönheit ans Ufer, Sana ging zu ihr und küßte sie auf die Wange, dann küßte Otmatthejan, und Tschaschtschjaschyschin als letzter. Sie küßten sie, nicht damit sie aufwache, sondern damit sie noch tiefer schlafe. Sie stupsten sie nicht einmal mit dem Finger zum Wasser hin. Das Wasser leckte sie von allein auf, alle Küsse wurden blitzblank abgewaschen. Sie schwamm weg.

Sie kehrten zum Kampfplatz zurück. Otmatthejan ging zu seiner Frau hin, zur ehemaligen, vor einer Stunde war sie es noch: Sie hatte ihn so geliebt, wie er sich selbst. Sana kroch zu Awwakum hin, der lag da, lebendig: »Als es dir schlecht ging, wolltest du mich da irgendwann mal töten?« »Ja.« »Damit es dir noch schlechter ginge?« »Damit es mir besser ginge.« »Und ich wollte dich manchmal töten, wenn es mir gut ging.« »Damit es dir noch besser ginge?« »Damit es mir schlechter ginge.« So sind wir, frei wie die Vögel, flieg,

wohin du willst, die Vögel dagegen sind nicht frei, alle zusammen sind sie einzeln seltene Vögel. Weil ein Vogel Teil des einen Vogels ist, ein Mensch aber nicht Teil des einen Menschen. Die ganze Natur ist vernetzt, die Birke ist Teil der Palme, und nur der Mensch ist nicht nur kein Teil der Palme, sondern auch nicht mal Teil des Menschen. Weil sie alle – der Vogel, die Palme und die Birke – zu dem geworden sind, was sie auf dem Weg der Evolution geworden sind, und nur der Mensch hat sich nie aus einem Affen in einen Menschen verwandelt, nicht modernisiert, nicht radiofiziert, weil jedes Tierchen mit der Zeit immer besser wird, immer vollkommener, und alles Unnötige abwirft, der Mensch aber alles mitschleppt, die ganze Garderobe, um alles tut es ihm leid: um die Schuppen und den Schwanz; und es stimmt nicht, daß der Dinosaurier der Allerälteste auf Erden ist, der Dinosaurier hat sich in den letzten Millionen Jahren so verjüngt, der Mensch aber – nein, ist immer noch derselbe. Wir müssen nach Hause gehen – in die Einzimmerwohnung, wo es ein Zimmer, eine Kloschüssel, eine Zimmerdecke gibt – nach Hause. »Geh nach Haus, Mädchen, geh zu deiner Mama.«
Eine Periode ist eine große Sache, nicht leere sieben Jahre, sie bedeuten etwas für den Menschen. Diese sieben Jahre sind leerer Schall für die Erde; und mit ihnen auszukommen ist nicht etwa eine Heldentat im Leben, unser tägliches Leben ist die allergrößte Heldentat im Leben; eine heilige Sache ist die Periode: sie beginnt immer mit du liebst und endet mit du liebst nicht mehr, beginnt mit du lebst und endet mit du stirbst. Bevor diese Periode im Winter nicht begonnen hat, wird sie mit Dauerfrostboden enden, auf dem wir kein Klo in die Tiefe bauen, sondern in die Höhe, ein dreistöckiges Palais – es gab eine Sprachbarriere. Zwischen uns. Ich

liebe an dir nicht das, was ist, sondern das, wovon ich weiß, daß es ist. Der Wunsch ist größer als das Gefühl, das Wort größer als der Wunsch, die Vibration größer als das Wort. »Was wolltest du sagen? Das, was ich verstanden habe, oder das, was du nicht zu Ende gesagt hast, oder das, was ich gedacht habe; du wolltest das sagen, was du gestern sagen wolltest, aber was man auch morgen sagen kann« – alles gelogen! Um die Sprachbarriere zu überwinden, muß man lügen, was das Zeug hält; wir lügen in derselben Sprache, und die Wahrheit sagen wir jeder in seiner eigenen.

Wir haben sie überwunden: »Du mich jetzt, ja?« »Ja, ich dich jetzt wie nie jemand sonst. Und du mich, ja?« »Ich dich, hundertmal ja, ich dich, hundertmal mehr als ja. Aber du hast mich doch früher nicht?« »Nicht, daß nicht. Weder ja noch nein.« »Aber ich dich nicht. Ich dich damals so sehr nicht, aber dann auf einmal – ja.« Wir trillern wie die Vögel, wie die Delphine, nur Liebende können so trillern – alles, was gesagt ist, ist die Wahrheit.

III

Von der einen Halbinsel, die von sich selbst sagt: »Ich bin klein«, wissen die Kinder, von dem einen Dänen, der von sich selbst sagt, er sei unglücklich, wissen die Kinder nicht, aber manche Erwachsenen wissen, daß *er* der Allerunglücklichste auf Erden ist, daß *ihm* in England ein Grab bereitet ist, daß *er* sich in den leeren Sarg in England legt, als der Allerallerunglücklichste auf Erden, weil *er* auf jeden eigenen Wunsch verzichtet und im Unglück verharren wird, und wenn man ihm ein Glas Wein gibt, dann wird er es sofort dem Engel geben, und wenn ihm der Engel jeden Tag eins bringen wird, dann wird er es ihm jeden Tag zurückgeben, weil er trinken wollen will, nicht aber trinken. Mag er auch in seinem Unglück edel sein, so ist er doch kein armer Schlucker. Der ärmste Schlucker aber ist Wowa, von dem weder die Erwachsenen noch die Kinder wissen, er will nicht wollen, er will sich vollfressen, um nie mehr zu wollen, um den Wunsch ein für allemal aus sich rauszukotzen, er will so reinhauen, um danach nie wieder. Die Natur aus sich rauskotzen, damit die Augen sie nicht anschauen, mitsamt Himmel, Sternen und allen Innereien, den Akt auskotzen, ihn abwürgen, kleinhakken wie einen Kaktus und ins Klo schmeißen, sich einmal im Leben satt f…, satt fressen, um im Leben nie mehr zu wollen. Das Leben reicht nicht, um irgendwas Eines aus sich rauszukotzen. Der Däne tut einem natürlich leid, aber Wowa noch mehr, weil jenem das Leben reicht, um wenigstens auf einen Wunsch zu verzichten, Wowa aber das Leben nicht reicht, um wenigstens einen Wunsch zu befriedigen. Was tun mit einem Wunsch, der immer größer wird, je mehr man ihn befriedigt? auf ihn verzichten und trostlos, aber glücklich sein, oder ihn befriedigen und ein armer Schlucker sein? was tun mit diesem Wunsch, den nicht du hast, sondern der dich hat, er scheucht dich aus einer Ecke in die andere, nicht daß er dir keine Ruhe ließe, aber er läßt dir keine Verschnaufpause.

So lang mit dem Telefon rumspielen, daß man um ein Uhr nachts den Hörer packt, nein, den Markknochen, ihn verschlingt wie ein Hund, abnagt, nicht mit dem Fleisch gegart, sondern nur gebrüht, zuerst verschlingt und dann versteht, und nicht zuerst versteht und dann verschlingt. Das heißt also, man muß den Wunsch so befriedigen, daß er ausstirbt, wie die Seekuh, die es auf Erden nicht mehr gibt, man muß ihn ausrotten. Und womit beschäftigen wir uns? eben damit, das ganze Leben nur damit und mit nichts anderem; man muß uns ein Denkmal errichten, als vernunftbegabtem Säugetier, das sich selbst ausgerottet hat, und das zu unseren Lebzeiten, als einem Säugetier, das sich selbst genügt hat, soll man ruhig schon die Pläne dafür machen, wir werden selbst auswählen, damit man uns nachher nicht irgendeinen Schund aus Gips errichtet, wie alt sind wir? Wir sind vierhundert Jahre seit Shakespeares Geburt plus achthundert Jahre seit der Gründung Moskaus plus neunhundert Jahre seit dem Untergang Pompejis plus hundert Jahre seit Puschkins Duell, wir haben uns gut gehalten, man gibt uns keine dreißig, wir leben nur im Jahr der Jubiläen.

Finster. Keine Sonne, nicht daß sie überhaupt weg wäre, wir wissen genau, daß sie morgen wieder da ist, absolutes Wissen, wir sind ihrer ganz sicher, der Sonne, daß sie aufgehen und uns aufnehmen wird, wenn es Morgen heißen wird, jetzt ist sie nicht da, solang es Nacht heißt. Nichts können wir sehen, nicht mal einander, wir schwanken leise, doch wir wissen genau, daß wir es sind, du und ich, und wo das Bein wächst und wo der Kopf, nicht das Bein überhaupt, nicht der Kopf überhaupt, sondern deins und meins, unseres, absolutes Wissen; Bauch und Rücken, falsche Linien, Ecken, die ein Vieleck bilden, wir liegen, ohne einander zu sehen, aber im Wissen, wo was liegt, und das Grauen, das von einem unvertrauten Körper eingeflößt wird, greift nicht auf uns über, weil es das absolute Wissen gibt, wenn auch im Kleinen, in der Biegung der Arme, wir schlafen rasch ein.

Die Sonne scheint, ja, scheint – ist das ein Zustand oder eine Antwort? der Regen fällt, ja, fällt – ist das ein Zustand oder eine Antwort? der Mensch liebt, ja, liebt – ist das ein Zustand oder eine Antwort? Fällt und scheint und liebt – das ist ein Zustand, aber keine Antwort. Das dauert, solang es dauert, und die Dauer kennt keine Bestätigung, in der Dauer gibt es so viele »ja« wie auch »nein«, sie kann weder positiv sein noch negativ, die Dauer, in ihr gibt es kein Plus- und kein Minuszeichen, die Zeit hat einen Bezug zur Handlung, nicht aber zum Gegenstand, also zum Verb, nicht aber zum Substantiv (weder zum eigenen noch zum nominalen), also zu den Handlungen des Menschen, nicht aber zum Menschen. Die Zeit hat keinerlei Bezug zum Menschen, sondern nur zu seinen Handlungen. Die Sonne, ja, wird das Zimmer hell machen, ja, und wir werden sehen, wo wir sind, ja, wo wir uns zersetzen, ja, diese komplizierte Verbindung, der Mensch, ja, wir werden in unsere elementaren Komponenten zerfallen, ja, nicht daß wir einander austrinken, aufrauchen, auspressen würden, ja, sondern wir werden uns einfach zersetzen, das Kompliziertere wird einfacher, ja, wir werden aus dem Reich ADAM ins Tier-, Pflanzen- und Elementarreich herab-

steigen, ja, aus dem allgemeinen Menschen, der abstrakt aus der Verbindung aller Menschen – ADAM – gebildet ist, werden wir uns in drei Buchstaben zersetzen, ja, in Alef, Dalet, Mem, in die drei Buchstaben: A u. B, die auf dem Schornstein saßen, ja.
Bald, bei den ersten Sonnenstrahlen, wird sich der Stuhl aus dem Elementarreich zeigen, kaum wird es zu tagen beginnen, schon wird er hier stehen, in seiner ganzen Schönheit, er ist Klotz, Holzblock, Stuhl, was kann man mit ihm tun, sich auf ihn setzen, weiter nichts, doch wie man sich dafür auf ihn setzen kann! Nein, er ist der allererste Stuhl, nur er ist der Stuhl, das ist sein Name – Stuhl, er heißt so, und alle übrigen (Stühle), die auch so heißen, sind Holzblöcke und Klötze; schön ist er, die Lehne hält schlecht an ihm, hält gar nicht, sie ist nicht angepaßt, daß man sich so auf sie legt, bald wird sie sich anpassen, bald wird der Stuhl aus dem Elementarreich ins Pflanzenreich überwechseln: die Farbe wird abfallen und eine neue nachwachsen; er wird ins Tierreich überwechseln, eine Ordnung höher: eine neue Lehne wird nachwachsen; er wird ein anderer – er wird ins allerhöchste Menschenreich ADAM überwechseln, wenn im Stuhl eine Gurke nachwächst. Weine nicht, wir sind keine Häschen und Eichhörnchen und springen nicht über die Bänke im Park, kramen nicht suchend in unseren Taschen und drücken nicht die Pfötchen gegen die Brust: »Erbarmen, meine Herren, zwei kleine Kinder!« und verstecken keine Nüßchen unter dem Laub, damit sie ein anderes Eichhörnchen findet, das auch zwei kleine Kinder hat, sie leben im Kommunismus; bald wird es zu tagen beginnen, lieber nicht so bald, warten wir noch mit dem Morgengrauen; die Schlafende Schönheit aber, recht hat sie, wacht nur einmal in tausend Jahren auf, lebt nur in der Gegenwart,

»just«, und zum nächsten »just« wieder »rot wie Blut und weiß wie Schnee«, wir aber sind erschöpft von diesen nichtigen Durchbrüchen zwischen »just« und »just«, was ist das für eine Zeit, von der man nicht einmal sagen kann, ob sie war, war es ein Datum oder ein Wochentag, oder die Zeit von vierundzwanzig Stunden, diese Nutte ist sich zu schade, ein übriges Mal zu erwachen, die Schöne, das Mädchen, aber wir sind uns nicht zu schade, ja, Wochen zum Fraß vorzuwerfen, wem? Dem Saturn, damit er alle unsere kleinen Kinder auffrißt und sie heil und unversehrt wieder auskotzt, nein, wir werden sie mit einem Kuß wecken, die verschlafene Schönheit, wir werden uns ineinander reintrinken, nicht in sie, lang und leidenschaftlich, sie wird aufwachen, wird gar nicht anders können, weine nicht.
Da beginnt es schon, das Morgengrauen, alles, was wir sehen, das werden wir auch beim Namen nennen, und werden es bis zum Grab so nennen: Tisch, Stuhl, Bett, Hocker – jeder Gegenstand auf seinem Areal, ein mehrstöckiger Wald – Schrank, Glas, noch ein Glas, Fenster, aber was ist das dort am Fenster, ist das ein Witz, wozu das Gitter? das ist doch wohl kein Gefängnis, nein, meine Schöne, nicht die Bastille, nicht Butyrka, wozu das Gitter? also doch Gefängnis, lebenslängliche Haft, auf Staatskosten, man hat uns von der Gesellschaft isoliert, zu Wasser und Brot eingesperrt, erzwungenes Zusammenleben, haben wir das angestrebt? daß wir jeden Tag zusammen sind, vierhändig aufstehen, zweimundig essen, da ist es, das Gefängnis, die Sonne hinter Gitter, die Bäume hinter Gitter, der Himmel auch, also für immer, wir sind verpflichtet, für immer miteinander hier zu sein, zwischen diesen Holzstücken ohne Namen – von wegen Schrank oder Bett – Holzstücke, wir werden hier das Essen essen – zusammen, aufs Klo und ins Bad

gehen – zusammen, trinken – zusammen, und man wird uns durch das Guckloch in der Tür anschauen, es hat die Vorderseite zum Wald hin und die Rückseite zu uns, natürlich werden sie uns aus dem Wald durch das Guckloch in der Tür anschauen: der Milizionär und der Däumling und einfach so, wer auch immer schaut, der ist ein Aufseher. Vielleicht sind wir aber freiwillig hier, hinter Gitter, bei Wasser und Brot, damit die halbe Menschheit durchs Guckloch zuschaut, wie Mann und Frau vierhändig leben, Intimleben, Zuschauen ist nicht gut, aber ihnen gefällt es – uns zuzuschauen: dem Aktiv und Passiv, dem Absoluten und Individuellen, dem Bild und Spiegelbild, dem Fleisch und Willen, na, mach schon, komm und schau durchs Guckloch, Tschaschtschjaschyschin wird uns sonntags am Besuchstag was mitbringen, ein Netz mit Lebensmitteln; vielleicht ist das ja gar kein Gefängnis? nur das Erdgeschoß, und an den Fenstern sind Gitter, damit die Diebe nicht die Holzstücke stehlen, die den Namen haben: Stuhl, Sofa, Bett und uns dazu, die einen Namen haben, vielleicht ist dies eine separate Wohnung im Erdgeschoß, ein Zimmer, mit Bad und Klo, in der niemand wohnen will, die nicht per Anzeige getauscht wird, wir aber wollen sie – mit Bad und Klo, Heißwasser und Gas, um darauf zu kochen und das Leben zu erhalten, doch wer hat gesagt, daß eine Wohnung hinter Gitter kein Gefängnis ist, wer hat gesagt, daß ein Gefängnis keine separate Wohnung mit allem Komfort ist; vielleicht sind sie ja auch alle hinter Gitter, damit sie uns in Ruhe lassen, wir haben uns vor ihnen ausgesperrt, wir haben sie mit allen ihren Bussen und Taxis, ihren Blockhäusern und Landstraßen, ihrer Sonne, ihrem guten und schlechten Wetter hinter Gitter gebracht, wir haben ihr ganzes Reich hinter Gitter gebracht, uns ausgesperrt, und wir sind

frei, haben wir etwa zu wenig Platz, geh, wohin du willst, um die Ecke, die nächste Kurve, dort ist der Flur, geh ins Bad, wir werden noch sehen, wer hier hinter Gitter ist.
Als erstes wird der Winter hinter Gitter sein, jede Schneeflocke, jeder Kristall, der Frühling – jede Knospe, jedes Blättchen hinter Gitter, im Herbst aber ist der Tod hinter Gitter, die Leere, die Luft, die Regentropfen, die nicht auf der Stelle stehen wie die Schneeflocken, wie die Knospen und Blättchen, sondern mal dichter, mal spärlicher fallen, das Leben entschwindet wie Blut, aus der Nase, mit Rotz, es wäre aber schön, jenseits des Gitters zu leben, nicht gut, den letzten Taxifahrer zur Vernissage einzuladen, ein Zigarettchen mit ihm zu rauchen, ein schönes Wort – Vernissage, das ist, wenn man Bilder an den Wänden und einen blauen Fleck auf der Hüfte hat, der kräftige Biß des Airedale-Terriers, des bärtigen Hundes, er wird mit dem Schnee vergehen, der blaue Fleck, nichts wird zurückbleiben, aber du darfst einstweilen auf den Milizionär eifersüchtig sein, auf die Milchstraße, du darfst argwöhnisch sein, ja, du darfst auf jeden Telegrafenmast eifersüchtig sein, das ist dein Recht, doch du mußt wissen, und das ist mein Recht, daß ich mit keinem einzigen Milizionär oder Schaffner, mit keinem einzigen Spermatozoid aus der Milchstraße und mit wem auch immer was hatte, nachdem ich was mit dir hatte, nur mit dir hatte und mit ihm, dem Telegrafenmast, wenn er du gewesen wäre, der Telegrafenmast, mit jedem Fernseher, wenn er du gewesen wäre, der Fernseher, aber so mit keinem mehr, eher soll uns der Schnee verschneien, verwehen, verschütten, ein schönes Grab, sauber, nichts dagegen zu sagen, es ist schön dort, man hat was, woran man sich im Grab unter dem Schnee erinnern kann, es klopft.

Wer klopft denn da noch, wem sollen wir die Tür nicht aufmachen?
Ein Bildner ist ein Bildner, im Blick auf unsere Wirklichkeit erschafft er seine Wirklichkeit, eine ganz andere. Mag die Natur auf seinen Abbildungen nur Dekoration sein oder Kreuzchen und Strichlein, Kringel und Tupfen, aber der Bildner sieht sie so, und so malt er sie. Nun aber Gott, er erschuf schließlich auch seine Wirklichkeit; doch im Blick auf welche Wirklichkeit erschuf Gott die seinige? welche Wirklichkeit inspirierte ihn so, daß er jene erschuf, die wir durch das Gitter sehen, die wir jeden Tag durchs Fenster sahen. Wenn man wenigstens mit einem Auge einen Blick auf jene Wirklichkeit werfen könnte, die Gott so inspirierte, daß er unsere gesamte Wirklichkeit mit Gras und Wolken eben so erschuf. Was inspirierte ihn zum Gras, was zur Wolke? welche Ballung stinkender Gase inspirierte ihn zur Luft, welcher sterile kosmische Unrat inspirierte ihn zur Erde, wir werden es nie erfahren, hier kann es kein absolutes Wissen geben, nur die Vermutung, wie gern aber wüßte man es genau, es klopft.
Du liegst. In dir liegt alles Schlimme und Schöne, der Abschaum und der Edelstein, das Böse brennt nicht getrennt als blaue Flamme, und als rote nicht getrennt das Gute, Gut und Böse brennen als eine Flamme – zusammen beim Licht der Nachtlampe, sie brennt; du hängst im Lichtkegel, ein schwereloser Luftballon, das Pfundgewicht zieht dich nieder, du kannst nicht wegfliegen; wir schwanken wie das Element, das die ganze Zeit vibriert, wie eine Feder, wie ein junger Vulkan, es vibriert, also wächst es, verliert die eine Eigenschaft und erwirbt eine neue, wird Mensch, der niemand mehr wird, die Krone der Schöpfung; wenn aber irgendein Scheusal uns hinter das Gitter gesperrt hat und denkt,

daß wir uns ausvibrieren und ein Mensch werden, so wird er das nicht abwarten können, wir werden uns nicht ausvibrieren, werden nicht werden, vermehren werden wir uns auch nicht, und auch zersetzen werden wir uns nicht, wir werden uns konservieren, ja, wir werden nur heute leben, »just«, morgen werden wir es nicht, und an gestern erinnern wir uns nicht, nur die Minute, die gerade vergeht, die ist unsere, mag das Leben auch hundert Jahre gehen, eine nutzlose Aufgliederung in Minuten der »Lust«, es gibt kein Gedächtnis, es gibt keine Phantasie.
Hinter dir steht der ganze Waldpark des Lebens, in den ich keinen Fuß setze, wo du jede Tanne und jeden Baumstumpf kennst, ich aber will weder den Baumstumpf noch den Stumpf deines Lebens kennen, dich aus der alten Haut herausschütteln, aus der Hülle, »nur als Schlange streife ich meine Haut ab«, Riesenschlange, verschluck dich an dem, was du dir geholt hast: an den zerstörten Nervenzellen, der sich nicht regenerierenden Hülle, genug geschüttelt, du hast die ganze Seele aus mir herausgeschüttelt, nur der Morgenstern ist noch da, aber du, sachte, von mir ist nur mein allerfrühstes Leben geblieben, das nach meiner Geburt war, nichts ist geblieben, lehre mich ganz von vorn laufen, essen, trinken, schlafen, und dann halte mich für einen Menschen, du bist doch schließlich durchaus ein geeigneter Balg, das zufriedenstellende Passiv, du selbst bist das Passiv, auf das man das hunderttausendfache Aktiv gehetzt hat, du kannst mit ihm nicht fertig werden. Es bleibt also der Text, der nackte, mit nichts bedeckte, nach der Sintflut blieb kein Tropfen, kein Brett der Arche, kein Schienbeinknochen Noahs übrig, doch der Text blieb; auch von uns wird der Text übrigbleiben, als Beweis dafür, daß wir waren, ein unvollständiger Beweis, weil jeder

vollständige Beweis, wenn es um den Text geht, ungerechtfertigt ist, ist er aber gerechtfertigt, dann ist er unvollständig, mathematisch bewiesen. Diese andere Wirklichkeit (der Text) nimmt die andere Wirklichkeit (das Leben) nicht in sich auf, selbst wenn man sie reinschraubte oder reinsteckte, aber es ist doch schade drum, sie so zu schrauben und stecken, weil wir dieses unser Leben jetzt haben, der Text aber nach uns kommt. Unser armseliges Leben quillt ja doch aus dem Text, ragt mit seinen kümmerlichen Einzelheiten aus ihm raus, die nur das Leben versteht, der Text jedoch nicht. Der Text ist natürlich bereit, das Leben in sich aufzunehmen, aber das Leben ist nicht bereit, sich im Text unterbringen zu lassen. Alles, was im Leben so gut ist, ist im Text so schlecht, und alles, was im Leben schlecht ist, ist im Text gut; wie leicht schluckt dieser dynamische Text alles, während man sich an diesem dynamischen Leben verschluckt, alles geht in ihn rein, sogar das Allerausgefallenste, im Text preßt man kaum ein Tränchen nach einer Nacht in Tränen raus, und das Tränchen wirkt komisch, dabei ist Weinen doch nicht komisch, so materialisiert er sich auch noch, der Text, er hat Hörner und einen Schwanz und drängt sich mit seinen Hufen ins Leben, und das langt ihm noch nicht, er hat kein Herz, die Bauchspeicheldrüse und die Zähne tun ihm nicht weh, er ist eine harte Nuß, der Text, kein einfacher Mechanismus. Und das Leben – sollte es wirklich nur ein Mechanismus sein, na, die Erde ist doch auf mechanischem Weg entstanden, ist zusammengepreßt worden, hat sich ausgedehnt, sich erwärmt und ist abgekühlt, sie wird sich noch hundertmal erwärmen und abkühlen, was ist daran so schlecht? Na, wir sind uns begegnet, haben geheiratet, ein einfacher Mechanismus, positiver Zynismus, und keinerlei Rätsel, wenn es so weit ist, wird sie sich erhängen, dann wird auch der Mond vom Himmel fallen, wenn es kein Rätsel, wenn es ein einfacher Mechanismus ist, geradewegs auf Atlantis drauf, und ist er im Weltmeer gelandet, wird er nach der Reise erkalten, da es sowieso kein Rätsel ist, ein einfacher Mechanismus, nein, wir werden einander durchschütteln, wir werden wenigstens voneinander rauskriegen, wer wir sind, wer wir für wen sind, wer uns hierher hat, wohin wir dann wer wohin, wir werden einander den Rest geben, uns mit Wissen vergiften, an Vermutung sterben; aber man hätte so gerne das Gleichgewicht zwischen Wissen und Vermutung, soll doch das Rätsel im Kleinen und das Wissen im Großen sein. Was soll denn das Lesen im Kaffeesatz, ob du liebst oder nicht, man kann doch von einem Menschen die Antwort erzwingen: »ja« oder »nicht ja«. Das kann man. Doch sobald das Wort gesagt ist, ja, und die Sache getan, ja, wird das Wort nicht zur Antwort auf die Frage, weil Frage und Antwort verschiedene Funktionen haben: die Frage hat die zu fragen, die Antwort die zu antworten, und sie werden sich nie schneiden, weder im Kosmos, wie zwei Parallelen, noch im Park. Liebst-du-ja-beweis-es-ja – weder das Messer noch das Blut, noch die Tränen sind ein Beweis; es bleibt nur ein Beweis – das Wort, als allerunvollständigster Beweis. Am besten ist das Rätsel: Was liebt der Mensch, ja, die Erde ist rund und dreht sich, und was tut der Wind? er bläst (dieses Wort gibt es), und er bläst einem was.

Wir haben selbst erraten, was hinter dem Gitter ist, ohne den Schlosser, der endlich den Einlaß erklopft hat, um dem Wasserhahn den Hals umzudrehen, das ganze heiße Wasser rauszulassen, soll es ruhig das Eis in der Antarktis auftauen, wir können ja wegschwimmen, auch das kalte kann er ruhig rauslassen, ablassen, wohin

es will, vergeuden, wenn soviel davon da ist, daß es nicht im Hahn bleibt, soll es doch umsonst fließen, welch ein Überfluß durch die Schuld des Schlossers, es ist ihm scheißegal, daß jetzt jemand in der Wüste umkommt, er hat den Hals umgedreht, den Hahn aber kann man nicht mit dem Finger zuhalten. Niemand wird den Wasserverbrauch bezahlen, der Schlosser wird es nicht aus seiner Tasche auslegen, den Strahl nicht in sein Bett lenken, wie der Bildner, er ist schon gegangen. Soll es rauschen.
Wer ist der nächste, der Elektriker? um uns mit Licht zu überströmen. Sie werden uns hier hinter dem Gitter mit allen verfügbaren Mitteln aufstöbern, Licht in Stärke von zweihundert Watt einrammen, Radio- und Fernsehinformation auf Kurz- und Langwelle anstellen, die wird man nicht mit dem Wind wegblasen, man wird dem Telefon nicht übers Maul fahren können, das die ganze Nacht wie wild läuten wird, sie wollen zuschauen, wie wir an diesem Überfluß zugrunde gehen, da, haben sich am Guckloch festgesaugt, wer ist der nächste? Schließlich kann man weder mit Gas noch mit Licht, noch mit Gasschutz quälen, das war ja in der Natur alles still, bis diese Räder erfunden wurden. Wie viele solcher Räder sie noch erfinden werden, welche Information sie auch über die Meereswellen senden werden, die Sterne am Tageshimmel werden sie doch noch nicht so bald erblicken, die Sterne am Tageshimmel können sie wie ihre eigenen Ohren nicht sehen.
Das ist es, der gleichartige Lebensraum, Traum aller Träume, das Paradies; für die Vögel ist es die Luft, nur fliegen, keine Erde bis zum Horizont, keine Zweige; für die Fische das Wasser, ihr Paradies, weder Ufer noch überhaupt Boden, als solcher; der Wald bis zum Horizont ist es für die wilden Tiere; und sie alle werden um-

kommen, jeder in seinem Paradies, der Vogel in der Luft ohne Erde, der Fisch im Wasser ohne Luft, das Tier im Wald ohne, nur der Mensch wird in seinem gleichartigen Lebensraum nicht umkommen, in seiner Einzimmerwohnung, er ist der zähste, der Mensch, Gott erschuf ihn aus sich selbst, woraus aber erschuf Gott sich selbst, sog er sich aus dem Finger? Daß am Anfang das Böse nicht in Gott war, ist verständlich, daß es nach ihm und neben ihm auftauchte und er es in sich aufnahm, damit es nicht für sich allein herumspazierte, ist verständlich, dem Menschen aber gab er bereits das Gute wie das Böse zusammen, und der gute Mensch befreit sich in sich vom Bösen, der schlechte vom Guten, Gott aber befreit sich nicht vom Bösen, er behält es bei sich, weil es niemand außer ihm bei sich behalten wird, schließlich ist das ja kein Tropfen Wermut. Du ärgerst dich grün und gelb vor Bosheit, leuchtest vor Güte, Gott aber ist winters und sommers von gleicher Farbe, nicht grün wie die Tanne, golden, in dieser Suppe aus unsren Tränen und Rotz. Er behält das Böse nicht als böser Bock bei sich, er behält das Konzentrat des Bösen, das Konzentrat, das Böcke und Schweine aufzulösen vermag, er hütet es wie seinen Augapfel, damit er es lieber bei sich hat, wenn es schon mal da ist. Und was machen wir mit einem kleinen Tropfen des Bösen, drehen ihn, damit er in allen Regenbogenfarben funkelt, erfreuen uns an ihm, tragen ihn im Herzen, »ich habe nichts Böses gegen dich«, du hast es, das Böse, drei Tage lang beherrscht, bald wird es verschimmeln.
Das stimmt so alles nicht, vielleicht muß man irgendwelche Übungen machen, Morgengymnastik, damit es so stimmt; auch ein Tropfen Böses ist zuviel, weil es kein Tropfen im Meer ist; natürlich kann Gott wie der Mensch mit sich rumschleppen, so viel er will, wenn er

es *selbst* genommen hat, und sei's auch das Böse, aber wenn man es ihm gegeben hat, wer wird es mit sich rumschleppen; wenn man es dir gegeben hat und du es mit dir rumschleppst, ist es eine Heldentat, wenn du es selbst genommen hast, ist es deine Sache. Und die Menschen gehen jeden Tag morgens zur Straßenbahnhaltestelle mit ihrem Tropfen des Bösen auf Heldentaten aus, um irgend jemandem auf den Fuß zu treten und um Verzeihung zu bitten, Helden, allesamt, Gott ist bei uns kein Held, er hat sich des Bösen angenommen und schleppt es mit sich herum, es ist seine Sache.
Was für ein Unglück! die Gegenwart aus eigenem Willen wählen, *selbst* wählen, die Gegenwart dem vergangenen Winter und dem künftigen Sommer vorziehen; nein, um in der Phantasie zu leben, das haben manche Schlauberger getan; es gibt nichts Schlimmeres als die Gegenwart, wenn sie läuft und läuft, vor ihr versteckt man sich nicht unter der Decke, weil sie auch unter der Decke ist, morgens ist sie auch in der Küche, mittags auch auf dem Boden. Auch die Helden gingen an der Gegenwart zugrunde, gingen zugrunde, wenn sie plötzlich mit der gegenwärtigen Zeit, »just«, zusammen waren, an der Unmöglichkeit, jede Sekunde zu leben. Solange sie aus der Vergangenheit in die Gegenwart zueinanderstrebten, die Glücklichen, dachten sie nicht, in welche Falle sie in der Gegenwart geraten würden, wo jede Minute ohne Atempause der Aufmerksamkeit füreinander gewidmet wäre. Und kaum waren sie beisammen, die zahllosen Helden, gingen sie zugrunde wie Katzenjunge: Onegin mit seiner Desdemona, Othello mit Tanja, Puschkin mit Tanja, es sind ihrer Tausende, welche die Bürde der Gegenwart nicht ertragen haben, wo jede Sekunde Frost auf der Haut ist und nicht »Frost und Sonne«. Sie, die Gegenwart, ist natürlich in ihrer

aufputschenden Wirkung mit nichts zu vergleichen, aber wer hat uns eingeredet, daß man uns bloß die Gegenwart zu geben brauche, schon werde sie uns die ganze Säule der »Zeiteinheiten« herauswerfen, wo jede Einheit ihre unwiederholbare Empfindung hat, jede uns mit einer Gier auffrißt, die nur ihr eigen ist, und wir werden an der Gegenwart zugrunde gehen, sie wird uns verzehren, doch wir werden in dieser gegenwärtigen Zeit machen, so viel wir können, uns voneinander weder mit dem Messer noch mit dem Wort befreien; wie ist er verwundbar, der gegenwärtige Augenblick, ein hauchfeiner Film, einen Millimeter dünn, gräbt man ein wenig tiefer, schon ist dort der vergangene Moment, löst man sich nur ein wenig, schon ist dort der zukünftige, es ist schrecklich, sich im gegenwärtigen Augenblick zu rühren, und zwecklos, mit den Füßen zu stampfen, zwecklos, zu brüllen, um den gegenwärtigen Augenblick, das zarte Gebilde, zu betäuben; man hat ihn bis zur Weißglut gereizt, jetzt bleibt noch, ihn auf der Stelle zu erledigen; die Selbstbeherrschung des gegenwärtigen Augenblicks ist hinreißend, wer in ihn gerät, auf den greift er über, wer aber vorbeigeht, dem läuft er nicht nach, wir sind in seinen Brennpunkt geraten, ohne Augen, ohne Ohren, ohne irgendwelche Organe, die man braucht, um ihn wahrzunehmen, mit unentwickeltem Gehör und Sehvermögen, das sich nur für den zukünftigen und den vergangenen Augenblick eignet, für die Phantasie, jedoch nicht für den gegenwärtigen Augenblick, wir rennen hin und her, wie lang noch!

Bleibt als Rettung das Programm, doch jedes Programm schöpft jedes Programm aus, führt es auf Null, um von Null aus das nächste Programm zu beginnen bei null Grad vor dem Fenster, in der unter den Füßen ver-

schmierten, millimeterdünnen, wäßrigen Brühe des Bösen, mit dem ruckelnden Film der Gegenwart, über den die Wasserflöhe flitzen, mit den Füßchen auf dem Filmspiegel rutschend, der Himmel und Birken so viel wie nötig reflektiert, alles, was in seine Perspektive, in den Lichtstrahl, gerät, der auf ihn fällt; sie gleiten mit den Füßchen über den Wasserfilm, die Käferchen, gleich werden sie sterben, nachdem sie ihren gegenwärtigen Augenblick verwirklicht haben, sie werden vom Lichtstrahl den Garaus erhalten und aus der Vergangenheit – vom Boden der Pfütze – nicht auf dem Wasserfilm widergespiegelt werden, der wie ein Spiegel alles, was von oben kommt, widerspiegelt, die kleinste Einzelheit seiner versilberten Seite von unten jedoch nicht, und sich gegen Morgen in eine Eiskruste verwandeln wird.
Wir liegen kraftlos da, die Kraft hat uns hiergelassen, im Zimmer, wir haben die Kraft dortgelassen, vor dem Fenster, unter Menschen und Tieren, Haustieren, die sich an die Menschen angepaßt und sich rasch orientiert haben, sie sind zu Brotkrümeln und Wurst übergegangen, die Tauben verbeugen sich wie Figürchen mit Wackelköpfen vor den Füßen, bald werden sie das Fliegen verlernen, und die Spatzen werden bald das Stehlen verlernen, sie haben sich ans Schmarotzen gewöhnt, sind verdorben, charakterlich schlechter geworden, frecher und fetter, und alles, was sich an den Menschen anpassen wird, wird frecher und fetter werden: die Bäume, Äpfel und Flüsse; die Natur hat sich rasch orientiert und paßt sich jetzt nicht an den Regen und an die Sonne an, sondern an den Menschen, an den Mist, mit dem er sie umschmeichelt, an die Schere, mit der er sie schert; die Tauben und die Spatzen und die Lindenalleen – alle haben sich zu Wasser und Brot umorientiert, die Verräter; der Mensch ist natürlich nicht gut,

da er sie hinter sich hergeführt hat, sie selbst sind nicht gut, da sie hinter ihm hergegangen sind. Vereinzelt sind noch ein paar Wilde übrig, die sich nicht in Gefangenschaft vermehren wollen und das Brot nicht aus der Hand fressen, sie werden in aller Seelenruhe aussterben, und wer sich nicht an den Menschen anpaßt, ja, an den Menschen, nicht an die Sonne und den Regen, der wird aussterben, wer aber nicht ausstirbt, der wird sich anpassen. Leicht gesagt, sich an den Menschen anpassen, an den Schlosser und den Milizionär, dann muß man aussterben, schon heute damit anfangen, solang die Taxifahrer Erbsen zustellen und der Wind ins Kreuz drückt, das eine Woche lang schmerzen wird, schon hat er es eingedrückt. Aber geht's nicht so, daß man nicht ausstirbt, sich aber auch nicht in Gefangenschaft vermehrt? soll dieser Mensch – Kassierer oder Platzanweiser – doch glauben, daß wir schon ausgestorben sind, daß wir uns schon angepaßt haben, wie aber waren wir vor fünf Jahren, blitzblank und sauber, haben nur keine Kraft, um uns aufzuraffen und vom Boden aufzustehen, wo Hände und Fäustlinge wie Streichhölzer verstreut sind.

Wo ist Otmatthejan? Er atmet kaum, er hat für Papa eingeatmet, noch mal für Mama, tief durchgeatmet, er ist voller Kraft; wo ist seine Liebste? sie ist voller Kraft, gibt Fersengeld, zwitschert, kämmt ihre Mähne, sie atmet kaum. Man kann es durchaus wiederholen. Aber nicht in dieser Stellung, sondern in einer anderen, nicht von dieser Seite, sondern von der anderen, nicht in dieser Reihenfolge, im übertragenen Sinne, wobei das Gesagte ausgeschlossen und der Sinn gebrochen wird, nein, doch wenn man dafür sofort den Hammer kriegt, dann darf man's nicht, man darf's nicht und Schluß! Nein, wenn man dafür sofort den Hammer kriegt, dann eben mit allen Beweisstücken: mit Fummeln und Fingerabdrücken und Spuren auf dem Fußboden. Das Leben pulsiert, die Körpertemperatur steigt, die Weite der Mundöffnung verändert sich und die Farbe der Augen und die Farbe... natürlich, dafür den Hammer, die Folter aber beiseite, weil Otmatthejan seine Liebste gegen die Wand gedrückt hat, gleich wird sie alles rausssprudeln, was sie nicht sagen wollte, was sie gleich sagen wird, sowieso sagen wird, wenn nicht gleich, dann in einer Minute, sie wird bersten, er hat schon die Ohren lang gemacht, und der Aufseher hört zu und ißt. Worüber sprechen sie? Der Sinn ist schwer zu fassen. Hinter diesem Sinn steht ein zweiter Sinn, der Null erreicht und das Zeichen in das gegenteilige verändert: Sie beginnt ihn davon zu überzeugen, wovon er sie gerade überzeugt hat, sie verneint das, was sie vor einer Minute behauptet hat, er verneint das, was er behauptet hat, sie reden gleichzeitig, und wenn sie Stimme ist, ist er Hintergrund, und wenn er Stimme ist, ist sie Hintergrund, dann aber sind sie schon Stimme auf Stimme und Hintergrund auf Hintergrund, sie bestehen jetzt aus Ohren und Klang in den Ohren, für fünf Minuten Liebe, dabei braucht man Jahre für sie!

Wo ist unser lieber Freund, den niemand ruft, der sonntags immer nicht zur rechten Zeit mit einem Netz voll Lebensmitteln kommt, wo ist Tschaschtschjaschyschin? Da steht er, hat die Tür mit dem Finger aufgestupst, da ist sie aufgegangen, hat das Netz, prallvoll mit Kalbfleisch und Tomaten, in die Tür gestellt, das Netz bleibt nicht auf den Beinen, ist auf der Stelle zusammengebrochen, das leere Netz. »Habt ihr was für mich zu essen?« Das fragt er uns, den ganzen Tag war er in der Stadt, hätte wenigstens in einen Laden reinschaun können, wozu soll er in einen Laden reinschaun, wenn man sofort dran kann – an den Kühlschrank. Neuigkeiten rieseln von ihm nur so herab wie Schnee von gestern: »Habt ihr nicht gehört?« – nein, »habt ihr nicht gesehen?« – nein, »und seid nicht gegangen?« – nein. Er aber hat gehört, gesehen, ist gegangen und erzählt jetzt. Niemand werde uns hier wegen guter Führung rauslassen, deshalb schlage er die Flucht vor. Um unsretwillen sei er zu allem bereit: Das Gitter werde er mit den Zähnen durchnagen, sich mit dem Begleiter absprechen und uns zwei Regenmäntel bringen, damit wir von hier aus in alle vier Winde ziehen und uns auf die Familien und Lehranstalten verstreuen könnten; nee, wir werden uns nicht verstreuen, wir werden hier aussterben. Er hätte es lieber, Tschaschtschjaschyschin, hätte lieber in den Laden gehen sollen; um unsretwillen sei er jeden Tag zu einer Heldentat bereit, und wir würdigten ihn nicht. Ob er nicht schweigen könne? Nein, er habe noch nicht alles gesagt. Habe noch nicht gesagt, daß wir hier hinter dem Gitter versauern würden, wenn er nicht wäre, die Flucht werde uns retten, und in der Freiheit würden wir aufblühen, würden so blühen wie er, aber erst mal müsse man kochen und dürfe morgens nicht im Bett rumliegen, sondern müsse im Gefängnishof laufen, hintereinander her wie die Gefangenen bei van Gogh, schön im Kreis, gut für die Gesundheit. Jetzt hat er wohl alles gesagt und sogar gesagt, daß er nichts mehr zu sagen habe. Na, wenn er alles gesagt hat, dann kann er doch jetzt verduften, nein, er setzt sich hin und wartet, was wir ihm darauf sagen. Es gibt nichts zu sagen. Wenn nichts, dann habe er uns noch zu sagen vergessen, daß er, wenn man mit einem Luftgewehr zu Blasmusik auf uns schießen werde, uns mit seinem Körper decken werde, und wie er sich auf uns legte, so stünde er wieder auf, die Kugel flöge ihm zum einen Ohr rein und zum

andern wieder raus, dafür würden wir nicht mehr so aufstehn, wie wir uns gelegt hätten, diese verirrte Kugel fände uns unter Tschaschtschjaschyschin, dem heilen und unversehrten; das wäre, wenn sie schießen würden, aber es könnte auch so gelingen, ohne einen einzigen Schuß, ohne Staub und Getöse, er habe alles überlegt, er habe Geld für uns, würde uns eine Rente aussetzen, nur jetzt grade habe er kein Geld, und wir müßten ihm einen Rubel pumpen. Den Rubel können wir ihm geben. Und unsere Flucht müsse so sein, mit Pauken und Trompeten, und nicht irgendsoeine, damit wir mit dieser Flucht in die Geschichte eingingen. Unsere Flucht müsse erfinderisch sein, aber einfach, sie müsse ein gewisses Risiko enthalten, aber doch sicher gelingen, sie müsse ein Spektakel sein, aber so, daß niemand es sähe. Er, Tschaschtschjaschyschin, habe schon alles überlegt, wir brauchten nur noch unseren Plan vorzuschlagen. Na, bis wann werden wir ihn unterhalten! bis wann wird unser Freund immer wieder kommen und sich in unser Leben einmischen wie in seins, weil er sein Leben für uns totgeschlagen hat! »Also was, seid ihr dagegen?« Nein, wir sind dafür!
Dann ist ja alles in Ordnung, wir werden schnell eine Tasse kochendheiße Bouillon trinken, uns die Zunge bis auf die Knochen verbrennen und zwei Stunden am Stück diskutieren, was für ein Glück es ist, daß die Zunge keine Knochen hat, wie wir handeln werden, sobald uns Tschaschtschjaschyschin pfeift. Natürlich sind wir nicht dagegen, in dem Häuschen zu leben, das Tschaschtschjaschyschin uns im tiefen Wald zimmern wird, wo es weder Licht noch Radio, noch Wellen geben wird, das wir uns selbst zimmern werden, und ringsherum werden wir selbst den tiefen Wald zimmern. Er aber, Tschaschtschjaschyschin, hat nicht be-

dacht, daß in diesen tiefen Wald, den wir mit solcher Mühe für uns zimmern werden, sofort die Eisenbahn gelegt wird. Er hat nicht bedacht, daß in unseren tiefen Wald sofort alle in Gummistiefeln eindringen und den Dreck um unser Haus herumtreten werden, sie werden rumlaufen und Asphaltwege ausrollen. Daran hat er nicht gedacht. Muß man aber. Nein, dann werden wir schon lieber hier ans Telefon gehen und auf Briefe antworten und die gegenwärtige Zeit am runden Tisch totschlagen. Eins nur irritiert: wenn sie alle hinter Gitter sind, wenn sie in bezug auf das Gitter mit ihren Häusern, Telegrafenmasten und ihrer Vegetation drinnen sind, wir aber in bezug auf das Gitter draußen, in unseren Appartements, zwischen Stühlen und Tellern, werden sie es aushalten? Sie wollen nicht zu uns ins Zimmer, in die Freiheit, aber plötzlich wollen sie es doch, sie werden von der anderen Seite am Gitter nagen, von der Straßenseite, alle zusammen zum Angriff übergehen, damit alle, wie viele Millionen Köpfe es auch wären, bei uns im Zimmer, in der Freiheit, Platz finden könnten, aber das Zimmer ist doch nicht aus Gummi; es ist die Frage, wer hinter Gitter ist, wenn wir, dann müssen wir fliehen und sie sich verteidigen, wenn sie, dann müssen sie fliehen und wir uns verteidigen, da dreht sich einem der Kopf, Tschaschtschjaschyschin aber hat unser Gedanke gefallen, er weiß nur jetzt nicht, von welcher Seite aus er durchbrechen, von welcher Seite aus er das Gitter anfeilen soll.

Und wer ist »wir«? Das ist »ich« plus »sie«, direkte Abhängigkeit des »ich« von »sie«, und die umgekehrte Abhängigkeit des »sie« von »ich«, »wir« ist das Persönliche, das sich auf das Allgemeine ausbreitet, wie auch das Allgemeine, das sich auf das Persönliche ausbreitet, aber das ist sicher nicht Wir, Nikolaus II., und es gibt keine Diktatur des »ich« über »sie«, doch Demokratie gibt es auch nicht, es gibt einen bestimmten Einfluß des Autors auf die Helden, er ist nicht größer als der Einfluß der Helden auf den Autor; man bekommt bei den Pronomina schwer raus, wer »sie« sind. Auch keine fremden Leute, wer steht hinter dem Pronomen »er«? Da steht Otmatthejan, und wer steht hinter ihm? wer steht hinter dem Pronomen »sie«? klar, daß es nicht Emma ist, obwohl hinter ihr Flaubert steht, weil er gesagt hat: »Emma – das bin ich«, und wer bist »du«? »du« gehörst auch in »wir«, oder wir kennen dich nicht. »Wir« also haben schon eine Tasse Bouillon getrunken, und sie haben den Tisch abgewischt und das Geschirr gespült. Wir sitzen im Haus, das sie gebaut haben, das Fürwort an seinem Ort, weil hinter ihm kein Name steht. Zu welchem Stil gehört dieses architektonische Ensemble? Nicht zur Gotik, nicht mal zum »country«; zum Großplattenstil. Jenseits der Wand leben völlig andere Menschen, wir wollen ihr Leben nicht leben, nicht hören, wie sie schimpfen und weinen und aufs Klo gehen, wir wachen um sechs Uhr morgens auf, wenn sie zur Arbeit gehen, aber schließlich gehen wir doch nicht um sechs Uhr morgens zur Arbeit, und ständig rattert der Lift. Vielleicht haben es die Schwalben gebaut, dieses Haus, für sich eingespeichelt und geformt, und alle übrigen solchen Häuser haben sie auch gebaut, und wir wohnen in einem Schwalbennest.

Tschaschtschjaschyschin sitzt da und schaut uns an. Was sieht er? er sieht nicht, daß wir schon ganz entkräftet sind, Tiere, die einfach nicht zu Haustieren geworden sind, zwei Schildkröten aus dem Kindergarten, aus denen man lieber Schildkrötensuppe für die Kleinen kochen sollte, das wäre nahrhafter und pädagogischer, als sie den Kleinen in die Hand zu geben, als sie auf den

Nacken zu küssen und ihnen Bleistifte in den Rachen zu stecken. Er sieht nicht, daß wir einander als Aufgabenstellung gegeben sind, in der festgelegt ist, daß wir in diesen Appartements so miteinander umgehen müssen, um den Wunsch, die Liebe und unser Verlangen nacheinander abzutöten, unter der Bedingung, daß wir einander unbedingt alles erlauben und sogar in die ägyptische Finsternis, tief in dich (mich), hineinblicken, weil wir unbedingt wissen wollten, was das Begehren außer Vibration, Temperatur und Aufputschen ist, wir wollten dieses Rätsel endgültig lösen, das Jahrtausende alt ist, wir haben zweifellos die ungeheure, undankbare Mühe auf uns genommen, allein in unserem kurzen Leben das lange Leben dieses verworrenen Rätsels zu durchschauen, das sein eigenes Leben führt, welches uns in sein Leben hineingezogen hat, und wir wollen es, wenn wir es durchschaut haben, töten; dafür wird uns niemand danken, doch möge unsere Liebe vor uns sterben, damit wir sagen können, *was* in uns *gestorben* ist; falsch, mögen wir früher sterben, als sie in uns, und soll diese Liebe doch selbst sagen, was von ihr ohne uns bleiben wird, wo sie sonst noch solche Bären und Fliegen finden wird, die schlafen, um länger zu leben, und während des Schlafens alle Lebensprozesse verlangsamen, solche Eintagsfliegen, die in jeder Sekunde vibrieren und ihre Lebensprozesse beschleunigen, um schneller zu sterben; die nach schwachem Widerstand an ihr festgeklebt sind, an dieser Liebe, und wie sie sie ertappt hat! Falsch, mögen wir mit ihr zusammen sterben, damit sie, diese Liebe, nichts sagt, was von ihr ohne uns bleibt, damit wir niemandem sagen, was in uns ohne sie bleibt, es ist unser gemeinsames Geheimnis und Arkanum, damit weder von ihr noch von uns etwas Lebendiges bleibt, damit sie uns mit ihrer Liebe tötet, doch auch

selbst zu Tode kommt, damit nicht mehr der Liebe Geist in der Natur ist, wie auch unser Geist nicht mehr sein soll; wir werden die letzten sein, auf die sie übergreifen wird, wir werden die letzten sein, die auf sie übergreifen werden. Wir haben miteinander vereinbart, daß wir alles sagen werden, wie es ist, obwohl es in der Sprache eine bestimmte Vereinbarung gibt. Wir tun einander leid, doch wir müssen mitleidslos sein, wir lieben einander, doch wir müssen »Liebe machen«, um zu wissen, woraus sie gemacht ist, was sie mit uns macht. Wir lieben einander wie – den Hund, die Kartoffel, die Mutter, das Meer, das Bier, das niedliche Mädchen, die Unterhose, das Buch, den Playboy, Tjutschew. Diese unvollständige Aufzählung erlaubt es, zu verstehen, daß es in diesem Bereich der Leidenschaft keine Grenzen gibt, keinen Übergang vom Eßbaren zum Ungenießbaren, vom Festen zum Flüssigen, vom Unbeseelten zum Eßbaren, zum Marasmus, der keine Grenzen hat.
So wird auch alles sein, wenn nur die Menschen aus der Außenwelt – die Helden, Aufseher und einfach diejenigen, die jenseits des Gitters sind – unseren Lebensraum nicht zerstören, das ökologische Gleichgewicht in unserem Raum, hier, bei uns im Zimmer, nicht verletzen, nicht vor uns das Licht töten, das uns leuchtet, nicht unser Elementarreich töten, in das die Stühle, Schränke und Teller gehören; sie, diese Menschen, können unser Elementarreich daran hindern, zum Pflanzenreich zu werden: die Glühbirne zur Sonne, den Teppich zum Rasen, den Schrank zum Berg, das Wasser in sein Bett zu fließen, bevor es ins Abwasserrohr fließt; aber wenn das ökologische Gleichgewicht in unserem Lebensraum erhalten bleibt und Harmonie zwischen Radio und Bügeleisen, Fernseher und Telefon sein wird, wird auch zwischen uns, den Vertretern des höchsten Reichs

ADAM, Harmonie sein, bis wir mit unseren Händen und Füßen selbst das Gleichgewicht verletzen.

Tschaschtschjaschyschin hat sich gestärkt. Er wird jetzt einen halben Tag lang Schnur auftreiben und die Feile, die er gegen Abend ergattern wird, die wir gegen Abend bei uns unterm Bett finden werden. Es ist Zeit, von ihm Abschied zu nehmen. Für heute haben wir bereits alles gesagt, was man sagen kann, man kann nur noch zuviel daherreden. Dieser Tag ist vorbei, der einzige und unwiederholbare, einzig in seiner Art, nur der Schatten dieses Tages ist noch da, er legt sich auf die Straße und stellt sich auf die Häuser, er wird überall sein; dieser Schatten wird Abend heißen, der riesenhafte Schatten wird sich in einer halben Stunde allmählich verdichten, obwohl er von gewissen Lichtflecken, Straßenlampen, Leuchtreklamen, Schaufenstern verletzt werden wird, doch die Hauptsache ist, daß der Teil der Erde, auf dem wir uns befinden, in einer halben Stunde in finsterem Schatten sein wird.

Den Stoff durchgestalten, ohne Banalitäten zu scheuen, nicht die Reinheit des Bildes scheuen, eine kritische Situation schaffen und dabei alle Konsequenzen berücksichtigen, das Bild herabstufen, um sechs Uhr morgens aufstehen, wie das »der Kalmücke und heute der wilde Tunguse« tut, dabei ein Glas Kefir trinken, mit frischer Kraft auf fünf Seiten alles festhalten, wie es ist, große Zwischenräume von einer halben Seite lassen und nicht den Schatten dessen lassen, was man lassen kann, wenn man nicht durchgestaltet, nicht schafft, nicht aufsteht und nicht trinkt, sondern krumm und schief mit Tippfehlern in die Maschine hackt und von Hand hinkritzelt; und in diesen bis zur Unkenntlichkeit entstellten Buchstaben, in diesen bis zur Unkenntlichkeit entstellten Wörtern und Wortverbindungen, in diesem Durcheinander wird man die ursprünglichen Impulse und Details erkennen, die Intonation, die auf und nieder hüpft, alles, was vor dem Wort war, als das Wort noch nicht fixiert war; da das Wort der Empfindung nicht adäquat ist, hat es keinen Sinn, das Wort in die Enge zu treiben und ihm den letzten Saft herauszupressen, lieber ein anderes Wort nehmen, das dem Gegenstand, welchen es bezeichnen soll, ferner steht, und ein anderes Verb nehmen, das der Handlung ferner steht, welche es in der Gesellschaft, bei einer Abendveranstaltung, an öffentlich genutzten Orten, in der Kantine, auf dem Bahnhof und vor der Tür bezeichnet, vor die man es wegen schlechten Betragens gesetzt hat. Und dieses Sammelsurium von Wörtern wird mit der Reinheit der russischen Sprache kämpfen, der draußen hereinbrechende Schatten (Abend) wird auf dem Papier mit dem Abend (Schatten) kämpfen, bis die Erde selbst aus dem Schatten heraustritt, die Erde wird sich vom Leichtathleten abstoßen, drei Meter hochspringen und einen neuen Weltrekord aufstellen.

Tschaschtschjaschyschin wird uns einen nach dem anderen traktieren. Er hat noch nicht alles aus der Situation rausgepreßt, was man rauspressen kann, er hat die Eifersucht aus Otmatthejan noch nicht rausgepreßt, die er tropfenweise auspreßt, die gleich rausspritzen wird. Sie, die Eifersucht, unterscheidet sich qualitativ so stark von der Liebe wie der Schein vom Wissen. Sie springt ins Auge, die Eifersucht, sie traktiert das Gehirn so, daß das Wissen in den Hintergrund tritt und dem Schein den Vorrang läßt. Daß sich Sana neben Tschaschtschjaschyschin bald setzt, bald aufsteht, ist genausowenig sicher wie daß die Sonne bald über der Erde aufgeht, bald hinter ihr untergeht oder überhaupt nicht untergeht wie in der Tundra, im Sommer nicht hinter dem Horizont verschwindet. Sana meint weder im Sommer noch im Winter Tschaschtschjaschyschin, wenn sie aufsteht oder sich setzt, wie auch die Sonne morgens und abends nicht die Erde meint, sie geht nicht auf und geht nicht unter – das ist nur Schein, das sieht nur der Beobachter, der dem Schein den Vorrang vor dem Wissen gibt; und der Beobachter denkt: Die Sonne geht unter und auf, das ist ja auch in der Sprache so fixiert; und Otmatthejan denkt: »Sana setzt sich und steht auf«; das Wissen ist dagegen nicht in der Sprache fixiert: Daß die Erde, sich kaum drehend, der Sonne den Hintern zukehrt, das ist in der Sprache nicht fixiert, und die Eifersucht, die sich auf den Schein stützt und nicht auf das Wissen, ist im Bewußtsein fixiert. Wenn sich Sana noch mal neben Tschaschtschjaschyschin hinsetzt, dann wird sich Otmatthejan als Beobachter in den Schrank setzen und durch das Schlüsselloch schauen, durch das Fernrohr, was weiter passiert, wenn sie sich setzt. Was aber ist durchs Schlüsselloch zu sehen, auch wenn's durchs Fernrohr zu sehen ist? Es ist nicht zu sehen, ob was »war« oder »nicht war«, weil das schon mal passiert, also sein kann, und wie soll man verstehen, daß die Erde um die Sonne, wenn man es sieht, man sieht es doch! daß es die Sonne ist, die sich um die Erde, also muß es eine dritte Person geben, die genau sagt, daß es nicht so ist, nicht war, und wer ist diese dritte Person? der Autor? Aber der Autor sieht in diesem Augenblick nichts, weil man ihn selbst aus demselben Anlaß gegen die Wand gedrückt hat, und auch der Autor sucht die dritte Person, die sagt, daß es nicht so ist, doch auch der Autor hat diese dritte Person nicht. Und man zieht voreilige Schlüsse, und der Schein traktiert das Wissen, und dies wird in der Sprache fixiert, und deshalb »geht« die Sonne jeden Morgen »auf« und jeden Abend »unter«, und jeden Morgen werden Fehler in der Sprache verziehen, im Leben aber werden Fehler nicht verziehen. Otmatthejan sitzt im Schrank, er hat sich selbst in diesem Ungetüm eingesperrt, im Berg, und der Berg wird sich nicht von der Stelle bewegen, Tschaschtschjaschyschin sitzt immer noch da, und wir klammern uns an ihn, er ist unsere letzte Hoffnung, soll er sitzen, einfach dasitzen und nicht um Essen bitten, weil sich alles von der Stelle bewegen wird, sobald er sich von der Stelle bewegt, auch der Schrank wird sich von der Stelle bewegen. Otmatthejan wird sich auf Sana stürzen – wie konnte sie mit Tschaschtschjaschyschin in der Sprache reden, in der sie zwei morgens und abends miteinander reden, aber in welcher Sprache soll sie denn mit Tschaschtschjaschyschin reden, etwa in der englischen? nein, deswegen kann man doch wohl jemanden umbringen, wie kann man nur dieselben Wendungen und dieselben Wörter verwenden, das ist doch Sprache! und keine Gemeinschaftsverpflegung. Die Eifersucht ist gegenstandslos, doch wenn dieser Gegenstand der Mensch ist, dann kann man den Menschen vor Blindheit durchschütteln, weil man nicht weiß, was für einen Gegenstand man da schüttelt, und rauskriegen, was der Mensch ist – durch die Ausschlußmethode: Der Mensch ist kein Vogel, weil er nicht fliegt und keine Eier legt, und auch kein Bär, weil er nicht an seiner Tatze saugt, und kein Münztelefon, weil kein Hörer zwischen seinen Beinen hängt. Der Vogel selbst aber kennt sich als »Vogel«, weiß, wohin er fliegen und was er fressen kann, bei ihm geht alles automatisch, halbautomatisch, morgens hat er keine Komplexe und kriegt keine Depression, weil er arbeiten muß. Der Mensch dagegen, die Krone der Schöpfung, stimmt nicht, daß er die Krone ist, weil jede Eigenschaft im Menschen

nicht zur Vollkommenheit, sondern ad absurdum getrieben ist, er ist die Sackgasse der Schöpfung, der Mensch, Sackgasse von Anfang an. Vielleicht sind die Kirchenväter, der hl. Augustinus und andere, schon längst auf diesen Gedanken gekommen, aber wir haben ihn gerade erst gefunden, und vielleicht sind der hl. Augustinus und andere von der ungenauen Übersetzung des Wortes »Ende« aus dem Jiddischen ins Hindi, vom Sadduzäischen in den Slang ausgegangen, dann sitzt das Ende der Schöpfung, wenn man es nicht schlimmer, ganz schlimm sagt, wenn »Mensch«, »Ende« und »Krone« gleichrangige Wörter, Synonyme, sind, dann sitzt dieser Mensch, als »e« der Schöpfung, im Schrank, unter dem Tisch oder am Tisch, während die Tiere Kaviar ablaichen, Eier legen oder lebende Junge zur Welt bringen. Der Mensch hat nie Kaviar abgelaicht und nie Eier gelegt, er hat sofort lebende Junge zur Welt gebracht, diese Evolution ist ihm im Traum nicht eingefallen, er laicht auch im Unterbewußtsein keinen Kaviar ab, der Vogel tut es, er laicht im Unterbewußtsein Kaviar ab und wird in einer Million Jahre lebende Junge zur Welt bringen, er, der Vogel, wird sich bis in die Unendlichkeit entwickeln, *selbst,* durch eigene Mühe, und keine »Krone« wird der Vogel haben, der Mensch aber hat *selbst* nichts zur Vollkommenheit in sich entwickelt, er hat nur Komplexe wegen allem, was fix und fertig ist, in Milliarden Jahren hat er nicht mal gescheit Hochsprung gelernt, Weltrekord drei Meter.
Sana muß Otmatthejan füttern, muß ihrem Liebsten zubereiten, was er mag, schließlich lernen wir, was die Hasen, Meisen und Fische gern mögen, und wenn man sie nicht damit füttert, dann werden sie sterben. Auch Otmatthejan wird sterben, wenn man ihn nicht damit füttert. Deshalb muß Sana achtgeben, welche Speise

Otmatthejan gerne ißt und welche er nicht anrührt. Otmatthejan äße lieber gar nichts, wenn Sana etwas verwechseln und die Kuh von morgens bis abends mit Fleischomelette füttern würde. Sana muß Otmatthejan auf die Wiese rauslassen, damit er zwischen abgepackten Grünzeugbüscheln und Milchtüten weidet, und Sana wird aufmerksam verfolgen, welches Büschel er am liebsten mampft; sie wird ihn nicht mit Instantbrühe füttern, um aus einer normalen Pflanze das größte Exemplar zu ziehen, aus einer normalen Gurke die allergrößte Gurke, sollen doch die, denen das eingefallen ist, selbst ihr Mischfutter essen und im Umfang zunehmen. Wie im Wald eine natürliche Auslese stattfindet – der Stärkere frißt den Schwächeren –, so muß auch im Laden eine natürlich Auslese stattfinden, der Stärkere muß in seiner Nische weiden: zwischen Hühnern und Schnitzeln, und der Schwächere in seiner: zwischen Kefir und Eiern, und es bringt nichts, wenn sich alle zusammen auf ein und dieselbe Wurst stürzen. Sana hat Otmatthejan lange zugeschaut und bemerkt, daß er nicht gerne naturbelassene Speisen ißt wie die wilden Tiere, er mag es, wenn das Essen lange Zeit gekocht wird, wenn alles getrennt gebraten, dann alles vermengt und danach alles entmengt wird, wenn dann noch alles oben mit Puderzucker bestäubt wird, wenn die Anstrengung mit Sauce getarnt und oben verziert wird; der Wolf verziert den Hasen auch sehr gern mit Möhre und Kohl, die der Hase eigens zur Verzierung zwischen die Zähne genommen hat. Eigentlich genießt Otmatthejan nicht das geschlachtete Huhn, sondern die Zeit, die mit der Zubereitung des geschlachteten Huhns totgeschlagen wurde. Dieses geschlachtete Huhn kann in den vier Stunden wiederauferstehen, bis du die Sauce *Montmarancie* dazu fertig hast, bis du den Alkohol aus dem

Portwein verdampft und den nüchternen Portwein mit den Kirschen vermischt hast. Tschaschtschjaschyschin dagegen schlägt seine Zeit keineswegs mit der Zubereitung des Essens tot, er behält sogar noch Zeit in der leeren Lachskonservendose übrig, er ist sogar zu faul, sich eine Suppe aus dem Dosenlachs zu kochen, er mag alles Naturbelassene: Weintrauben mit Kernen, Pellkartoffeln, Wurst in Zellophan. Tschaschtschjaschyschin ärgert an Otmatthejan, daß er Fisch in Aspik mag, der Fisch selbst schwimmt nicht in Aspik, doch er schwimmt auch nicht in der Konservendose. Tschaschtschjaschyschin gibt nur einfach Geld für die Konservendose aus und bekommt dann Fertigzeit, die er ausgibt, um Sana davon zu überzeugen, daß man nicht soviel Zeit für die Zubereitung des Essens ausgeben darf. Und was mag Sana? Sie ist die Blutgierigste, Igelbouillon aus den Igeln im Minizoo; aus den Kindergartenschildkröten Schildkrötensuppe; sie mag sie nicht, ißt sie aber doch, hat sie gegessen, die verbotene Frucht, die süße – den Apfel mit dem fünfzackigen Stern vom Kerngehäuse im Schnitt des Apfels, Lerchen im Teigmantel.

Otmatthejan wird im Schrank sitzen, wird in den Bodenschätzen im Innern des Berges herumgraben, in den Markenklamotten, an denen noch die Preisschilder hängen, er wird graben und es verpassen: Sana hat sich doch neben Tschaschtschjaschyschin gesetzt oder ist aufgestanden, weil er sich selbst, während er im Schrank saß, hundertmal neben die Studentin und die Tadschikin und die anderen Mädchen gesetzt hat, die er büschelweise nach Hause gebracht hat, er hat sich nur nicht neben seine Liebste gesetzt, weil die sich in dieser Zeit zu einem Dichter und drei Georgiern gesetzt hat, die sie vierteilen müssen, um sie gleichzeitig nach Hause zu bringen.

Wir können sowieso nicht in den Kaukasus fahren, bevor Tanja ihren Mann nicht betrügt und mit Onegin nicht in den Kaukasus fährt, in der Zeit müssen sowieso sie zuerst in den Kaukasus fahren, und dann erst wir, zuerst müssen sowieso Romeo und Julia auferstehen und heiraten, und erst nach ihnen können wir heiraten, Othello muß sowieso zuerst dem Betrüger eins in die Fresse hauen und darf nicht an Untreue glauben, und erst dann dürfen wir nicht an Untreue glauben; doch wann kommt die Reihe an uns, wenn er noch nicht vorhat, ihm eins in die Fresse zu hauen, sie nicht vorhaben zu heiraten, sie nicht vorhaben, in den Kaukasus zu fahren?

Und wenn Otmatthejan ein Gedicht schreiben möchte, dann soll er doch irgendeinen Schrott in die durchsichtige Sonettform bringen, mag die Form nicht dem Inhalt entsprechen, mag die Form den Kopf streicheln und der Inhalt das Ohr schmerzen. Vielleicht dreht sich wenigstens dann der Kopf von dieser Disharmonie, und die Welt läßt es bleiben, auf den Ohren zu stehen, und alles steht wieder an seinem Platz, und Liebe wird Liebe sein und kein zusätzliches Aufputschmittel brauchen, es wird keine nächste Vernissage und kein nächster blauer Fleck nötig sein, um zu Marschklängen seine Liebe zu erklären. Es gibt ein Rätsel: Wer es errät, den wird es wecken, aber wer es nicht wecken wird, den wird es nicht erraten. Es läßt keine Ruhe, dieses Rätsel: Wie erkennt die Schlafende Schönheit, daß der eben derjenige ist, welcher; was wird derjenige haben? einen besonderen Atem oder einen besonderen Duft, was wird das Besondere am Epithel seiner Lippen sein, daß sie von seinem Kuß erwachen wird? Sie wird von seinem Kuß erwachen und IHM damit zu verstehen geben, daß er es ist; oder er wird sie mit seinem Kuß wecken und IHR damit zu verstehen geben, daß er es ist. Es gibt hier ein Intervall zwischen »sie wird erwachen« und »er wird sie wecken« wie zwischen Blitz und Donner, Licht und Schall, Blick und Wort. Was kommt zuerst? Blitz, Licht und Blick und dann Donner, Schall und Wort? oder gibt es nur in diesem Bereich der leidenschaftlichen Gegenliebe Gleichzeitigkeit, wo der Blitz dem Donner, das Licht dem Schall, der Blick dem Wort gleich ist? Und nicht sie wird aufwachen, und nicht er wird sie aufwecken, weil es kein Aktiv und kein Passiv gibt, keinen Riß zwischen den verschiedenen Eigenschaften: zwischen Blick und Wort, weil es kein Intervall zwischen Bild und Spiegelbild gibt. Weshalb gibt es aber dann ein Intervall zwischen dem, was »du gesagt hast« und dem, was »ich verstanden habe«, zwischen dem, daß »du mich geweckt hast« und dem, daß »ich aufgewacht bin« und wir beide nicht ausgeschlafen haben? Es ist schlecht, ein Mensch zu sein, wenn alle ein und denselben Geruch haben, weil alle ein und dasselbe Eau de Cologne benutzen, aber dann muß man wenigstens bis zuletzt Mensch sein und es mit dem Menschen treiben und nicht mit einem Airedale-Terrier; wie heißt das, wenn's ein Mensch mit einem Hund oder einer Ziege treibt? Sodomie? Schweinerei heißt das, und wir müssen die »Krone« verlassen, die uns von Geburt an gegebene Sackgasse, doch dem Menschen wachsen eher Räder als Flügel; es muß aber sein, doch dazu müssen wir zuerst was essen. Was ist denn mit dem Huhn, noch nicht auferstanden?

»Essen kommen«, Sana rief Otmatthejan, und der Schrank bewegte sich von der Stelle, der Berg ging, zwängte sich in die Türöffnung und zerquetschte die Pfosten, er stellte sich mitten in die Küche, der Berg, und warf alle seine Schätze auf den Boden: Krawatten

und Schuhe, diese Würgeschlingen und Räder, streute Staub in die Augen – vom Gipfel, wo statt Schnee Staub lag, flogen mitsamt dem Staub kleine Gegenstände – Steinchen – herab, Locher und Stifte. Man muß einhalten und darf den Schrank nicht dazu bringen, daß Lava aus ihm rausspritzt und in dieser Lava wie in Bernstein Löffel, Stühle, Schnaken, Menschen und Teller auf dem Boden versiegelt werden, und dann alles oben mit Asche bedeckt wird, was im Aschenbecher ist, reicht für ganz Pompeji, soviel wird am Tag geraucht. Ein schöner Schmuck, das Zimmer in Bernstein versiegelt, da sitzen wir, ganz am Rand; einen Faden durchziehen und diesen Pflasterstein auf der Brust tragen.
Tschaschtschjaschyschin will jetzt nicht wegfahren, er möchte so sitzenbleiben, um danach nirgendwohin zu fahren, sich hier irgendwo hinlegen, aber hier ist überhaupt kein Platz, hier ist jeder Meter aufgeteilt, auch unter dem Bett und auf dem Stuhl ist kein Platz, und auf dem Klappbett? Wir haben es längst zu Geld gemacht, um so mehr, als sich das Huhn selbst gefressen hat, während es garte. Tschaschtschjaschyschin ist beleidigt. Vielleicht sind wir es auch. Dann müssen alle zusammen beleidigt sein, daß der Wintertag kurz ist. Jetzt wird Tschaschtschjaschyschin durch das Guckloch in der Tür schauen, von der anderen Seite, von der Treppe, zusammen mit dem Taxifahrer und dem Schlosser, sie werden im Treppenhaus rauchen und zuschauen, es wird ihnen nicht langweilig werden.
Sogar ohne Lärm, der zur Nacht verstummte, ohne Licht außer dem der winzigen Sterne, sie sind weit weg von uns, unnützes Licht, dafür Licht vom Schnee, ein ganz besonderes Licht, es scheint von unten nach oben, von ihm fällt Licht auf die Bäume und auf die Vögel, die sich in der Dunkelheit schlafen gelegt haben, sie brau-

chen kein Licht, sie bekommen es morgen von der Sonne, die der Erde näher ist, nützliches Licht. Der langerwartete Augenblick. Von ihm läßt sich nichts anderes sagen, als daß er gekommen ist. Und wir sind mit ihm gekommen. Man hätte fliegen, man hätte einander entgegenschwimmen können, doch diese heiligen Eigenschaften Schwimmen und Fliegen haben sich überlappt und das Gehen gebildet. Als sich die Schuppen aufs Gefieder legten, überwältigten sie einander, und es bildete sich die Haut. Haut, stellenweise sonnenverbrannt, unsicherer Gang. Die Angst aber ist da. Das ist der Augenblick, wo man ein Aufputschmittel braucht, um den Schritt zu festigen, weil Aufeinanderzugehen schlimmer ist als Aufeinanderzufliegen oder Aufeinanderzuschwimmen; weder die Vögel noch die Fische brauchen ein Aufputschmittel, man könnte gehen, wenn man wenigstens ein Fell hätte wie die wilden Tiere, doch auch das hat man nicht; mit Fell ist kein Aufputschmittel nötig, wir brauchen es, damit die eigene Haut und der unsichere Gang nicht so ins Auge fallen. Was ist ein Aufputschmittel? Es wäre interessant zu wissen, ob Onegin sich sofort in Tanja verliebt oder einfach was getrunken hat. »Haben wir was zu trinken?«, nur destilliertes Wasser. Das heißt, wir müssen ohne Schuppen, Fell und Gefieder in der eigenen Haut, ohne zu schwimmen und ohne zu fliegen, aufeinander zugehen. Furchtbar. Und nicht, weil darauf der Hammer steht, wer könnte uns dafür mehr bestrafen, als wir uns selbst bestrafen? Wenigstens eine Zigarette anstekken. Wenn schon keine Federn, dann wenigstens Rauch; wie zwei Wolken, die endlos am Himmel verschmelzen, körperlos, nein, noch weiß man nicht, was bei den Wolken innen drin ist; wir haben doch einen Ausweg gefunden – wir haben zwei Schritte aufeinander zu gemacht, von Wolken verdeckt. Aber der Rauch ist da und wieder nicht, er ist weg und wieder schönes Wetter. Wir möchten so gern aufeinander zugehen, um nie mehr auf den anderen zugehen zu wollen, also um zu wissen, was »zugehen« heißt. Was machen wir denn miteinander! Statt uns zu umarmen, töten wir in uns den Wunsch zu umarmen, wir stehen auf dem Fleck und zerstückeln diese arme Zärtlichkeit, damit sie niemals mehr in uns erwacht, wir nageln sie am Boden fest, wir verlieren ihretwegen den Verstand, aber noch einen Augenblick, dann muß sie verrecken, und dann gehen wir aufeinander zu und umarmen uns; es ohne jeden Wunsch tun, wir werden es tun; nein, sie flattert noch in uns, diese Schwalbe, der hilflose Trieb in jedem von uns, und wir stehen wie zwei Baumstümpfe auf dem Fleck, ohne einen Schritt aufeinander zu zu machen, um uns aneinanderzuschmiegen, und so in der Entfernung von einem Meter zu stehen ist sehr schlimm. Dennoch haben wir uns ruckweise zueinander hin bewegt, ohne zu verstehen, wohin diese Schwalbe entschlüpft ist, in welches Loch sie sich vor uns zwei Scheusalen verkrochen hat, die sie beinahe angenagelt hätten, sie piepst irgendwo drinnen, wir hören sie nicht. Wir starren einander an, was sehen wir? na, den Ellbogen, na, den Hals, na, den Bauch. Absolutes Wissen, man kann es beschwören, daß dies todsicher Hals, Ellbogen und Bauch sind; weshalb wollte man das so sehr besitzen? ja, solange wir uns nicht Rechenschaft darüber abgelegt haben, daß dies nur Hals, Ellbogen und Bauch sind, war dieses Wissen nicht vorhanden, und das fehlende Wissen erregte das Verlangen, wo ist es? nein, nein, wir wollen nicht wissen, daß dies Ellbogen, Hals und Bauch sind, lieber gar nichts wissen, mag der Ellbogen der Winkel, der Bauch der Umfang und der Hals die Höhe sein, basta. Die Benennung ist mörderisch. Den Bauch Bauch zu nennen bedeutet, dem Bauch den Rest zu geben. Ein gefährlicher Bereich ist das, wo die Benennung des Gegenstandes entsteht, den darf man nicht betreten, den dürfen die Menschen nicht einsehen, nur aus der Vogelperspektive, aus der letzten Reihe des Stadions. Kaum haben wir begriffen, daß wir Bauch, Ellbogen und Hals haben, so ist unser Verlangen nacheinander schon fast eingeschlafen, es wälzt sich kaum noch im Geist, dafür wälzt sich die Schlafende Schönheit deutlich im Schlaf, da, wie genüßlich sie sich gestreckt hat, wie kommt's, daß sie nicht schlafen kann, daß dieses Mädchen so lebhaft geworden ist, ist es nicht ein bißchen zu früh? Aber man kann den Menschen schließlich doch lieben, auch wenn er Hals, Ellbogen und Bauch hat, schließlich ist daran nichts Schlimmes, obwohl es schlimm ist, daß daran nichts Rätselhaftes ist; aber wenn man nun erführe, daß auch er dasselbe sieht, unser Partner, auch nur Hals, Ellbogen und Bauch – dann schlaf schön, dann fall in den Todesschlaf und gute Nacht! nein, wir haben offenbar noch nicht alles erraten, weil sich die Schlafende Schönheit auf die andere Seite gedreht und tief eingeatmet hat. Tschaschtschjaschyschin hat die Zeitschrift »Natur und Leben« abonniert und weiß, daß die Vibrationsfrequenz des Mittelfingers größer ist als die des Zeigefingers, mag auch irgendwer seine Dissertation über dieses Thema geschrieben und die Vibrationsfrequenz von tausend Objekten verglichen haben, das ist lächerlich. Gar nicht lächerlich ist, daß wir in uns das Verlangen töten wollten, einander zu umarmen, und dachten, daß wir es getötet haben. Doch nur, solange wir uns nicht umarmten. Sobald wir uns umarmten, vergaßen wir alles. Das ist Glück und Unglück zugleich. Glück ist, nicht zu wissen, während es noch im Gang ist, und Unglück, nicht zu wissen, wenn es Ergebnis ist. Kein Wort davon, daß es stimmt, wie sehr man neue Gefühle möchte; stimmt nicht, weil kein Wort davon ist, wie sehr man dieselben Gefühle möchte – das stimmt; es stimmt nicht, weil »stimmt« nicht das Wort ist, ein Wortspiel. Wir haben uns festgespielt, und morgen werden wir selbst diese Appartements für unsere Objekte, Subjekte, freimachen, sollen sie ruhig alles fertig vorfinden und das von uns Begonnene fortsetzen – in diesem Zimmer, in dem jeder Gegenstand suggeriert, was mit diesem Gegenstand zu tun ist: Der Stuhl suggeriert den Gedanken, daß er ein Stuhl ist und man sich auf ihn setzen soll, das Bett suggeriert den Gedanken, daß man sich auf es legen soll, das Huhn in Kirschgelee suggeriert den Gedanken, daß man es essen soll. Wir werden uns stärken und in das Gelee eingehen, in den ursprünglichen Lebensraum, aus dem wir alle ohne jede Mühe gekommen sind, dieses Gelee wird vier Stunden mit solcher Mühe zubereitet, für die Zubereitung des ursprünglichen Lebensraums, aus dem die Sterne, Bäume und Vögel kamen, bedurfte es nur eines Augenblicks. Natürlich ist die Libelle die Krone der Schöpfung, sie schlüpft aus dem Turiner Grabtuch in die warme Sonne und läßt das Grabtuch auf dem Zweiglein sitzen, der Libelle trocknen die Flügelchen, gleich wird sie fliegen, das ist jeden Sommer so, nicht nur einmal in tausend Jahren. Weshalb ist das so, weshalb muß man so formell an den Menschen herangehen, die einen Organe verbieten und die anderen erlauben, weshalb darf man den Bauch, aber ein bißchen tiefer nicht, und noch ein bißchen tiefer wieder, und so bis ganz unten? weshalb darf man den Bauch, aber ein bißchen höher nicht, und so bis ganz oben? Weshalb gilt die eine Handlung als an-

ständig und die andere als unanständig, das eine Wort als anständig und das andere Wort als unanständig, und mit dem unanständigen Organ und der unanständigen Handlung schimpft man, mit dem Wort dafür, mit dem anständigen aber unterhält man sich, nein wirklich, weshalb? Jeder hat ein Liebstes, der eine einen Fernseher, der andere eine Katze, der dritte einen Menschen. Und besonders schlimm ist es nachts, wenn man um drei Uhr aufwacht und das Liebste nicht zur Hand hat: Der Fernseher geht nicht, die Katze stromert herum, der Mensch ruft nicht an. Nachts muß man tief schlafen, um nachts nicht an das Liebste zu denken, damit es geht, nicht herumstromert und anruft, und am Morgen ist es gut: Der Fernseher geht wieder, die Katze ist wieder da, und der Mensch hat angerufen, und so ist es immer, und wem das nicht paßt, der soll doch eine Wende im Bewußtsein des Fernsehers, der Katze und des Menschen bewirken, soll eine Revolution in ihrem Bewußtsein machen, damit sie rund um die Uhr da sind.
Wir sind schon aus diesen Appartements gegangen, wir sind schon aufgestanden und gegangen, wir stehen schon auf und gehen. Vergebens hat man uns hier eingesperrt, damit wir das Verlangen loswerden, wir gehen; gleich wird das Verlangen uns loswerden. Welch eine Flucht. Herrlich. Wir fliehen aus diesem Loch in die Freiheit, die in dieses Loch zu uns flieht. Sie alle, die Menschen, ein Meer von Köpfen, fliehen zu uns, wir treffen sie am flachen Gitter und passen nicht alle drauf, weil es zweidimensional ist? und wir dreidimensional?, mit dieser Flucht gehen wir in die Geschichte ein, weil wir, die wir räumlich sind, durch die Löcher des Gitters sickern, auch sie sind räumliche Menschen, wer durchsickert, ist hier, wer nicht durchsickert, ist dort, wir sind einstweilen hier und dort, weil von uns manches

schon durchgesickert ist und manches noch nicht und manches hier ist und manches dort, von den Menschen aber, die hier hereinschneien, ist manches schon hier, aber manches auch noch dort, und wer durch das Guckloch schaut, dessen Blick ist hier, dessen Auge aber dort. Wir fallen in dicken Flocken wie der Schnee, fliehen in der Horizontalen und in der Vertikalen, sie haben uns gesehen. Was kann das schon für eine Feile sein, mit der man das Gitter anfeilen will, eine Schande! Tschaschtschjaschyschin aber hat alles verpaßt, er hat das verpaßt, was man mit einem Auge durchs Guckloch sehen kann. Tschaschtschjaschyschin bleibt hier im Elementarreich der Stühle und im Pflanzenreich von Kohl und Gurken, die Stühle werden zuerst zu Gurken und dann zum Menschen, die Gurken aber werden gleich zum Menschen, wenn man sie gut pflegt, wenn man den Staub von den Scheiben wischt, wo sie sich entwickeln werden, wenn man ihnen ein Gedenktäfelchen um den Hals hängt und draufschreibt, daß diese Gurken und Stühle Gurken und Stühle des Menschen waren, der selbst zur Gurke und zum Stuhl wurde, sie dagegen zum Menschen. Tschaschtschjaschyschin wird alles den Besuchern zeigen, wo der Stuhl stand, wo der Kühlschrank und das Telefon standen, wo wir auf dem Stuhl saßen und wie der Stuhl zum Menschen wurde, und wie der Mensch zum Stuhl wurde und wie Tschaschtschjaschyschin nicht zum Stuhl wurde, sondern zum Museumsangestellten im Museum des Menschen, und Tschaschtschjaschyschin wird die Ordnung im Museum aufrechterhalten, damit im Museum alles so wie zu unseren Lebzeiten sein wird, er wird es schaffen, Tschaschtschjaschyschin, weil er sein Leben für uns hingegeben hat.

Wir aber stoßen schon mit den Menschen zusammen,

die uns mit vereinten Kräften auf dem zweidimensionalen Gitter bedrängen. O wie schön! Sind wir wirklich dorthin durchgesickert und sie hierher, wir?wer?wir? wohin?sie?wohin? sind sie etwa tot?, weil für uns nichts klar ist, sie aber leben, weil für sie alles klar ist, dann sind eher sie tot, da alles für sie klar ist, wir aber leben, da für uns nichts klar ist. Das Mädchen ist aufgewacht, die Schönheit ist aufgewacht, sie möchte küssen, jetzt ist für sie alles klar, für uns aber ist nichts klar, und wir werden schlafen, bis ihr klar sein wird, was für uns klar sein wird, gute Nacht.

IV

Von uns ist der Anschein geblieben, Tschaschtschjaschyschin hat ein Vermögen für uns zusammengespart, um uns in einem Denkmal zu verewigen. Man darf uns nicht mit den Händen berühren, nicht kneifen, nicht an uns herumkratzen, man darf uns anschauen, studieren. Von uns ist unser Denkmal geblieben, das uns nicht verlassen kann, es gehört uns. Und wer für uns ist, der wird für und ohne uns sein, und wer gegen uns ist, der wird auch nicht für uns sein. Man sage uns ruhig über uns, daß wir nicht in unserem Denkmal sind, trage uns, vergewaltige uns mit Aufschriften auf uns, schlage uns die Extremitäten ab, damit man uns nicht erkennt und uns neue ansetzt, putze uns die Zähne und begieße uns; Goldkronen, Hals und Brust aus Marmor sowie Hausschuhe aus Gips passen uns, drei Meter und zwei Tonnen sollen's für uns tun, wehe, wer nicht sieht, daß aus unserem Denkmal eine Unmenge von uns rausdrängt, wir brauchen weder Kränze noch Kunstblumen, noch Körbe voller Lumpen, das fröhliche Bild mit dem Reigen der Bänke, der klassischen Taube auf dem Scheitel und dem Negativ der Schneemasken taugt nicht für uns, uns kann man photographisch vervielfältigen und auf andere Weise, ein Hologramm anfertigen, knipsen und abziehen, damit ihr euch an uns verschluckt, uns in unserem Denkmal küßt, was zum Teufel überschwemmt ihr uns, wenn von uns nur noch Formen übrig sind, was zum Teufel habt ihr uns Rasen und Springbrunnen angeklebt, damit uns ein Bächlein aus dem Wasserhahn in den Mund fließt, Hände nicht waschen, nicht trinken, keinen Unrat auf uns ablagern. Dafür belecken uns die Hunde, uns, weil wir bis zum Hals in unserem Denkmal stecken, aber welche Denkmäler beschnüffeln und belecken die Hunde noch? Keine beschnüffeln und belecken uns, und wer uns eingebrockt hat, der soll uns auch auslöffeln, uns ist es scheißegal, wo wir nicht sind. Die Bullen bewachen uns, die Limitschiks wollen allesamt in Moskau wohnen, im Dritten Rom, verkaufen sich in Rom als Sklaven, um sich dann freizukaufen und nach fünf Jahren in einer Genossenschaftswohnung zu leben. So wollen sie uns bewachen oder in Moskau leben, im Dritten Rom, egal. Da kommt der Frühling, die Blätter entfalten sich vor den Augen, jedes Blatt entfaltet sich eine Million Jahre, dieser Prozeß erfaßt das Leben Iwans des Schrecklichen, der schon der vierte hinsichtlich des Schreckens ist, wie auch das anderer, wobei er die Reife und Welke und jahreszeitlichen Phänomene im Leben der Vögel und Tiere überspringt. Unsere Wohnung gehört nicht uns, sie ist eine Museumswohnung, ohne Unterlaß geöffnet, jeder Tag ist heute, sogar am Montag, dem Ruhetag, weil alle großen Experten, die unser Leben erforschen, nur heute können, morgen können sie nicht, morgen muß jeder von ihnen wieder bei sich daheim sein, per Flugzeug, per Zug und die ganze Nacht durchfahren, per S-Bahn – nur ein paar Stunden Fahrzeit, zu Fuß – zehn Minuten, sie sprechen unsere Sprache, weil man am besten in der Sprache des Objekts, dessen Leben man studiert, denkt und spricht, in der Sprache Puschkins, Turgenjews, Tolstois und Dostojewskis, sie trinken Tag und Nacht auf die gewaltige russische Sprache, um ihre Reinheit zu erhalten. Die russische Literatur ist ein Ding, und das russische Leben ist eine Erscheinung, weshalb wohl? Und nur bei den Russen ist die Literatur mit dem Leben zu Passiv und Aktiv vermischt, die Schriftsteller sind immer Aktiv, die Heldinnen immer Passiv, lebendige

Frauen gibt es nicht. Alle Männer hätten es am liebsten nur mit Natascha, Sonjetschka und Tanja Larina zu tun, vom Kindergarten an nur mit dem goldenen Fischlein, mit der idealen Frau, alle Frauen dafür nur mit Puschkin, Tolstoi und Dostojewski. Wir wandern durch die Nächte, von einem zum anderen, werden im Regen klatschnaß, von Denkmal zu Denkmal, das sitzt, steht und im Regen klatschnaß wird, jedes wandert seinem Wohnungsmuseum gegenüber, nein, meist einer separaten Wohnung gegenüber oder meist einem Restaurant gegenüber; von Tabakkiosken umstanden, von den großen Straßen abgeschnitten, der Ampel gegenüber, damit man bei Grün leichter die Straße überqueren kann. Sogar unter der Erde, in der Metro, sind wir unter uns, auch dort sind Denkmäler – in Turnhemden und Turnhosen, Turner, Athleten, große Schriftsteller, vom einen ragt der Kopf auf, der andere steht in halber Figur, der dritte in ganzer Figur da.

Kalt. Ein Mann ist vorbeigegangen und hat sich nach dem Pärchen umgeschaut, so darf man nicht auf der Straße gehen, so umschlungen. Sana und Otmatthejan gehen seit dem Morgen so umschlungen durch die Straßen, die Hände sind vor Kälte erstarrt, können abfallen. »Ruf noch mal an.« In der Telefonzelle sind Eisblumen auf den Scheiben, in der nächsten ebenso, nur schmutziger. »Nicht drangegangen?« – »Nee.« Da, wo sie anrufen, sollen sie drangehen, um sie reinzulassen, dann wegzugehen und sie allein zu lassen. »Wir hätten gleich den Schlüssel nehmen sollen.« »Das hätten wir.« Jetzt die Brücke und der Fluß. Oben die Brücke, unten der Fluß. Der Fluß ist lang und gewunden, ganz voll Eisschollen, aus ihm darf man nicht trinken, ganz voll Ölflecken, da schwimmt Müll... Der Schatten eines Vogels fliegt vorüber. »Laß uns noch mal anrufen.« Nie-

mand da. Marmorhände vor Kälte, hölzerne Beine. Dann eben nach Hause. Dort ist Tschaschtschjaschyschin, er denkt an uns. Er denkt so gut von uns, daß er eine Woche lang nur Hörnchennudeln ißt, weil unser Denkmal sein ganzes Geld auffrißt. Ein Haufen Leute, sie haben sich unter den Straßenlampen und in den Läden angesammelt und wärmen sich. »Man könnte noch eine Bude probieren«, sagte Otmatthejan, »aber ich garantiere für nichts.« – »Muß man dort anrufen?« – »Gehn wir einfach hin.«
»Was ist das denn für eine Bude?« fragte Sana.
»Eine unsagbar komische.«
»Und was ist so komisch dran?«
»Wirst schon sehn.«
Während sie gingen, war es gar nicht komisch, weil sie möglichst schnell hinkommen wollten, sie läuteten an einer Souterraintür, es wurde gar nicht komisch, niemand öffnete zwischen Zoo und Planetarium; künstliche Sterne, künstliche Tiere in Käfigen, nirgendwo ein Unterschlupf. Nein, hinter der Tür rührte sich jemand, jemand tappte eine Weile herum und fragte: »Wer da?« »Mach auf«, sagte Otmatthejan. Man öffnete ihnen. Der Hausherr schaute ihn an und erkannte ihn offenbar nicht. Zudem war es dunkel. »Erkennst du mich nicht?« fragte Otmatthejan. »Ah«, sagte der Hausherr, »komm rein.« »Ich bin nicht allein«, sagte Otmatthejan und ließ Sana vorangehen. »Kommt rein«, sagte der Hausherr. Er knipste das Licht an, und schon war es komisch. Da ragten Gipsturner auf, in der Tür lagen ihre abgehauenen Arme und Beine, ein Bär, zur Hälfte mit einem Lumpen bedeckt, die obligatorische Büste Voltaires, was sollte Voltaire hier? In einem Schüsselchen mit feuchtem Ton wimmelten Spermatozoiden, die sich noch nicht zu Turnern, Bären und Voltaires entwickelt

hatten. »Geht schon mal rüber«, er selbst ging sich die Hände waschen. Das Zimmerchen, in das sie gingen, war nicht übel, hier roch es nicht nach Schöpfung, ein Bett, ein Schrank; eine nicht angeschlossene Kloschüssel in der Rolle eines Nachttischs, mit einem Brett abgedeckelt. Der Hausherr erschien zur rechten Zeit, breitete ein Tischtuch über die Kloschüssel und langte ins Oberlicht nach Eßbarem. Er holte Sülze aus dem Netz, die in der Kälte kristallisiert war, man konnte an ihr die Struktur des wenig mit Fleisch gefüllten Eises studieren. »Wir sind satt«, sagte Otmatthejan. Man könnte was im Laden holen, dort gibt's Sekt, aber ohne Medaillen, dann lieber Bier, was, hat das Bier etwa Medaillen? Natürlich, der Hausherr hat einen Namen, den ihm seine Mutter gegeben hat; wozu gibt man dem Taxifahrer, dem Platzanweiser und dem Hausherrn, zu dem wir zu Besuch gekommen sind, Namen, um sie uns besser einzuprägen? Dann werden wir weder dem Busfahrer, der uns gefahren hat, noch dem Hausherrn einen Namen geben, um sie besser zu vergessen. Er ist aber immer noch hier, sogar ohne Namen, sitzt da und ißt seine Sülze, die am Schnurrbart glitzert. Er ist Teewasser aufsetzen gegangen, ist die Teekanne holen gegangen, Otmatthejan ist ihm nachgegangen. Otmatthejan flüsterte ihm ein Zauberwort zu, und der Hausherr begann sich ganz schnell zusammenzukringeln, er hätte, wie sich herausstellt, längst irgendwo sein sollen, wo man ihn längst erwartete, es sei ihm peinlich, aber er müsse uns jetzt sofort verlassen. »Einen Augenblick noch«, rief der Hausherr Otmatthejan. »Alles klar«, sagte Otmatthejan, »am Nagel.« Und wenn wir weggehn, werden wir den Schlüssel in den Briefkastenschlitz werfen, er braucht das Atelier bis zum nächsten Abend nicht, wird es überhaupt nie mehr im Leben brauchen, wir haben schließlich nur für fünf Minuten hereingeschaut, dann ist auch der Hausherr nur für fünf Minuten weggegangen – spazieren, bis zum Bäcker und zurück. Sie verabschiedeten sich. »Du hast ihn ja schnell erledigt«, das Herz klopft, könnte rausspringen, bei jedem so groß wie die eigene Faust. »Oho! Was du für ein Herz hast, wie du damit auf ihn losgehst!« – die Sonne ist explodiert, wann, immer, die Explosion leuchtet und wärmt, dieses »pe-eng« funkelt schon Milliarden Lichtjahre, du fliegst nicht mal mit Lichtgeschwindigkeit herbei, nur mit der Geschwindigkeit des Blicks, dessen Geschwindigkeit größer ist, »Lippenstift auf der Unterhose«, »na wenn schon«, ersterschaffener Wald, so also entstand das Leben, in Schüsselchen, unter feuchten Lappen, siehst du, damit man dem Objekt morgen den Bauch korrigieren kann, wenn es einem nicht gefällt, damit man das Bein runterstreichen und überflüssiges Fett mit dem Spatel abschneiden kann, »gehn wir« – »wohin?« – »komm, ich zeig's dir«. Ein Wasserbecken, so was Ähnliches wie ein Wasserbecken, um den Ton zu kneten oder Schlammbäder zu nehmen, weder das eine noch das andere, das Kämmerchen mit dem Becken füllt sich mit dem Dampf des heißen Wassers, welches das Becken munter füllte, Wasser genug, alle Bedingungen, um einander zu kneten und zu modellieren, wie es sich gehört, um eine Weile für sich zu arbeiten, um Arme und Beine so anzupassen, wie es sich gehört, um eine ganze Nachkommenschaft zu erzeugen, um alle Schüsselchen und Töpfchen zu befruchten, »stell dich hierher« – »was?« – »hierher sollst du dich stellen« – »dreh das Wasser ab, ich hör' nichts« – »du mein Lieb«. Bei dieser Temperatur kann man ja weichkochen, »dreh das kalte Wasser auf« – »was?« – »dreh das heiße ganz ab«. Das Element widersetzt sich, *geht* man einander entgegen, ist das Wasser ein Element dagegen, »schwimm zu mir«, jetzt ist es eins dafür. »Ich hab Lust auf 'ne Zigarette« – »auf alles« – »geh und hol mir eine«. Otmatthejan stieg ans Festland, um sie zu holen, gleichmäßig von Tonflaum bedeckt, warf seine tausend Jahre ab, die jetzt nicht nötig waren, »warum hast du den grade so angeschaut?« – »wen?« – »den Athleten da« – »welchen?«, der Athlet in der Ecke, mit Mark und Bein bis auf die Knochen proportioniert, Otmatthejan zog den Bauch ein, damit sein Rumpf zu den Beinen proportioniert wäre, »willst du mit dem?« – »mit wem?« – »willst du mit dem Athleten?« – »du willst selbst mit dem Bär« – »nur mit dir« – »mit dem Bär«. Otmatthejan zog Sana aus dem Becken, damit sie am Ufer ausreifte und trocknete, da war sie, die Rangelei auf dem Festland, »ich werde dir den Bären und den Athleten austreiben, verstanden« – »hör auf« – »deine Leidenschaft gilt dem Geschlecht überhaupt, kann sein, wer will, darunter auch ich« – »aufhören« – »ich bin nur eins von den Geschlechtsobjekten« – »du erschlägst mich noch« – »ich erschlag dich, du liebst das Geschlecht als solches, das männliche Geschlecht überhaupt und mich als Vertreter« – »nur dich allein« – »du lügst« – »es ist wahr« – »liebst du diesen Athleten nicht?« – »ich hasse ihn« – »und den Bären?« – »nein« – »nur mich?« – »ja« – »was ›ja‹?« – »ich liebe nur dich« – »du lügst!« – auf dem Kachelboden, in der eigenen Pfütze, aus der direkt vor den Augen eine ganze Menschheit aufsteigt, wie aus Hefe. Otmatthejan geriet in Rage, er schob den Athleten an und schleuderte ihn ins Becken, in sein Element, dem er erst vor einer Woche entstiegen war, der Athlet löste sich auf wie einer aus Zucker, gleich einer Flutwelle gab er sofort seinen Geist auf, und den Bären rein, alle, auch den Voltaire, »dafür werden wir erschlagen« – »morgen modellieren wir unsere eigenen«, nicht schlechter, wir werden sie modellieren und zum Trocknen an die liebe Sonne stellen, und Sana auch rein, ins Becken zu den lebenden Zellen, und selbst auch rein, alle zusammen, »wem gehört das Bein?« – »dem Bären«, hat sich noch nicht aufgelöst, »und wem gehört das?« – »das gehört dir«, alles ist meins, hier, alles ist deins, alles gemeinsam, alle zusammen, »ist das dein Arm?« – »wem gehört er denn?« – »ich dachte, ihm«, der Kopf ist ab, schwimmt und geht nicht unter, weshalb geht er nicht unter? weil er trocken ist, »wem gehört der Kopf?«, weiß man nicht, küssen, Wasser voll bis obenhin, bestehen aus demselben, »bist du voll?«, sind anscheinend auf den Boden gesunken, »wer?«, so sollte man sie ertränken, das Gesicht ist nicht mehr da, dem Gesicht eine schmieren, wo ist das Gesicht? nur ein Rohling, gut, daß wir nicht aus Zucker sind, »was?«, wir sind fester, wer verdrängt wen, Enge, Gluckern, »beachte es nicht« – »ich nicht, aber du schon?« – »ja, wohin jetzt?« – »was?«, wohin weiter, wir sind überall, verdrängen das Wasservolumen und gehen nicht unter wie die Schiffe im Meer, »was?« – »wie die Schiffe« – »ist es so gut?« – »oh«, Voltaire fließt den Rücken runter, »wer?«, klammert sich ans Leben, »schwimm hierher«, »wohin?« wo bist du, bist du das? schau, gleich bleiben wir in ihnen stecken, in unseren Ebenbildern, geschminkter Mund, »bei wem?«, der Bär hat Lippenstift auf den Lippen, »bei wem?«, Mund aus rotem Ton, »bei wem?« Lippenstift, »bei dir?« – hat sich mit Lippenstift beschmiert, »mit wessen?«, mit dem vom Bären, »mit meinem?« mit rotem Ton, »was brauchst du?« – »dich«, »wo bist du?« – »hier bin ich« – »und ich?« – »hier« – »und wer ist da?« – »niemand?« – »und da?« – »alle« – »und hier?« – »so ist es gut« – »ja« – »ja«, »ist das Fell?« – »ja«, Bärenfell an den Beinen, am Schnurrbart, auf dem Haar, »es klingelt« – »was?« – »das Telefon« – »was?« – »an der Tür« – »wohin?« – »wir sind nicht da«, »ich geh mal nachsehn«, geht nachsehen, wer klingelt, Otmatthejan geht in Holz und Leder nachsehen, wer das sein kann, der uns noch gefehlt hat, der Schneemann natürlich mit der Schneefrau, gleiches Geschlecht, gleiche Temperatur, und den Schneemann ins Becken und die Schneefrau auch rein, die Mohrrübe ist dem Mund entschlüpft, schwimmt in der Ecke, kalt ist es mit dem Schneemann, wie kalt er ist, die Mohrrübe essen, von der Schneefrau kriegt man eine Gänsehaut, die Dumme ist in drei Bälle auseinandergebrochen, »wieso hängst du dich so an sie?« – »wer?« – »du – an die Schneefrau« – »na, warte«, man kann sich wegen des Schneemanns erkälten, »kann man«, der Schneemann hat Sana in die Ecke gerammt, überflüssigen Ballast abgeworfen, die Kohlestückchen sind aus seinen Augen gefallen, »lutsch keine Eisbröckchen« – »das sind keine Eisbröckchen«, lebendige Organe, schwimmen noch ganz warm rum, »wie kalt« – »wer?« – »wer? du, wer denn sonst«, alle haben sich aufgelöst, alle sind zusammen auf den Boden gesunken. Die Wasserverdrängung ist von diesen Schneekörpern größer, als sie sein darf, sie werden uns gleich ans Ufer rausdrängen, haben uns schon rausgedrängt, es hat uns mit der Brandung aus dem Wasserhahn ans Ufer geschleudert, wir richten uns am Ufer ein mit einem Knebel im Mund, die Zunge rührt sich nicht, haben die Zunge verschluckt... das ist das Leben, alles umsonst, wo ist sie, wo ist die Nachkommenschaft, die wir vor einem Augenblick für das Leben erzeugt haben, weshalb wimmelt sie nicht, krabbelt nicht auf allen vieren auseinander, um zu leben, baut kein Männchen, was für eine Verschwendungssucht, so geht's nicht, sich zwei Stunden lang die Nachkommenschaft abrackern, damit sie dann in fünf Minuten vertrocknet, na, warum wird sie denn nicht sofort uns zur Freude reif, auf der Stelle, samt und sonders, warum reift nur eins von Milliarden aus, und das auch nur, damit man es im dritten Monat wegschmeißt, warum sollte sich unsere Nachkommenschaft nicht gleich zerstreuen und nach Hause gehen, gleich in Mantel und Hut, in ihrer Schale, mit dem Ränzlein auf dem Rücken – und einem kleinen Eßvorrat, den die Mama bei der Geburt geschenkt hat, für die erste Zeit, nein, alle verrecken hier, ersticken auf dem Festland, unvorstellbare Begräbnisse, Milliarden Spermatoiziden in der feuchten Erde bestatten, im Schüsselchen mit feuchtem Ton, die zukünftige Menschheit hier bestatten, die in ein ganz anderes Leben aufkeimen wird, die nie aufkeimen wird, niemals! niemals wird sie aufkeimen, niemals! bei keinem Wetter wird sie aufkeimen, nicht mit den ersten Sonnenstrahlen, nicht mit den letzten, niemals! selbst wenn man sie düngt und gießt, wird sie niemals aufblühen, niemals, Trauer, umsonst haben wir Arme und Beine bis zur Decke hochgehoben, »was ist umsonst?« – »alles ist umsonst« – »was meinst du damit?« – »alles« – »ist dir schlecht?« – »frag nicht«, dann sollte man diese verkümmerte Menschheit verschlucken, vom Boden auflutschen, die Kacheln blankschlecken und runterschlucken, das wäre am besten, soll sich die Menschheit im Magen entwickeln, soll sie nicht Menschen sein, sondern Kalorien, trotzdem Menschen, ach, wie ist das nahrhaft und gesund, wenn diese Menschheit durch die Därme zum Mastdarm wandert und in die Astralwelt austritt, Gottväterchen, wenn das nur ein einfacher Mechanismus und Prozeß ist, dann hau uns ins Herz mit der Faust so groß wie das Herz, damit sich das nicht noch mal wiederholt, Vater unser, wir trauern schließlich auch darüber, daß Tonnen unserer Flüssigkeit, in der das Leben wimmelt, mit dem Laken im allgemeinen Strom der Wäscherei weggespült werden, »du bist so grün geworden, ist dir schlecht?« – »im Bauch«, du wirst grün und drehst Tag und Nacht umsonst den Dynamo, »und du bist weiß, ist dir nicht gut?« – »mir ist übel«, du wirst weiß, wenn die Menschheit im Magen nicht verdaut wird und mitsamt der Mohrrübe vom Schneemann und den Kohleaugen, Aktivkohle, wieder rauskommt; Sana hat sich der Menschheit entleert, sie hat drinnen keinen Platz, die Därme sind kein Ort für Wanderungen, die Därme bezeichnen die Wirkung der Sterne oder die Nahrungsaufnahme, ja, die Därme sind die Essenz der Aufnahme all dessen, was der Mensch in seine Därme einführt und was aus der Kraft der Sterne erwachsen ist, lehrt Böhme, »wie glücklich er ist, er war dein Lehrer, Sana, er hat dich gelehrt, zu schlucken und dich zu entleeren«, »wer?« – »dein erster Lehrer«, Böhme oder ein Mitglied des Maurerbundes, des Komponistenverbandes, der sich ein Bidet und ein Vominarium geleistet hat, jetzt lauf zwischen Klo und Badewanne hin und her, da mit lasurblauen Fischlein bemalte Marmorvominarien in Souterrains nicht vorgesehen sind, zwischen Badewanne und Klo, wie es dich dein erster Lehrer, der Komponist, der erstklassige Maurer, gelehrt hat, »wie rosig du jetzt bist!« – »halt die Klappe!« Otmatthejan hat eine Abführtablette genommen und hofft nun auf die Gnade Gottes – wird es durchhauen – oder nicht, »hat dein Maurer kein Abführmittel genommen, Sana?« der Komponist, er saß einfach nur auf dem Topf und hoffte auf die Gnade Gottes, Böhme, man kann eben nicht alles gleichzeitig: Abführpillen nehmen und auf die Gnade Gottes hoffen, man kann nur eins von beidem: entweder einnehmen oder hoffen, die Pille hat durchgehauen, wo sind die Berge, hinter denen nicht hinter Bergen Schluß ist? Otmatthejan trocknet Sana mit dem Lappen ab, dem Handtuch für den Bären und die Athleten, mit dem sie der Bildhauer jeden Morgen nach der Dusche abtrocknet, »du kratzt mich so« – »verzeih«, da haben sie wieder Kraft gesammelt, werden sie wirklich aufstehen und gehen – »steh auf und geh«, sie standen auf und gingen; gehen aus einer Ecke in die andere, suchen, was suchen sie? Etwas, was man nachessen, nachtrinken könnte, was nachtrinken? Nachtrinken und Nachessen ist ein Prozeß, schweigend bewegen sie sich, stoßen in der Tür zusammen, »entschuldige«, es zieht durch alle Ritzen, der Staub regt sich, »hast du meine Tasche nicht gesehn?«, keine Kraft, die ganze Kraft ging für die Erschaffung der Welt drauf, wo ist diese Welt, die sie erschaffen haben, diese etwa? Haben sie diese Sportler aus Ton erschaffen? Welch eine Freude wäre es, zu sehen, daß nach zwei Stunden Arbeit eine Welt entstanden ist, eine Welt Wirklichkeit geworden ist, die in den Ohren klingt und vor den Augen flimmert, mit Tieren, Menschen und Flüßchen, mit Vogelschreien, sie hatten sie doch in den Ohren, die Schreie, wo waren sie? Die Flüßchen rannen über die Arme; dem Athleten war die Hand zerschlagen, Sana legte sie in Gips, damit sie richtig zusammenwuchs, wo ist alles? ringsrum ist nichts, was in den Augen und in den Ohren war, alles steht ungeschlacht und dreidimensional da, erstarrt. Bleibt nur, einander für das nächste Mal zur Besinnung zu bringen und beim nächsten Mal ganz sicher die Welt zu erschaffen, ganz bestimmt, und so ein Mal ums andere, damit sie irgendwann einmal ganz bestimmt entsteht, die Welt, schließlich kann es doch keinen solchen Unsinn geben, daß sie das nächste Mal nicht entstünde, vielleicht haben wir diesmal irgendwas falsch gemacht, das nächste Mal werden wir es richtig machen, und diese Welt wird entstehen, herrlich anzuschauen, wird Wirklichkeit werden, und eine neue Menschheit wird aufgehen und uns zur Freude wandeln, nur die Schöpfungsfreude spornt uns zum nächsten Mal an, und die Strümpfe verkehrt herum, die Stiefel entzünden die Phantasie, und diesmal wird nichts mit Klingeln sein, obwohl es in den Ohren klingt, in welchem Ohr klingt es? Es klingelt, »man muß aufmachen« – »nein« – »zieh dich an, ich geh aufmachen«, so viele Sprachen, um in jeder Sprache ein und dasselbe über die Sonne, die Sterne und den Mond zu sagen, ein und dasselbe, um zu vergleichen und zu sehen, daß ein und dasselbe über ein und dasselbe gesagt ist, das in allen eins ist, sogar wenn das, was nicht Sache von Menschenhand ist – die Sonne, die Sterne und der Mond –, in verschiedenen Sprachen ähnlich wäre, gleich lautete, zumindest aus einigen gleichen Lauten bestünde, also ursprünglich einen bestimmten Namen (Benennung) hatte, den der Mensch unbestimmt, auf seine Art veränderte, die Sache von Menschenhand – der Tisch, das Bett – mag lauten wie sie will, in beliebigen Sprachen – das wäre ernsthaft, man könnte ernsthaft über die Benennung nachdenken; doch auch die Sonne heißt bei dem einen soleil, beim anderen kuckuck, beim dritten muh-muh, das heißt, den Gegenstand hat von Anfang an der Mensch benannt, und nicht einer allein, ein Haufen Leute, und die Sprache ist eine Sache von Menschenhand, in der Sprache schläft und sieht er, wie man zu trinken gibt – denkt er, der Vogel aber denkt in der Melodie – er singt, sogar die Meise, sogar der Spatz, die Eichhörnchen sind in den Süden geflogen; den Menschen haben offensichtlich auch Menschen die Sprache gelehrt, aber irgendwelche Hobbyerfinder, nicht die Mutter, die Sprache ist für den Menschen ganz unnatürlich, und wenn der Mensch endgültig allein sein wird, wird er die Sprache ganz vergessen, doch einstweilen lebt der Mensch noch unter Menschen, unter seinen eigenen Leuten, nicht unter Ausländern, er wird sich durch seine Sprache hindurchkämpfen, um mit einer bestimmten Lautkombination möglichst bestimmt über das Herz zu sprechen, damit jeder Mensch mit Augen, Ohren und Herz zugleich versteht, daß es um das Herz geht. Otmatthejan unterhält sich an der Tür, wer ist dort? Irgendein Boß mit seiner Tussi, was wollen sie? Sie sind ausgefroren, sie sind dasselbe, sie wollen dasselbe, immerhin Menschen – seltsame Menschen, wenn es Platz gibt, dann sind dieselben zur selben Zeit da; fremde Menschen, nicht unsere Leute, nicht daß sie Ausländer wären, aber sie sind auch keine »Leute« wie wir, eher unerkannte Objekte, sie sprechen unsere Sprache, in der natürlich jedes Wort einzeln verständlich ist, Otmatthejan spricht auch nicht, er sondert sich mit Interjektionen ab, »oho«, »aha«, und alles ist klar, weil er kein Fremder ist, kein irgendwer, sondern einer von uns, und wir wollen nicht Amerika entdecken, nicht diese »neuen« Menschen kennenlernen, wie sie beschaffen sind, wo bei ihnen die Seele sitzt – im Hirn, im Herzen, oder ob ihnen die Seele in die Hose gerutscht ist, wir wollen nicht, aber sie stehen da, die unerkannten Objekte, weiße Flecken in der Tundra, sie haben Bier dabei, sterilisiertes, von heute, 12 Umdrehungen, einhundertachtzig Tage, ein halbes Jahr aufbewahren, und in einem halben Jahr wird es von heute sein? Vielleicht sprechen wir dann in einem halben Jahr, und das Bier trinken wir, da es auch in einem halben

Jahr von heute sein wird, heute nicht, wir sprechen schon... wir waren, ja, schauten, ja, und es gefiel uns, und sie waren und schauten, und es gefiel ihnen, schöne Bilder, wie im Kino, aber dann lieber Kino als diese Bilder, und sie meinen auch, und die Liebe, ja, wie Arbeit in einem gesundheitsschädlichen Betrieb, ja, für die Gesundheitsschädlichkeit müßten sie Milch ausgeben, und sie meinen auch, und keine Zeit und kein Glück hat man, aber Ruhe und freien Willen hat man, und sie meinen auch, daß man nicht hat und daß man hat, und Rauchen ist schädlich, das Blei setzt sich in der Brust ab wie die Kugel von Dantès*, und wir alle werden von der Kugel sterben und nicht von der Zeit, nur Puschkin von der Zeit und nicht von der Kugel, wir sitzen ein halbes Jahr und trinken das Bier von heute, in fünf Minuten haben wir ein halbes Jahr ausgetrunken, in einer Stunde, auf die Freundschaft, man kann heute noch welches kaufen und noch ein halbes Jahr sitzen bleiben, solang hier nebenan welches verkauft wird, die Zicke wird es zeigen, und Otmatthejan wird es holen, und Sana wird dem Boß einstweilen die Sportler zeigen; bis dann! Sie sind weg. Wir sind zusammen, jeder einzeln neben dem unerkannten Objekt, wozu? Damit das Objekt erkannt und geliebt wird? Wird denn das Objekt, sobald es erkannt ist, geliebt? Und kann jedes erkannt und geliebt werden, auch der Boß, auch die Tussi! Niemals! Sie sollen sich lieber nicht mehr rühren und nicht von der besten Seite zeigen – vom Schwanz. Sogar in Abermillionen Jahren und nach Abermillionen Malen werden alle unerkannten Objekte in der Dunkelheit voreinander zurückscheuen wie die Fledermäuse, jedes auf seiner Ultraschallänge, sie werden in der Dunkelheit zirpen, genauso wie die Schwalben im Licht, doch wir werden

* Dantès tötete Puschkin im Duell. Anm. d. Übers.

Angst vor der unerkannten Maus verspüren – in der Dunkelheit, und Entzücken über die geliebte Schwalbe – im Licht, die Tussi steht vor Otmatthejan, einen halben Kopf größer, einen Absatz tiefer, im Punkt, im Strahlen der 100-Watt-Birne, blankgewienert, sie funkelt, sie leuchtet so, daß es in den Augen dunkel wird, sie ist über alle Pfützen hinweggeflattert, die getaut-gefroren sind. Zwitschert. Nicht, daß er nicht versteht, er lauscht. Und versteht nicht. Sie könnte Königin von Frankreich, Weltmeisterin, große Dichterin sein, sie könnte sich zu solch schwindelnder Höhe erheben wie ein Stern, um dort zu funkeln, das könnte sie, aber sie könnte sich nicht mit einem Mal aus einem unerkannten Objekt in ein erkanntes und geliebtes verwandeln, denn wenn ein unerkanntes Objekt nicht mit einem Mal für immer zu einem erkannten und geliebten wird, wird es das niemals, angenommen, sie führt Otmatthejan in ihre Wiege, und er schnürt sie auf und sieht, daß sie auch innen genauso blankgewienert wie außen ist und eine gerade Nase hat, die geradeste aller Nasen in der ganzen Geschichte der Menschheit, und als Gesicht ein langes Oval; doch sie paßt in der Länge nicht in seine Länge hinein, und seine Breite überdeckt ihre Breite so weit, daß von Gefühlstiefe nicht die Rede sein kann. Aber alles oberflächlich Schöne erfreut wie die schöne Oberfläche das Auge in allen Regenbogenfarben, deren es sieben gibt.

Sana führte den Boß durch den jungfräulichen Wald der Sportler, Voltaires und Bären, sie zeigte sie dem Boß noch feucht und unter den Lumpen reifend, »das ist der Bär«, und tippte den Bären mit dem Finger an, wo sitzt beim Bären die Seele? dort, und wo lebt Voltaires Seele? dort, und leben sie wie ein Herz und eine Seele? Der Boß faßte sich ein Herz, er berührte Sana mit der Hand, begann mit Händen und Füßen auf ihr herumzutrommeln; was, war sie schlagfest, daß sie nicht zerbrach? Vielleicht war sie sogar schlagfest; seine Hände und Füße prallten mit einem solchen Knall von ihr ab, daß alles krachte, vor allem suchte der Boß ihren Mund und fand ihn nicht, sie sagte ihm nicht, wo er war, obwohl er genau dort war, wo er bei allen Menschen ist, doch jetzt gerade war er nicht an seinem Platz, er war nicht geschminkt, er schwamm geschminkt im Becken und lutschte an der Mohrrübe; der Boß wurde rasend, daß sie starr seine Hände übersah, obwohl sie angesetzt waren, wie es sich gehörte, ebenso die Füße, und der Kopf an der richtigen Stelle saß, er begann grob mit Händen und Füßen zu beweisen, daß mit seinen Händen und Füßen alles seine Richtigkeit hatte, er war in Reinform das Gegengeschlecht, das wie die gegensätzliche Ladung anzieht, sein Gesicht loderte wie eine Flamme, er wurde naß unter seinen Lappen wie der Sportler unter seinen, er war mit Flausen oder Luft vollgepumpt, weil er die ganze Zeit die Luft in sich einatmete und kein einziges Mal ausatmete, »genug!« flehte Sana, doch er war nicht eisern, »meine Seele!« sagte der Boß, »du hast meiner Seele nicht ins Gesicht gesehn«, sagte Sana; er hatte anstelle der Augen zwei Nebel, und die Pupillen schwammen wie im Nebel, »nicht jetzt!« sagte sie, »sag, wann?« sagte der Boß, und sie sagte einfach so: »Von mir aus morgen.« Das war das erste, was Otmatthejan durch die Tür hörte. Er stand da mit einem Bierturm aus Kristall, mit einem Flaschenpalast im Einkaufsnetz, »und wie ist das mit dem Schlüssel?« fragte der Boß, »den werde ich haben, und den nicht« – Otmatthejan verhedderte sich in ihrer Antwort, wen sie haben würde und wen nicht, schließlich wäre es doch nicht so, daß sie ihn nicht bei sich hätte, also wird sie ihn haben, aber

den Schlüssel nicht, doch sie hatte ja klar gesagt, daß sie nicht ihn bei sich haben werde, sondern den Schlüssel. Der Schlüssel aber ist am Haken und vemehrt sich in jedem Atelier durch Teilung. Otmatthejan stieß die Zicke mitsamt dem verglasten Netz zur Tür und rannte mit dem Schlüssel in die grimmige Kälte hinaus. Es überlief ihn eiskalt. Weshalb gefrieren die Augen nicht bei Kälte, und gefrieren die Tränen? Weil die Augen warm sind? weil die Tränen kalt sind? weil die Augen nicht aus Wasser sind? weil die Tränen aus Wasser sind? weil die Augen tief sind? weil die Tränen seicht sind? Der Schlüsselmeister konnte alles: während Otmatthejan wartete, daß sich der Schlüssel vermehrte, verstärkte er Ski und Schlittschuhe, reparierte den Reißverschluß an der Tasche, schmierte, schliff und besserte aus, Otmatthejan ging zurück... warum bewegen sich die Augen? Warum bleiben die Tränen auf der Stelle?
Sie saßen zu dritt und turtelten, der Boß und die Zicke zusammen, Sana für sich, das Netz war zur Hälfte geleert, das Bier schäumte, aus jeder Flasche, dem Schaum entstieg Aphrodite, es war sehr fröhlich, »wo warst du?« fragte Sana. »Bummeln«, antwortete Otmatthejan, »hab mich erfrischt.« »Du bist ja ganz erfroren«, sagte Sana. Sie kam auf ihn zu und nahm ihn an der Hand. Otmatthejan war durchgefroren wie ein Vogel, der im Flug gefriert und fällt wie ein Holzklotz. Er setzte sich wie ein Holzklotz. »Trink das«, sagte Sana, »dumme Gans«, sagte er vor sich hin, »gibt mir eiskaltes Bier.« »Das ist Tee«, sagte sie. »Er ist heiß.« Sie hatte tatsächlich eine Tasse mit heißem Tee in der Hand, der ins Innere rann und den ewigen Frost aufzutauen begann. Als Otmatthejan aufgetaut und aufgeblüht war und sich nach allen Seiten umblickte, da sah er, daß niemand da war, daß er mit Sana zu zweit dasaß, die Sterne

hinter dem Horizont verschwanden und die Sonne herauskam, wo war die Nacht, wohin war sie mitsamt den Küssen, Umarmungen und Tränen hinter den Horizont verschwunden? und waren die Küsse hinter dem Horizont verschwunden? mitsamt den Sternen, dem Mond und dem Schlaf, und war der Schlaf hinter dem Horizont verschwunden? nein, der Schlaf stieg gerade eben mitsamt der Sonne, der Morgenfrische und der Munterkeit hinter dem Horizont herauf, alles verkehrt: munter einschlafen, schlapp aufwachen, mit vollem Magen hungern, vor Hunger satt sein, aber nein doch, nicht verkehrt, man muß die Drehung der Erde um die Sonne einfach richtig berechnen, und wie viele Drehungen es sind, so viele Tage sind es auch, aber so können wir uns wegen der falschen Berechnung nicht in die Drehung einpassen und übertragen einen Teil der einen Drehung auf die andere Drehung, man muß den Anfang der Drehung herausfinden und von diesem Anfang eine Drehung nach der anderen abzählen, und sobald die Sonne am Horizont aufblitzt, werden auch wir am Horizont aufblitzen, sobald sie schlafen geht, werden wir ihr nachfolgen, nichts da von wegen Mond betrachten und auf ihn warten, mal ist er dick, mal ist er dünn, mal ist er gar nicht da, aber er ist doch schön, er ist der Schönste am Himmel, wie sollte man nicht auf ihn warten, wie ihn nicht anschauen, da wartet man nun eine ganze Drehung auf ihn, bis sich seine Klarheit zeigen wird, und seine *Durchlaucht* zeigt sich. Euer *Durchlaucht,* scherzt nicht mit den Menschen, laßt sie schlafen, laßt sie wenigstens einschlummern! gut, daß es die Erdanziehung gibt, sonst hätte der Mond alle zu sich gezogen; er ist doch kleiner und schwächer als die Erde, die Erde aber ist größer und stärker als der Mond, Seine *Durchlaucht* hat das hübsche Privileg, sich von der Erde abzustoßen, und die Erde hat die hübsche Abhängigkeit, den Mond anzuziehen, er ist über dem Kopf, die Erde aber unter den Füßen, und was über dem Kopf ist, wirkt immer größer und stärker, obwohl es in Wirklichkeit kleiner und schwächer ist, wieder alles verkehrt. Alles auf dem Boden, die Kissen und die Decken auf dem Boden, kalt und schrecklich ist es neben dem Liebsten, der größer und stärker ist, ihm aber ist es heiß und wohl neben der Liebsten, die kleiner und schwächer ist..., wenn er größer und stärker ist, sind seine Angriffsorgane schließlich besonders scharf geschliffen: die Hacken und der Schnabel, er darf auf die, die kleiner und schwächer ist, nicht mit den Hacken und der Nase einstoßen, da er älter und stärker ist. Doch, er muß auf sie einstoßen, weil er größer und stärker ist, aber oben, wie der Mond, ihre Klarheit ist kleiner und schwächer, aber unten, wie die Erde, er dagegen zieht an wie die Erde, sie dagegen stößt sich ab wie der Mond, wird stoßen, bis Oben und Unten sein wird, und kein Brei, Brei ist ein Ding! in den Liebsten hineinstoßen, in den Brei, wie ein blindes Hündchen, Liebe schwören, mit Seufzern und Tränen winseln, hineinstoßen, wie ein einwöchiges Hermelinbaby, dessen Ohrmuscheln noch nicht offen sind, es hört nicht, welche dreckigen Witze der vierzigjährige Hermelinpapa, an die Wand gepreßt und von hinten angreifend, losläßt, daß er ganz blind sei, was, sieht er nichts? vielleicht haben sich seine Ohrmuscheln bis vierzig noch nicht geöffnet? vielleicht ist es ein altes, aber blindes Hündchen, das nichts sieht, die Äuglein sind bis vierzig nicht aufgegangen. Alles sieht es, alles hört es, es gefällt ihm nur, hinterher die Tränen und den Rotz abzulecken, was ist das beim Menschen für eine Leidenschaft, den Menschen zum Weinen zu bringen und ihm hinterher die Tränen von den Backen zu lek-

ken, die Backen inbrünstig abzuschlecken, darf man das wirklich nicht so einfach? Was ist das für eine Leidenschaft, an einem Abend alles aus den Tränensäcken rauszublasen, was sich dort in einem halben Jahr angesammelt hat, schließlich sind die Tränen dazu da, ein Staubkorn oder eine Wimper rauszuspülen, und nicht dazu, Aquarellfarbe auf dem Papier zu verteilen, dafür gibt es Wasser, aber mit Tränen geht's besser, und ob! und der Ton läßt sich damit besser mischen, Kalbszunge aber ist eine Delikatesse, Hammelhirn und -augen, Vogelleber, Lachskaviar – alles ist eine Delikatesse, auch Tränen und Rotz sind Delikatessen.
Sana schlief im Zenit ein, Sonne im Haar, die Konturen der Kontinente auf den Wangen von verwischter Tusche aufgeweicht, die Kontinente waren in der einen Dimension und die Nase in der anderen, sie ragte als dreidimensionaler Berg im Tränenmeer zwischen Afrika und Australien auf; die Flügel des Berges, kein bißchen von der Wimperntusche gestreift, aber ein bißchen von Puder bestäubt, blähten sich leicht, der Berg atmete. So ließ sie Otmatthejan in ihrem ursprünglichen Element mit ihrer verquollenen, tönernen Nachkommenschaft schlafen, die sie in der Nacht hervorgebracht hatte, und machte sich nicht ans Studium der verquollenen Darstellung Afrikas und Australiens, sie tat ihm nicht leid; er ließ den Schlüssel am Nagel und ab nach Hause. Das Haus war zwischen Häusern, die Wohnung zwischen Wohnungen. Tschaschtschjaschyschin erging sich in der Wohnung nur in Unterhosen und kaute irgendeinen vertrockneten Mischmasch, den er nicht kleinkauen konnte.
»Und wo isch Schana?« fragte Tschaschtschjaschyschin durch den Mischmasch dursch.
»Schläft«, antwortete Otmatthejan.

»Wo?« fragte Tschaschtschjaschyschin, der runtergeschluckt hatte.
Otmatthejan stocherte in der Pfanne herum und entdeckte, daß Tschaschtschjaschyschin keineswegs einen Mischmasch aß, sondern Bratkartoffeln mit Braten, und alles so geschickt mit Zwiebeln gebraten wie mit Pilzen.
»Wo schläft schie?« fragte Tschaschtschjaschyschin, der wieder den Mund voll hatte.
»Weisch nisch.«
»Wieso weißt du das nicht«, Tschaschtschjaschyschin verschluckte sich beinahe, »ich frage dich, wo schläft sie?«
»Weisch nisch.«
Tschaschtschjaschyschin nahm die Pfanne mit den Kartoffeln und ging ins Zimmer. Otmatthejan schluckte runter und ging der Pfanne hinterher.
»Also wo schläft sie?« sagte Tschaschtschjaschyschin.
»Na, ich weiß es doch nicht«, Otmatthejan drang mit der blanken Waffe auf ihn ein, mit der Gabel auf die Pfanne. Tschaschtschjaschyschin hielt die Pfanne wie einen Schild vor sich, und die Kartoffeln fielen auf den Boden. Otmatthejan ließ die Waffe sinken, holte die weiße Fahne aus der Tasche, wischte sich damit den Mund ab, schwenkte in die Küche ein, um die Schlacht runterzuschlucken. Tschaschtschjaschyschin kehrte das Schlachtfeld auf und stürzte als Held in die Küche.
»Wo?« fragte Tschaschtschjaschyschin.
Otmatthejan zog den Mantel an und ging in die Kälte hinaus, die herrschte, obwohl das Fasten vorbei war, aber trotzdem war es kalt.
Er stand mitten am kalten Betontag allein genau unter der Sonne, schneuzte sich in seine weiße Fahne – und ging sich ergeben; in der Hosentasche mit der weißen

Fahne steckte ein Zettel mit der Telefonnummer, die er gestern zu irgendeinem Zweck aufgekritzelt hatte, zu einem bestimmten Zweck, wie sich herausstellte; Otmatthejan rief an, die Zicke war zu Hause, er »wird vielleicht reinschauen«, sie »wird sich natürlich freuen«, und ganz unten in der Tasche steckte der nachgemachte Schlüssel, weshalb vermehren sich Telefonnummern und Schlüssel mit solcher Leichtigkeit und lebendige Zellen nur mit solcher Mühe?
Der Liebste kann nicht polygam sein, er kann sogar ein Krokodil sein, aber nicht polygam, das Krokodil kann polygam sein, die Ratte schwul und der Schwan monogam, Schwan, Krebs und Hecht aber sind aus Krylows Fabeln, und monogam kann der Liebste nicht sein, wenn er kein Schwan ist, doch was kann er dann sein, der Liebste? alles zusammen – ein Potpourri: ein Polymono-schwu-ra-krokodil.
Die Zicke öffnete die Festung mit bloßem Finger. Otmatthejan trat ein und ergab sich auf der Stelle ohne jeden Widerstand – wozu noch Widerstand leisten. Die Kleider flogen ihm nur so vom Leib, wie sie sich im Zimmer verteilten. Otmatthejan setzte sich kurz hin. Wie ungern war er abseits, sogar das Hirn rührte sich nicht, um zu sagen, wie sehr es ihn abseits von zu Hause, jenseits des Tränenmeers anödete. Woanders im Land wird die Ordnung im Grunde mit der Regelmäßigkeit der Jahreszeiten gewechselt, mit derselben Unregelmäßigkeit der Jahreszeiten, wenn beim Nahen des Sommers Winter herrscht und das Land, im Grunde die Ordnung, die absolute Monarchie verabschiedet und froh den Sommer begrüßt, froh den Winter verabschiedet und froh die Demokratie begrüßt, für den Frühling kämpft und dabei die Verfassung begrüßt, den Frühling verabschiedet und sich aus allen Jahreszeiten die liebste

Zeit aussucht – die vollständige Anarchie mit toter Ernte an wunderschönen Herbsttagen, mit dem Matriarchat, der Ordnung im Grunde, mit dem Altweibersommer, dem Wetter im Grunde. Und die Ordnung, im Grunde das Land, liegt hinter dreimal neun Ländern von der Heimat entfernt, die wie auf der flachen Hand ausgebreitet daliegt, mit denselben Küstenlinien wie auch das Land. Doch diese Küsten sind im Land wegen des Menschenmeeres und des Waldes von Köpfen nicht zu sehen, in der Heimat jedoch sind sie hinter dem Meer und dem Wald hervor gut zu sehen. Gleichwohl ist Intimleben nur im Rahmen der Heimat möglich – ein vagabundierendes unerkanntes Objekt wird entweder sofort Vater oder Mutter, belle-père und belle-mère, belle-sœur und belle-frère, oder es bleibt eben ein unerkanntes Objekt.

Otmatthejan holte tief Luft und ging ein wenig im Land spazieren – vom Fenster zur Tür; alles war genauso wie in der Heimat: derselbe Asphalt, dasselbe vorsintflutliche Linoleum, der Tisch, dieselben Schrankberge – doch alles erreicht nur schwer das Herz, im Land; alles bleibt auch so schwer in den Augen stecken; nicht so wie in der Heimat, wo alles nur so ins Herz strömt. Aber was für ein lustiges Land! Jeder Ausländer könnte neidisch sein, es ist nicht wie bei ihm – er kam und kaufte –, hier muß man allem nachjagen, alles auftreiben, das ist nicht nur einfach ein Jagen wie bei den Tieren, es ist auch noch Sport. Bald wird es einen neuen Stil geben, die Franzosen könnten ihn à la l'ours nennen, wo alles schlecht geschnitten, gefärbt und genäht ist, wenn etwas so konsequent »schlecht« ist, kann »schlecht« dann ein Stil sein? In dem Land kann man nichts machen, nur Ordnung einführen, bauen und umbauen, brav und folgsam sein, nein, keine Lust. Die

Zicke hatte sich von hier bis dort ausgebreitet. Otmatthejan umging sie seitlich, um nicht anzustoßen. Aber sie hatte sich überall verteilt. Es gab schon keinen Fleck mehr, wo sie nicht war. Er schob sie weg. Aber sie hatte sich von Anfang an darauf eingestellt, daß der Sieg auf ihrer Seite sein werde. Dann sollte es rasch und sofort geschehen, damit man nicht darüber nachdenken mußte, man mußte aber nachdenken, das konnte man doch nicht mit allen Leuten machen; nur unter großen Zweifeln konnte man das mit einem Menschen machen, aber mit allen Leuten konnte man das ganz sicher nicht machen. »Ich gebe nur den Schlüssel ab«, sagte Otmatthejan, »ruf mich in einer Stunde an.« Die Zicke machte Platz und ließ ihn an den Tisch. Er malte sorgfältig die Telefonnummer und begann sich über den Besitzer des Ateliers auszulassen, der ihn draußen in der Kälte erwarte, er müsse ihn reinlassen, um ihn sofort rauszuschmeißen, er könne ihn eben nicht reinlassen, aber rausschmeißen könne er ihn.

Draußen war es sogar heiß vor Kälte. Otmatthejan hätte in alle vier Himmelsrichtungen fliegen können.

Er flog zur Tür des Ateliers und begann mit dem Schlüssel zu hantieren. Der Schlüssel drehte sich, doch die Tür ging nicht auf, er drehte ihn nach dieser und nach der anderen Seite – alles umsonst, der Schlüssel blieb für sich, und das Schloß blieb für sich. Die Tür mit dem Fuß eintreten, Donner am heiteren Himmel, wenn die Späne fliegen, Wechsel der Regierung, Parade der Dekabristen in der säuischen Kälte, Fall der Monarchie, eine neue Verfassung! Nicht die Tür mit dem Fuß eintreten, wir brauchen keine neue Regierung, mag alles beim alten bleiben, lieber noch mal den Schlüssel umdrehen, den Liliputschlüssel vom Riesenschloß, das Schlüsselkind vom erwachsenen Schloß. In einen so kräftigen Spalt kann man neben dem Schlüssel noch den Finger reinstecken. Otmatthejan steckte den Schlüssel mitsamt dem Finger ins Schlüsselloch, und, o Wunder! das Schloß gab nach, was, hatte er es etwa mit dem Finger aufgekriegt? Es mußte so sein. Also konnte jeder mit dem Finger, aber so einen Finger hatte sonst keiner mehr, der Boß hatte keinen solchen Finger, der Boß war schwach drauf mit seinem Finger, Otmatthejan hätte seinen Finger mit dem metallischen Geschmack am Finger küssen mögen, so einen Finger konnte man nicht in der Werkstatt machen lassen, einen nachgemachten Finger, er war der einzige in seiner Art, der Finger, er hatte auf der Welt nicht seinesgleichen, er war der allererste Finger, der erste und der letzte.

Otmatthejan hatte keine Angst, Lärm zu machen, wozu Angst haben, wenn sowieso niemand da war. Er hätte aber Angst haben sollen. Er hätte auffliegen und durchs Zimmer fliegen sollen und nicht so grob aufs Gehirn einhämmern dürfen. Er hämmerte und lärmte. Er hätte noch hundertmal stärker hämmern und hereinplatzen können, es wäre gleich gewesen – Sana schlief. Sie schlief im allgemeinen Gemetzel der Schläge, im Geratter der Straßenbahn, im Orgasmus der Autos. Ein Flugzeug durchsägte die Stille, sie schlief. Er hätte seinen Ohren nicht getraut, wenn er angerufen hätte, sie aber hörte nichts, doch er traute seinen Augen – sie schlief tatsächlich mit Pauken und Trompeten. Er hatte steinharte Schuhe an, fast aus der Steinzeit, und solange er sich mit diesen Pflastersteinen nicht sattgepoltert hatte, streifte er sie nicht ab. Schließlich streifte er sie ab und setzte sich nackt aufs Bett, vollkommen nackt, ohne alles, ohne ein einziges Federchen. Er saß da wie am Ufer eines Sees. Vor ihm war Wasser, eben nicht H_2O, sondern Wasser, eben diese Oberfläche, die »wie Wasser«

ist, und sogar noch mehr als das Wasser selbst, weil diese Oberfläche in diesem Augenblick an Wasser erinnerte, mehr als das Wasser an sich selbst erinnert; meistens erinnert das Wasser ja nicht an sich selbst, sondern zum Beispiel an Asphalt oder einen Zaun oder Rasen. Es kann natürlich auch so toll sein, daß das Wasser selbst an Wasser erinnert, aber jetzt war es der vollständige Schein des Wassers. Es ist das angenehmste Gefühl, wenn man jeden Augenblick mit dem Kopf voran ins Wasser tauchen kann, doch genau in diesem Augenblick nicht möchte, weil man es am liebsten erst im nächsten Augenblick möchte, und so dasitzen und im nächsten Augenblick wollen möchte, daß jeder gegenwärtige Augenblick gewissermaßen zum nächsten wird, das reinste Glück. Doch das Glück hat ein Ende, wie alles einen Anfang und ein Ende hat. Das Glück war in dem Moment vorbei, als Sana sich abwendete und dabei die Wasseroberfläche aufwühlte, das war genauso, als hätte sich das Wasser abgewendet. Wasser kann sich nicht abwenden, aber im allgemeinen kann es das auch: ein falsches Licht, irgendein Luftzug, ein Nebengeräusch scheucht es auf. Mit dem Luftzug und dem Licht war alles in bester Ordnung. Doch dafür das Geräusch – keine Spur davon! Das leichte Fehlen des Geräuschs hatte es aufgescheucht. Weder aus dem Land noch von irgendeiner Seite ließ sich ein Geräusch vernehmen, alles war verhallt, auch die Straßenbahnen mit ihren Hufen und die Autos – absolut alles! Nicht mal ein Laut war vorhanden, nicht nur kein Geräusch, es war einfach nichts zu hören, aus keinem Spalt – weder ein Piepsen noch ein Knacken, einfach eine vollständige Aufsplitterung des Lauts zum Ohrensausen vor Stille. Otmatthejan sammelte seinen Krempel auf, bemüht, keinen Lärm zu machen, doch der Lärm rieselte gerade deshalb von

ihm herab, und er ging mit Lärm, mit Ketten, mit seiner Hose aus dem Zimmer. Er ging jedoch nicht weit – das Telefon klingelte wie verrückt. Otmatthejan stellte sich wie eine Skulptur zusammen mit dem Bären, Voltaire und K° hinter den Vorhang.
Sana tastete sich zum Klingeln hin, ins Licht. »Er ist nicht da«, sagte sie. Wie sie jetzt umherlief, wie aufgezogen. Sie witschte vorbei ins Zimmer, in der Hand die Schere, und schnippelte sich die Mähne ab. Sie schor sich die Schläfen und den Hinterkopf, ließ auf dem Scheitel ein paar Strähnen übrig, die sie mit Spucke nach oben zwirbelte. Sie rasierte sich von Kopf bis Fuß und griff wie wild nach der Schminke. Sie bemalte die Augen, bis sie rot und schwarz waren, beschmierte sich mit Lippenstift und Rouge und ließ keine einzige lebendige Zelle auf dem Gesicht ohne Puder – sie war außen und innen blankgewienert wie die Zicke. Otmatthejan modellierte sich im Ställchen mit dem Wasserbecken die Schultern breiter, wie beim Boß, und baute seine Muskeln auf, er klopfte sich nach dem Rasieren so auf die Backen wie nach einer Ohnmacht. Der Boß hatte glatt gestriegeltes Haar, auch Otmatthejan spuckte in seine Hände und schmierte die Haare auf seinem Schädel ein; der Boß hatte ein schütteres Oberlippenbärtchen, und auch Otmatthejan zupfte sich den Löwenanteil seines Schnurrbarts aus. Jetzt ist er auch so ein Prachtkerl, dem Boß ausgespuckt ähnlich, und Sana wird es ihm geben, wenn sie so ist, daß sie eben am Telefon sagen konnte: »Er ist nicht da«; und obendrein hatte sich Sana mit Creme eingerieben, wenn Otmatthejan es so wollte, würde es ihm Sana geben, wie die geilste Zicke, wenn er so ist, daß er seine Telefonnummer nach rechts und links verteilt, und jede Tussi anrufen kann, und sie antworten muß: »Er ist nicht da.«

Sana ging in die Kälte raus spazieren, bis Otmatthejan wiederkäme. Damit sie, sobald er käme, sofort als Tussi käme. Otmatthejan folgte ihr nach – in die Kälte, um dann aus der Kälte als Boß reinzukommen, den sie aus der Kälte reinließe. Sie stießen beide, leicht fröstelnd, in der Kälte in der Tür zusammen. Otmatthejan warf einen Blick auf die gerupfte und angemalte Sana, »da schau her, wie sie sich für den Boß angemalt hat«, erkannte in ihr jedoch nicht den Schatten der Zicke. Sie schaute ihn an, wie er sich für die Zicke entstellt hatte, doch er war durch und durch verzerrt er selbst, er hatte nichts vom Boß, und wie hatten sie früher immer so heiter gespielt – im Dekameron, im Heptameron: die Perücke ab, die Perücke auf – schon war der Liebhaber fertig, aber hier ziehst du dir selbst den Skalp ab und gleichst trotzdem immer noch dir selbst, weshalb war bei ihnen alles so heiter und ist bei uns gar nicht heiter? So aneinander kleben, daß man nicht abfiel, daß nur das Äußere abfiel. »Warum hast du dir deine Haare so zerschnippelt?« – »Damit ich dir gefalle.« – »Du lügst!« – »Und wozu hast du dir solche Schultern angeklebt?« – »Du hast es doch so gewollt.« – »Lüg nicht, der Anruf war für dich, und ich hab gesagt, daß du nicht da bist.« – »Du lügst, du bist angerufen worden und hast gesagt, daß ich nicht da bin.« Sie trieben es so weit, daß sie dorthin trieben, wo sich Sana die Mähne abgeschnitten hatte, die jetzt an Otmatthejans Rücken festklebte, man hätte ihm auf dem Rücken Zöpfe flechten können. Die abgeschnittenen Haare klebten sich an ihre Backen, es sah so aus, als hätte sie Stoppeln auf den Backen, jetzt war er das Mädchen und sie der Junge, egal.
»Liebst du mich nicht?«
»Nein, und hab dich nie geliebt.«
»Und im Laienspielzirkel?«

»Auch nicht.«
»Und im Palais?«
»Nirgends.«
»Und auf dem Mond?«
»Dort schon.«
»Ich dich auch.«
Ihre Haut war von der Creme fettig, und er rutschte wie Käse in Öl. Sie preßte einen Wattebausch in der Hand, erwürgte den Wattebausch. »Was hast du da?« – »Ein weißes Mäuschen, schon krepiert.« Otmatthejan aß eine Tonne Schminke und Puder, die auf den Zähnen knirschte.
»Liebst du mich?«
»Hab dich immer geliebt.«
»Ich dich auch.«
Worüber streiten wir? über die Benennung eines Gefühls, das es gibt, über ein Wort, das es nicht gibt. »Ich liebe« ist schließlich ein Wort; das Wort aber ist gespenstisch, es ist ein ganz echtes Gespenst, das nachts herumwandelt und die Phantasie erschreckt, ein Phantom, nichts weiter, »dann liebe ich dich, weil es dieses Wort nicht gibt, das Gefühl gibt es aber, also kann es auch das Wort geben«. Nein, wir beschäftigen uns um zwei Uhr nachts nicht mit Wortschöpfung, wir jagen das Wort einfach, zerreißen es in Stücke und werfen es ins Klo, doch auch in der Kloschüssel ist lebendiges Wasser. »Was tust du denn da, du hast so gedrückt« – »so liebe ich dich«, und die Bosse schauen ringsrum raus, stören beim Lieben, die unerkannten Objekte, jedes in seinem Verband. Dieser Schreckliche steckte alle auf den Pfahl, hängte die Köpfe am Faden auf, für ihn waren das getrocknete Pilze, für uns waren es unsere Urgroßväterchen und grand-mères und grand-sœurs, und wir werden um sie weinen; der andere, der Große, trieb unsere

grand-frères zusammen, um das neue Amsterdam zu bauen, nein, um das alte zu erobern, zuerst den Ausgang zum Meer, dann den Eingang, und so ist die ganze Geschichte der Menschheit nur Eingang und Ausgang – ein Loch. Soll doch einer allein erobern! die ganze Welt und gut sein, wir werden ihm gehorchen und ihn lieben; es gibt keinen Vater, es gibt den Papst von Rom, doch der ist kein Vater, es gibt die Muttergottes, doch die ist keine Mutter, wir haben niemanden zum Gehorchen und Lieben! dann laßt uns doch alle zusammen ein kleines bißchen schreiben, tropfenweise auf den heißen Stein einen Text und ihn uns einander wie dem Geliebten vorlesen, das wäre der lit. Prozeß! Ist das etwa ein lit. Prozeß unter den dicken Knirpsen, die auf dem Topf sitzen und am Bleistift kauen, laßt uns Tolstoi lesen, wie unseren Geliebten, und Dostojewski, wir werden schreiben und alle zusammen einen Text unterschreiben, den wir alle zusammen geschrieben haben, wie an uns selbst, um ihn alle zusammen zu lieben, wie uns selbst, geht das? es geht nicht; der belle-frère sagt, wir sollten lieber ficken als schreiben, er hat eine unleserliche Fotokopie gekauft, es sind Gebete von Böhme und kein Liederbuch, für hundert Rubel und betet nicht, »wozu hast du es dann gekauft?«, um es seiner belle-sœur zum Geburtstag zu schenken, sie betet auch nicht, wozu hat sie es dann genommen? um einander mit Gebeten totzuficken, wie wir schon Gott damit totgefickt haben, der sie nicht mehr hören kann. Alles auf dieser Welt hängt am seidenen Faden; auch die Welt hängt am seidenen Faden, peng und wir werden explodieren, aber unser »peng« wird nicht leuchten wie die Sonne, die explodiert ist und uns mit ihrem »peng« leuchtet und wärmt.
»Liebst du mich nicht?«

»Nä.«
»Ich dich aber.«
»Liebst du mich?«
»Mhm.«
»Ich dich auch.«
Die Klasseantwort auf »liebst du mich – liebst du mich nicht« ist also: »nä-mhm«, weil in »liebst du mich nicht« genauso viel »nä« ist wie »mhm« in »liebst du mich«, weil die Liebe nicht nur aus Liebe besteht, sondern auch noch aus Nichtliebe, und man ganz stark lieben muß, um auch noch nicht zu lieben, die klarste Antwort auf diese unklare Frage »liebst du mich?« ist »nä-mhm«, sie ist klar wie der helle Tag – »nä-mhm«.
Sie hatten von irgendwelchem Zeug zuviel getrunken, Kompott mit Alkohol. Jetzt liegt innen alles in Alkohol: der Magen für sich, die Leber für sich, das Herz für sich. Nichts zersetzt sich, die ganze Möse liegt in Alkohollösung im Denkmal. Auch der Kuß ist für die Ewigkeit im Gehirn von beiden in Alkohol eingelegt. Toll.
»Gehn wir raus!«
»Ja.«
Rausgehn und im Schnee steckenbleiben, der von Kopf bis Fuß anhaftet und aus zwei einen macht. Zweisam – Mann gegen Frau – unter dem Kristallgitter des Schnees, der wie aus heiterem Himmel herabgeschneit ist. So kugeln sie nach Hause zu Tschaschtschjaschyschin. Betrunken und heiß unter dem Schnee, der nicht ernüchtert und kühlt. Tschaschtschjaschyschin macht böse auf und – nicht zu fassen – erkennt das Denkmal nicht. Er erkennt unsere Scheißerchen nicht, unsere dick von Schnee umhüllten Tränen und Rotzbäche. »Niemand da«, sagt er und schlägt die Tür zu. Wir stehen noch ein wenig vor der Tür rum und gehen einen Stock tiefer, warum haben wir noch nie im Eingang am

Heizkörper gestanden, um loszufließen, nicht in unserer eigenen Pfütze gestanden, jetzt stehen wir also unter dem Schnee und stupsen uns an, angemalt und zerschnippelt; die Nase ist kalt und feucht, wie bei einem Hund, also leben wir nicht nur, sondern sind auch noch gesund. Der Schnee taut jedoch nicht, das heißt, das Wasser läuft zwar runter, aber von jeder Schneeflocke bleibt das Kristallgitter zurück. Man kann uns aushöhlen, doch trennen kann man uns nicht. So stehen wir da – unser Denkmal im Hauseingang.

V

Und da kam ihr Ende. Trotz ihrer ganzen Philosophie, die ihr unter den Menschen zu verbreiten gelungen war, daß es nämlich nicht juckte, wenn man sie sich vollsaugen und wegfliegen ließe. Einzelne Thesen dieser Philosophie wurden bereits erwähnt: Es wird nicht jucken, wenn man es ableckt und mit dem Fingernagel ein Kreuzchen draufmacht. Trotzdem wird es jucken! Deshalb muß man sie totschlagen – auf der Stelle. Sie treiben es besonders wild, diese Biester, in ihrer Paarungszeit, stoßen ihren Rüssel in die Ohren, es heißt, wenn man sie sich besaufen läßt, lassen sie von selbst ab und sterben ihren Tod. Nein, nur totschlagen! sie lassen nicht ab und sterben nicht, sondern schlafen ihren Rausch kerngesund über Nacht an der Decke aus, und wenn man nur einfach zuschlägt, erstehen sie wieder auf, deshalb muß man zuschlagen und sie zerreiben. Auf eine Kubikeinheit kommen von diesen Gesellen genau soviel und nicht mehr, und wenn man sie alle niedermetzelt, dann werden sie in dieser Raumeinheit als Klasse verschwinden. Weil der Raum für sie seit den Zeiten Euklids in Würfel eingeteilt ist und sie keine Vorstellung von der Krümmung des Raumes haben, saugen sie jeder in ihrer Ecke, in deren Mittelpunkt der Mensch sitzt, der Mittelpunkt des Weltalls mit fünf Litern Blut, und in diesem Winkel kann man ihre Dichte erheblich verringern, wenn man mit Piepfrequenz auf sich draufschlägt wie in einem ideal inszenierten Tschechowstück, wo sich die Handlung in der Dämmerung abspielt und die Repliken von Schlägen auf die Wangen und Schenkel begleitet werden, im Grunde vom Applaus jedes Helden für sich selbst.

Man kann es leid werden, wenn die Handlung überhaupt peng und der Gegenstand überhaupt blabla ist. Manches weiß man schon: daß der halbe Kopf, der Fuß und ein Teil der Hand über den Rahmen des Bildes hinausgehen müssen, das haben die Japaner erfunden, daß die Linie durch das Licht und die Materie durch die Faktur ausgedrückt wird, das haben die Italiener erfunden, daß der Hintergrund einen Teil der visage bildet und das face einen Teil des Hintergrunds, das Gesicht als solches gibt es nicht, alles besteht aus Würfelchen, die Würfelchen aber bestehen aus allem, das haben die Franzosen, Belgier und andere große Geister auf einmal erfunden. Hier ist es nicht schlecht, wohin man auch schaut, ist alles da. Der Berg, das Meer, der Himmel, man kann den Grund sehen. Hier ist es gesetzlich verboten zu leben, hier kann man nur heimlich leben. Heimlich schlafen, essen, lieben, na und, ist das offene Leben etwa keine Parodie auf das heimliche? Wenn man für alles zahlen muß, kann man gleich rausfliegen, das Leben kostet Millionen, das Leben hinter dem Schild, auf dem Schild aber steht es schwarz auf weiß: Durchgang verboten – 5 Rubel Buße, Rauchen verboten – 30 Rubel Buße, Übernachten verboten – 50 Rubel Buße.
»Ich bin es leid, mich hinter dem Gebüsch zu verstekken, ich habe dieses heimliche Leben satt, ich will mit dir offen leben« – »leise, eine Streife, sie kommen hierher« – »um eine Zigarette zu rauchen, muß man dreißig Rubel zahlen!« – »schrei doch nicht, willst du, daß sie uns hier raussetzen?« Kein Leben, sondern Bußgeld fürs Leben, wir haben uns schon längst strafbar gemacht. Dort vor dem Schild, wo alle Väter und Mütter, Frauen und Kinder, Großmütter und Großväter umkehren, auf allen vieren nur vorwärtskriechen, um in der verbotenen Zone einen Bogen um die Hüter des

Gesetzes – den Förster – zu machen und einander heimlich zu lieben, denn die Liebe ist ja ein Geheimnis, niemand darf von ihr wissen, nicht mal der Förster, nicht mal... jenseits des Berges leben Kolja und Wowa, sie essen aus einem Napf, wie bitte, lieben sie einander auch heimlich? Nein, es gefällt ihnen hier einfach: einen Kasten Bier auf den Berg zu schleppen und sich vollzudröhnen, auf zermatschten Tomaten aufzuwachen, einen halben Tag nach der Brille und der Hose zu tauchen, die es in die andere Bucht getrieben hat, sie fühlen sich hier wohl.
Tüchtig hinter dem Förster her sein, der hinter uns her ist, damit wir nicht hier sind, hinter dem wir her sind, damit wir trotzdem hier sind, wenn er nicht da ist. Es ist nicht schwer, ihn abzupassen. Er wacht um acht auf, und wenn er zu der Stelle kommt, wo wir um zehn aufgewacht sind, tauchen wir ins Wasser, damit er sieht, daß wir nicht da sind. Um zwei geht er zum Mittagessen, dann schläft er, und das ist für uns die beste Zeit, um uns bis fünf Uhr davon zu überzeugen, daß wir doch da sind. Man kann mutig aus dem Wasser steigen, sich mit Händen und Füßen bei Licht zeigen und gurgeln, strenger Zeitplan, keiner kann schießen, selbst wenn man auffliegt. Um aufzufliegen, muß man tauchen und unter Wasser schwimmen, das ist ja Fliegen, die einzige dem Menschen mögliche Art der Fortbewegung im gleichartigen Element. Du fliegst unter Wasser, denkst nicht an die Fische, der Traum vom Vogel holt dich ein, sobald du unter Wasser, an einem Punkt erstarrt, zu »schweben« beginnst. Vollständige Kurzsichtigkeit im Wasser, endlose hellblaue Schwaden mit formlosen Menschenungetümen auf dem Grund. Klobige Gummivorrichtungen, Unterwasserpräservative, »bewahren« vor dem Fliegen: die Flossen, der bespren-

kelte Schnorchel, die Tauchermaske, er ist ein fremdartiges Wesen im Wasser, der Mensch, eine Parodie auf den Fisch, mit Fischextremitäten aus Gummi, klatscht mit Galoschen aufs Wasser und saugt durch den Schnorchel im Mund gierig die Luft ein. »Tauch!« sagt Otmatthejan, »er kommt wirklich.« Wie ein Vogel fühlen wir uns als Fisch im Wasser. Der Förster ist vorbei. Man kann sogar trocknen. Die Kaffeebohnen mit einem Pflasterstein in so einem Steinmörserchen zerstoßen wie in der Steinzeit, noch besser ist es, wenn man in den Laden geht, der auf der Grenze von Licht und Schatten steht, noch schlechter, wenn Klowind aus Nordwest bläst, es wird trüb vom Wasser, das der Regen trübt. Auf den Ladentischen gibt es nur Schwarzes und Weißes, keine Schattierungen, keine Farbpalette: schwarzes Brot, weißes Salz, weißen Zucker, schwarzweiße Streichhölzer, weißes Fett, irgendwas Schwarzes in Dosen, hier hat der Flame mit seinen Pfirsichen, Weintrauben und Fischhaufen nichts zu tun, ein krepiertes Stilleben, tote Natur: vertrocknetes Brot, Streichhölzer, Salz. Im Meer gibt es keine Fische, in den Wäldern kein Wild, nicht mal Vögel und Tiere, wo ist alles? wohin ist alles ausgeflogen? in den Schornstein!
Zu tun ist mehr als genug. Den völligen Anschein von Sterilität herstellen. Die Sächelchen in alle Ritzen stopfen, den Blumen die Köpfe zurechtrücken, die sich über Nacht von ihnen losgerissen haben, nicht auf Blumen schlafen! Kippen aufsammeln und auffliegen. Von oben sieht man, daß die Waldwiese wie nagelneu ist, blankgewienert, der Hüter des Gesetzes kann keinen Verdacht haben, daß hier das Leben brodelt. Doch wozu diesen Berg so heftig gegen das normale Leben verteidigen, Menschen nehmen nicht mehr Platz ein als Igel und Möwen, und ihn von innen aushöhlen, indem man ei-

nen Tunnel bohrt. Schließlich fällt doch irgendeinem Esel ein, einen Tunnel von Simferopol nach Jalta zu bauen, wozu? um sofort nach Jalta zu kommen und Simferopol abzuschaffen, dieser Esel schafft es nicht, das Meer an Simferopol anzuschließen, er schaufelt die Berge weg und schiebt Simferopol zum Meer hin, daß die Späne nur so fliegen. Die Delphine stürzen sich aus dem Meerwasser, weil seine chemische Formel jetzt zur Hälfte aus Fäkalien besteht, die Krabben verenden aus demselben Grund, und wir zahlen fünfzig Rubel dafür, daß wir eine Krabbe essen. Aber wir sind ja ganz stinknormale Raubtiere, die auf Fang gehen, um zu essen, wie eben diese Krabben, wie die Füchse und Igel, wir verändern die Formel des Meerwassers nicht, wenn wir die Quintessenz des Bösen hineinschütten. Man hackt die Bäume allesamt ab und bringt dann den Wald wieder zur Besinnung, indem man die Setzlinge mit Scheinwerfern bestrahlt, weil sie im Licht schneller wachsen. Der Berg wird mit Wald und Vögeln kastriert, er wird keine Nachkommenschaft haben, und wenn das der Mensch tun wird, dann mag man kein Mensch sein, weil sich die Hand eines normalen Menschen nicht einmal hebt, um eine Katze zu kastrieren. Der Mensch hat allem, was im Fell und auf vier Beinen herumläuft, so viele Namen gegeben, wie es Arten gibt: Löwen und Tiger und Leoparden, Hunde, Füchse und andere Schakale. Alles übrige aber, was sich, außer Hühnern und Straußen, auf zwei Beinen fortbewegt, was nicht fliegen und schnell rennen kann, heißt Mensch. Seine ganze Phantasie hat der Mensch aufgebraucht, um alles mögliche mit Namen zu benennen, nur nicht sich selbst, dem er nur einen Namen gelassen hat – Mensch, schwache Phantasie, wenn es sich um den Menschen handelt. Zugegeben, die Rassen, die hat er noch eingeteilt, nach der

Hautfarbe: Schwarze, Weiße, Gelbe, Rosarote, aber es geht nicht um die Farbe, es geht um Sorbonne und menteuse; die Kinder zum Beispiel, sie sind doch keine Menschen. Man liebt sie eben deswegen, weil man keine Ursache hat, sie zu lieben. Schließt man die Kinder aus, bleiben noch weniger Menschen übrig, wenn man zugleich auch alle Schwulen, Automaten und Halbautomaten, alle Dohlen, Lerchen und Kugeln ausschließt. Gleich werden wir ein Auto stoppen und auf Rädern direkt in den Badeort reisen. Fünfzehn Minuten Fahrzeit, Stoppen eine Stunde. Laster, Käfer, Spinnen. Die Flugdrachen pfeifen wie prähistorische Echsen, die Echsen sind ausgestorben, die Drachen wurden geboren, welch eine Evolution. »Bring uns zur Stadt, Freund.« Eingestiegen. »Halt, Mann, du bist ja besoffen! Na, fahr los.« Was für eine zerbrechliche Konstruktion ist der Mensch, die Knochen brechen, alles kracht in den Fugen, ihn, den Menschen, auch nur anzuhauchen, ist furchtbar, nur mit dem Lappen darf man ihn abstauben. Das Auto schlingert von einer Seite auf die andere, gleich werden wir mitten auf der Straße seekrank, Autobahnseegang. Gleich zerreißt es uns, in der nächsten Kurve, ganz bestimmt, jetzt. Angekommen. »Drei Rubel, wie abgemacht.«

Da ist der Ort, der Badeort, ein schmutziges Trugbild. Plastik, das in der Natur nicht vorkommt, wird hier mitsamt Zellophan kultiviert: Plastikmützenschirme, Zellophanverpackungen, Plastikumhänge, unter denen man sich umzieht, sich vermehrt, sich... Alle brüllen, schweigen, das erinnert überhaupt nicht mehr an menschliche Sprache, dazu die Sprache der Busse und Motorschiffe, dazu die Musik. Auch der Mensch ist beschäftigt – er wienert die ausgeweidete Karosserie eines »Pobeda«, dann überzieht er sie mit Email, und er wird neu, wie ein Kochtopf. Der Streifen am Meer, von Handtüchern und Lappen in Quadrate eingeteilt, mit Sonnenblumenkernen und Korken vollgespuckt. Der Mensch ist ein vertikales Wesen. Im Badeort verliert er sein vertikales Selbst, die Massen liegen auf Meereshöhe, horizontale Menschen, gegen Abend werden sie von der Welle weggespült. Alles zusammen, was ist das? menschliche Zellen, ursprüngliche menschliche Materie, aus der man später den Menschen wird formen können, wenn man alle miteinander vermischt und dann das Ganze in verschiedene Teile zerlegt, wird vollständige Gleichheit sein, alle werden aus allen gemacht sein, nicht nur aus sich selbst; Mehrzeller, Einzeller, Mehrfarbige, Mehrlinge, jeder für sich, auf der eigenen Insel seiner eigenen Matratze. »Hier?« – »Noch weiter.« Ein Badeort muß ein Ort sein, wo die Zivilisation so in den Ritzen versteckt ist, daß man sie in Anspruch nimmt, ohne sie auch nur im mindesten zu bemerken: eine sauber geputzte Höhle mit künstlich aufgeheizten Wänden, gleichsam Sonnenwärme, welche die Steine tagsüber gespeichert haben und nachts abgeben, ein Nachtlicht im Gras, wobei Fliegen und Flöhe gänzlich fehlen, etliche dekorative Nachtfalter, morgens ein weiches Ei und als Kontrast dazu einen schwarzen Berg gerösteter Miesmuscheln, ein Glas Weißwein, vom Barkeeper soll nichts zu merken sein, nur seine fürsorgliche Aufmerksamkeit, am besten sollte man ihn tarnen; für solch einen Ort könnte man tatsächlich eine Million zahlen, fast so wie für den, für den wir tatsächlich nichts zahlen. »Vielleicht hier?« – »Gehn wir noch ein bißchen weiter.« Wohin weiter? über die Grenze des Lichts, des Ufers, der Berge, über die Grenze des Sichtbaren? Das ist so weit, diese Grenze ist doch auch eine imaginäre Linie wie der Horizont, wie das Oval der Wolke, wie der Kreis der Sonne, in Wirklichkeit ist gar nichts da, keine einzige Grenze, nur zwischen den Staaten, nicht mal zwischen Flüssen, Meeren und dem Festland, nur zwischen den Menschen, also über die Grenze der Menschen? Zuweilen fehlt den Linien des Lichts die Geradheit, was äquivalent zur Offenheit der Seele ist. Die Vögel bereiten sich auf den Winter vor, wir auch, pakken die Koffer, bald beginnt der Flug nach Moskau, wir werden mehr Fett speichern und an unserer Tatze lutschen; mit allen Nistplätzen ist es bis zum nächsten Sommer aus. Offenbar doch hier. »Du wolltest offen!« – ja offen, zwischen den metallischen Leibern, die in der Sonne schmelzen, tausend Arme, Beine und Bäuche, die sich nicht auf Armen und Beinen halten, ist dies das offene Leben? Im allgemeinen Müllberg der Leiber, sie rauchen schon. Soll dies das Leben sein, es besteht aus Anatomie, Physik, Mathematik, Chemie und täglichem Leben, aus dem das Leben überhaupt besteht. Nein, das tägliche Leben ist schrecklicher als das Leben überhaupt und die Mathematik. Im Leben überhaupt liebt man überhaupt und stirbt man überhaupt, zersetzt sich pysikalisch und chemisch, im täglichen Leben aber kann man jeden Tag sterben und jeden Tag lieben. Vielleicht gelingt es, das Leben überhaupt durch eine Formel auszudrücken, wie es dem Papst gelang, das Motto zu »Anna Karenina« als mathematische Formel auszudrücken, die man durchaus noch mal aufkochen könnte. Doch im täglichen Leben entfallen so viele Fehler auf die konstante Größe, und diese Größe läuft vom Morgen bis zum Abend auf die entgegengesetzte Größe hinaus, so daß sich der Papst nicht jeden Tag mit der Formel abschinden wird, er wird die konstanten Größen lernen. Wowa ist auch ein großer Mathematiker, er rechnet auf der Maschine, was dann im Ministerium als

Zahlenreihe von Hand nachgerechnet wird, und der Gipfel dieser Kunst ist die Übereinstimmung, wenn die Zahl auf der Maschine mit der Zahl von Hand übereinstimmt, und die Belohnung für diese große Arbeit sind zwei Blaue, die Wowa kriegt, damit er mit dem Geld auskommt, aber ja nichts Süßes ißt, »zum Dessert Portwein«.

»Ich geh' schwimmen, wart hier auf mich.« – Otmatthejan tauchte allmählich ins Wasser ein: Zuerst verzerrten sich seine Beine unter Wasser, er hielt sich kaum noch darauf, sie brachen sich, das Licht ließ sie flattern, er ging auf zwei Schrauben, die er in den Sand drehte. Sonne und Wasser begannen mit ihm zu spielen und seinen Körper zu zergliedern – er schwamm.

Sana streckte sich auf dem Handtuch aus und wurde wegen der gleichmäßigen hellen Beleuchtung unsichtbar – die Sonne stand gerade über ihr, und dieses Aufblitzen dauerte eine Ewigkeit; die Farbe war vollständig weg, einzelne Formen, an denen man den Menschen erkennen konnte, ließen sich kaum noch unterscheiden. Otmatthejan stieg aus dem Wasser und geriet in Verwirrung, als er nichts entdeckte außer Kreise und Dreiecke, die sich durch nichts voneinander unterschieden. Manche Figuren hatten durchaus Volumen: Parallelepipeden, Würfelstücke; in diesem ganzen Strandwust war Sana nicht, er sah sie nicht. Er begann sie zu suchen und in panischer Angst auf die verschiedenen Formen einzustochern, keine davon war sie. Zermürbt hörte er auf, sie als Mensch zu suchen, er stellte sich ihren Körper als geometrische Figur vor und suchte nun die Figur, die nach seiner Vorstellung sie war. Ähnliche Figürchen gab es viele: etliche verführerische Dreiecke mit hübschen Kugeln auf langen Geraden, aber keine von ihnen war sie. Otmatthejan begann die Formen grob umzudrehen; irgendwem quetschte er mit dem Fuß einen Teil des Lichts ab, einmal gab man ihm eins auf die Kugeln. Die Formen an sich hatten keinen Funken Humor. Das Licht schattierte diese unklassischen Formen klassisch und verlieh ihnen soviel Humor, wie die alten Römer ihnen verliehen hatten, als sie Nero und Caligula die Nasen und Laokoon die Kugeln abschlugen.

Sana, die lange auf ihrem Handtuch rumgelegen hatte, sprang ins Meer, weil nach ihrer Berechnung schon an die hundert Stunden vergangen waren und Otmatthejans Kopf ans Ufer rollen mußte. Doch gerade sein Kopf war nicht am Ufer. Eine sanfte Welle warf Hunderte anderer Köpfe an Land, bis eine andere Welle sie zurück ins Wasser rollte. Sein Kopf war auch nicht unter den einzeln verstreuten Köpfen weiter weg vom Ufer, auch ganz am Horizont war er nicht, er war im Wasser verschwunden, als hätte ihn der Erdboden verschluckt. Sana schwamm und suchte eine Zeitlang; es warf sie mitsamt den übrigen ans Ufer, die in ihre Winkel krochen, an ihre Plätze unter der Sonne. Sie blieb liegen und hatte nicht mal die Kraft, aufzustehen und sich hinzulegen. Die Sonne bewegte sich auch, sie zog sich hinter den Berg zurück, der Strand leerte sich.

Otmatthejan ging zur Straße hinaus, um ein Auto anzuhalten, das ihn lebendig hinbringen würde. »Hat nicht auf mich gewartet und ist gegangen!« Die Autos waren entweder vollbesetzt oder brausten vorüber. »Hat nicht mal gewartet und ist gegangen.« Ein Kipplader nahm ihn mit.

Die Landstraße streifte kaum den Strand, den Kolja und Wowa nicht mal anrührten, die es sich an einem Ort bequem gemacht hatten, von dem aus nicht nur ein Fleckchen Wasser zu sehen war, sondern von dem aus man alles auf einmal sehen konnte, was man auf einmal sehen

wollte. Das Leben war schön als Tatsache des Lebens. Sie soffen aus einem Kanister. Eine Aussicht von geiler Schönheit eröffnete sich ihnen. Von diesem Punkt aus erblickten sie Sana als Punkt, haargenau wie alle übrigen Punkte. Sie marschierte die Landstraße entlang und entfernte sich vom Meer, das von einem harten Grün mit gelben Lichtern auf den müden Wellen war. »Hat nicht auf mich gewartet und ist gegangen.« Wowa und Kolja saßen wie Vögel da, als Sana sie von unten erblickte. Es schien ihr, als pickten sie schon. Doch sie pickten noch nicht. Sie winkten ihr von oben zu, daß sie zu ihnen rauffliegen sollte. Sie krabbelte mit Müh und Not zu der Stelle, die fliegend zu erreichen ihnen ein Leichtes war.
»Hat nicht auf mich gewartet und ist gegangen.« Sie hatte nicht das Gesicht auf, das sie immer aufhatte, das Kolja und Wowa nie gebraucht hatten. »Hat nicht mal gewartet und ist gegangen.«
»Hauptsache, du hast keinen Schiß!«
Sana nahm einen kleinen Schluck. Das Meer erhielt seine Farbe zurück, es hatte jetzt die Farbe der Meereswelle. Eine Wolke schwebte über dem Kopf, die sich vollständig des Regengewichts entledigt hatte.
»Kommen wir noch mal her, wenn es nicht regnet?«
»›Regnen‹ wird es jetzt immer.«
In der Ferne sah man ihren Berg, edel im Nebel, halbedel aus der Ferne, den man zu absoluter Schönheit veredeln, ihn mit Edelsteinen einlegen konnte, er wäre Marke »Paläolithikum Boulle«, wenn man ihn in Teile zerlegte und neu zusammensetzte, den armen, vom Tunnel entmannten Berg, und man brauchte keine höhere Qualität anzustreben und ihn in die Erde einzugraben, daß er neu wäre, wie der alte, wie eine Ikone, kein Rudel Mäuse loszulassen, daß sie mit ihren Zähnchen rangingen und Spuren des Alters drauf erschienen, er

steht ganz jung im Nebel, ist nur ein paar Millionen Jahre alt, »gehn wir?«
Eins muß noch getan werden, bevor es zehn schlägt und statt der weißen Farbe die blaue beginnt, wenn alles blau wird: Steine, Pflaumen und Porzellangiftpilze. Sie nahmen ein Auto, das von dreien weniger nahm als von einem. Stiegen aus. Es war die Bucht, wo Kolja und Wowa am Vorabend alles verloren hatten. Hier wuchsen seltene Kiefernexemplare, nur die allerseltensten Exemplare kämpften sich hierher vor, deshalb hatten Kolja und Wowa keine Angst um ihre Sachen, die auf den Steinen verstreut herumlagen wie auf dem Beet in ihrer eigenen Wohnung. Handtuch, Bademantel, Messer, Shorts, T-Shirt, eine halbleere Konservendose – »schon untergegangen«, noch was, noch was, alles. Auf dem Grund war noch genauso viel, und sie begannen zu tauchen. Die Bucht war seicht. Das Handtuch von seltener Schönheit mit Blumenreliefmuster hatte sich in den Tang eingefügt wie eine Blume. Durch die Brille war der Grund auf dem Grund noch besser zu sehen. »Jetzt tauch du.« »Zu kalt.« »Tauch, im Wasser ist es warm.« Sana tauchte. Im Wasser war kein Wind, er war in der Luft geblieben. »Gib die Maske her.« »Die Tauchermaske.« »Gib sie mir trotzdem.« Sana befestigte die Maske und erblickte einen Menschen unter Wasser. Erstens war sofort zu sehen, daß er tot, und zweitens, daß er ein Mensch war. Er hatte nichts von Wowa an sich: weder das Gesicht noch das Geschlecht, er war ein Mensch im Prinzip, wie der Fisch im Prinzip ein Fisch ist, alle mit einem Gesicht und einem Geschlecht. Er bewegte sich plastisch unter Wasser, vollkommen bleich, mit angeklebten Haaren, dürr wie ein Skelett. Sogar das Handtuch und die Brille hatten sich in die Steine eingefügt, nur er nicht. Man sah sofort, daß er aus einem an-

deren Element stammte, daß er keinen Stein dieses Elements auf dem anderen gelassen hätte. Hier gab es weder oben noch unten: er ging mit dem Kopf nach unten und stand auf dem Kopf mit den Füßen nach oben, stand auf den Ohren und ging auf den Händen, unterhalb des Wassers? oberhalb der Erde? Wenn der unbewegliche Punkt Sana war, relativ unbeweglich, weil sie ständig von der Strömung abgetrieben wurde, dann war Wowa in bezug auf sie unten, und oben war er in bezug auf seine Brille auf dem Grund, ohne die er seine Brille im Wasser nicht mal auf dem Festland gesehen hätte. An der Wasseroberfläche war Sana auf der Fläche, unter der Wowa im Wasser im Volumen war. Es war die seltene Verbindung der vollständigen Armut der Fläche mit den vergleichsweise reichen Möglichkeiten des Volumens und den Supermöglichkeiten einer weiteren Dimension, die sich nicht so leicht bezeichnen läßt. Vielleicht war es auch die Schönheit, in die man mit dem Kopf eintauchte. Die technischen Möglichkeiten der Schönheit waren nicht zwei- und dreidimensional begrenzt, sie war auch dort, wohin der Mensch keinen Fuß setzte, und in allen Ritzen, in die nur der Lichtstrahl eindrang, der sich auf der Wasseroberfläche brach und im Wasser zerfloß. »Dann also nach Haus, in der Nacht treffen wir uns« – Kolja und Wowa paddelten zu sich, in ihre Ritze, und Sana in ihre: aus allen Ritzen waren die Sachen herausgezogen, die Sana und Otmatthejan am Tag zuvor versteckt hatten, Sträucher und Steine hatte die Hand eines Übelwollenden mit Klamotten behängt, wessen Hand? »Du hast nicht auf mich gewartet und bist gegangen!« »Du hast gar nicht erst auf mich gewartet und bist gegangen!« Die Hand des Försters, ausgestattet mit dem Dreizack, mit dem man die Krabben aus den Ritzen herausstochert, der Förster hatte die

Sträucher mit der Intimwäsche geplündert, »in unserer Abwesenheit?« Da ist er selbst. »Ihren Paß. Gehört dieses Mädchen zu Ihnen?« »Nein, ich bin allein.« »Gehört dieses Mädchen nicht zu Ihnen?« »Ich kenne sie nicht.« »Hier ist die Quittung für das Bußgeld, räumen Sie das Feld. Und Sie, Fräulein, wissen Sie nicht, daß hier der Durchgang verboten ist? Gehen Sie in das Erholungsgebiet zurück. Oder gehört dieses Mädchen zu Ihnen?« »Ich kenne sie nicht.« »Daß Sie ja in einer Stunde weg sind. Hier die Quittung.«
Umsonst spielt er sich so auf, in einer Stunde wird niemand mehr hier sein, nichts wird mehr in einer Stunde sein, nicht mal der Begriff »Stunde« wird mehr in einer Stunde sein. Das Wasser ist schwarz wie der Himmel ohne Sterne, Regenfunken rieseln, der Berg ist der schwärzeste am Himmel, das Wasser ist das schwärzeste auf der Erde.
»Liebst du mich?«
»Sag ich nicht.«
»Sag, daß du mich liebst.«
»Ich hab gesagt, daß ich es nicht sage.«
»Du sagst nicht, daß du liebst. Du sagst es nicht, weil du nicht liebst, und du wirst mich um keinen Preis liebgewinnen. Du wirst um keinen Preis sagen, daß du mich liebst. Dann gib mir Geld, wenn du mich sowieso um keinen Preis liebgewinnst.«
»Du spinnst!«
»Ja, ich will, daß du mir Geld gibst.«
»Wieviel?«
»Soviel.« Sana nannte eine astronomische Summe, die es nur im Kosmos gibt, wenn man die ganze Erde mit ihrem ganzen Plunder verpfändet: mit Bodenschätzen, Satelliten und dem Mond.
»Machst du dich lustig?«

»Kein bißchen.«
»Natürlich liebe ich dich, keine Frage.«
»Nein, du sagst das, weil du mir kein Geld geben willst.«
»Du spinnst!«
»Du hast mir nie gesagt, daß du mich liebst.«
»Liebst du mich denn?«
»Niemanden, auch dich nicht, du hast mir die Liebe zum Menschen überhaupt genommen.«
»Sag, daß du mich liebst!«
»Es war dir zuwenig, als ich dir sagte, daß ich dich mehr als das Leben liebe.«
»Zuwenig, weil ich dich mehr als das Leben liebe, und das ist mir sowieso zuwenig. Mir ist jedesmal jedes Mal zuwenig.«
»Dann soll es eben das letzte Mal sein.«
»Soll es zum letztenmal sein, wie es noch nie war.«
»Alles war schon.«
»Mit einer Toten noch nicht. Ich will, daß dies jetzt ist und daß du mich mehr liebst als den Tod, da du sagst, daß du mich mehr als das Leben liebst.«
»Ich werde daran nicht sterben.«
»Du wirst sterben, weil ich vor Liebe sterbe, ich will dich mehr, als du mich mehr als das Leben willst.«
»Ich will dich mehr, aber lieber mehr als das Leben, als mehr als den Tod.«
»Nein, auch lieber mehr als den Tod, mach die Augen nicht zu.«
»Ich krieg keine Luft.«
»Dann in einem Atemzug, mach die Augen nicht zu. Mach die Augen auf.«

»Sie liegen da wie leblose Leichen«, sagte Wowa, als er und Kolja zur Höhle herunterstiegen, »haben nicht auf uns warten können und sich vollgedröhnt!«

»Schau, daß du dich nicht selbst vollaufen läßt, wie soll ich dich sonst von hier wegbringen.«
»Dummkopf, du hast doch meine Brille zerbrochen, gib mir deine Brille.«
»Du bist ein Dummkopf, ich hab minus vier, und dir hab ich minus zwei zerbrochen, du wirst sowieso nichts durch sie sehen.«
»Dann gib mir meine.«
»Deine ist kaputt.«
»Dann sehe ich hier nichts.«
»Es gibt hier auch nichts zu sehen, geh schwimmen und dann los.«
»Schau, sie haben gar nicht ausgetrunken, was wir ihnen gekauft haben! Die trinken wir jetzt, Kolja, und morgen kaufen wir ihnen eine neue.«
»Wir werden morgen selbst nicht da sein.«
»Ja, heute zum letztenmal, und morgen werden wir baden... schenk randvoll ein!«
»Siehst du etwa nicht, daß es randvoll ist?«
»Na schön, trinken wir drauf, daß du nicht krepierst!«
»Wowka, erinnerst du dich, wie Tarassik gestorben ist?«
»Ja, hol ihn der Teufel.«
»Dummkopf, Tarassik ist gestorben!«
»Woran ist er dir denn gestorben, an der Niere?«
»An Nierensteinen.«
»Ich erinnere mich, daß du mich damals angerufen und gesagt hast: Wowka, Tarassik ist tot, Jurka und ich haben ein Totenmahl für ihn gehalten, hundert Rubel versoffen. Wo hast du ihn begraben?«
»Wo, in Schwarzfluß*, neben Puschkin, im Gebüsch. Jurka und ich sind aus dem Haus und bis Schwarzfluß gegangen...«

* Ort, an dem sich Puschkin und Dantès duellierten. Anm. d. Übers.

»Etwa da, wo der Obelisk ist?«
»Daneben. Der Tierarzt, der gemeine Kerl, hat gesagt, ich kann ihm nicht helfen, Steine entfernen wir nicht, wie hat er sich gequält, Wowka! Er streckt die Zunge raus, schaut mich an und maunzt so kläglich. Ach, Tarassik!«